Indómita

Indómita

Serie: *Los hombres de Roxbury House 3*

Título original: *Untamed. The Men of Roxbury House*

© Hope Tarr, 2008
© de la traducción: Scheherezade Surià López

© de esta edición: Libros de Seda, S.L.
Paseo de Gracia 118, principal
08008 Barcelona
www.librosdeseda.com
www.facebook.com/librosdeseda
@librosdeseda
info@librosdeseda.com

Diseño de cubierta: Germán Algarra
Maquetación: Autoedició Colomé S.L.
Imagen de la cubierta: © Peter Zelei/Getty Images

Primera edición: octubre de 2014

Depósito legal: B 19563-2014
ISBN: 978-84-15854-19-7

Impreso en España – Printed in Spain

Queda rigurosamente prohibida, sin la autorización escrita de los titulares del copyright, bajo las sanciones establecidas por las leyes, la reproducción total o parcial de esta obra por cualquier medio o procedimiento, comprendidos la reprografía y el tratamiento informático, y la distribución de ejemplares mediante alquiler o préstamo públicos. Si necesita fotocopiar o reproducir algún fragmento de esta obra, diríjase al editor o a CEDRO (www.cedro.org).

Hope Tarr

Indómita

Libros de seda

A Sandra Duffee, la mejor profesora de lengua, mentora y amiga, con todo mi afecto y respeto.

Agradecimientos

Indómita es el último libro de la trilogía *Los hombres de Roxbury House*. Cerrar este capítulo de la serie me brinda muchas satisfacciones, así como también la oportunidad de agradecer a esas personas especiales que tal vez haya olvidado mencionar en las dos novelas anteriores.

A Paul Lewis, director ejecutivo del Fredericksburg Athenaeum sito en Wounded Bookshop, en el 109 de Amwelia Street, Fredericksburg, Virginia, mi más sincero agradecimiento por tu amistad y tu apoyo en los últimos seis años (y los que nos quedan) y por todo lo que haces para que las artes y las letras no solo estén vivas sino que ocupen un lugar destacado en el centro histórico de la ciudad.

También quiero dar las gracias a Beatrice Paolucci y a Hamilton Palmer, Raymond y Dana Herlong, Rudy y Elsa Van Leeuwen y a Paul O'Neill, amigos míos y luchadores de Fredericksburg, por librar una buena batalla, así como por leer sus primeras novelas románticas: las mías. Gracias a todos vosotros he aprendido que, al final, lo que cuenta no es ganar o perder sino las amistades que vas forjando en el camino.

Por último, a los chicos de Medallion Press por su compromiso a la hora de confeccionar una presentación tan espléndida, así como por su paciencia al esperar el «nacimiento» del manuscrito. Adoptando lo que mi amiga Kim Castillo de Romance Novel TV llama «autopromoción descarada», espero que los lectores que disfruten de la historia de Rourke y Kate busquen los demás libros de la trilogía, *Vencida* y *Rendida*, en las librerías. Podréis descargar el primer capítulo de todos ellos en www.librosdeseda.com. En inglés, en www.hopetarr.com.

Espero que vuestros cuentos de hadas se hagan realidad...

Hope Tarr
Fredericksburg, Virginia
Octubre de 2007

Prólogo

Las reglas de Rourke:

- Regla número uno: que no te vean llorar. Si se dan cuenta, te pegarán aún más fuerte; te darán una buena paliza y te dejarán hecho un Cristo.
- Regla número dos: observa, escucha y espera. Tarde o temprano cambiará tu suerte, así que estate atento y ten los ojos bien abiertos.
- Regla número tres: cuando te llegue la oportunidad, aprovéchala. Corre como si te persiguiera una jauría y nunca mires atrás.
- Nunca mires atrás.

Capítulo 1

«... la ley es un fastidio...»

CHARLES DICKENS,
Oliver Twist.

Tribunal Central de Londres
Juzgado de Old Bailey, 1875

Desde la parte delantera de la sala, el juez ordenó:
—Alguacil, lea los antecedentes, si es tan amable.
Todas las cabezas se volvieron hacia el fondo de la sala. El acusado, Patrick O'Rourke —Rourke—, un muchacho de trece años, tragó saliva. El nudo que tenía en la garganta le apretaba como una soga. A diferencia del pobre diablo llamado a declarar antes que él, que se había meado encima y cuya orina había llegado a la zona de los reclusos y que, tras lo cual, había vomitado, se juró que no derramaría ni una sola lágrima y que contendría la vejiga, conservaría el desayuno... y, por encima de todo, la dignidad.
«Que no te vean llorar.»

El alguacil asintió.

—El acusado es Patrick O'Rourke, de la parroquia de Saint Giles, pero sin dirección conocida. Es un menor de unos trece años de edad, huérfano. Tiene dos arrestos anteriores: uno por vagabundeo y el segundo por hurto; por este último se le sentenció y recibió cincuenta latigazos.

Rourke rechinó los dientes igual que había hecho seis meses antes, cuando le ataron las muñecas a un poste y la emprendieron a latigazos. La humillación y el dolor se le quedaron grabados en la memoria pero, por si se le olvidaba, el entramado de cicatrices blancas que tenía en los hombros se encargaría de recordárselo siempre. Esos latigazos fueron una buena preparación para la noche anterior.

Aparentemente satisfecho, el juez asintió.

—Que se presente el acusado.

Como ya había estado dos veces en esa situación, Rourke sabía que le tocaba entrar. Salió al pasillo a trompicones de entre los bancos; notaba el latido del enorme chichón que le había salido en la frente y aún tenía sangre seca en el lado izquierdo de la cara. Las preguntas se sucedían en su cabeza como lanzadas por un cañón.

—*¿Qué se te pasó por la cabeza para atacar al Primer Ministro?*

«No sabía que era el Primer Ministro y yo no pretendía atacar a nadie.»

—*¿Estás conchabado con los fenianos?*

«No soy feniano. Ni siquiera soy irlandés. ¡Soy escocés! Si estoy conchabado con alguien, es con Johnnie Black, pero se dedica a los timos callejeros, no a la política.»

—*¿Fueron acaso los simpatizantes de Disraeli los que te instaron a hacerlo?*

«*¿Quién demonios es Disraeli?*»

—*¿Esperas que este tribunal tenga piedad contigo por tu edad?*

«*¿Piedad con alguien como yo? Ya, seguro...*»

El sudor le perlaba la frente. De repente le parecía que la sala daba vueltas. Inspiró hondo para recuperar las fuerzas y seguir andando. Por lo visto, la mitad de los residentes de la calle Fleet había acudido al juicio y él era demasiado orgulloso para que le tacharan de debilucho si se desmayaba. Consiguió llegar frente al estrado y, con el estómago revuelto, sorteó el vómito del suelo. Hasta con el ojo izquierdo hinchado reconoció la crema de avena que les habían dado para desayunar en la cárcel esa mañana. El alguacil le tiró de la manga y le obligó a subir los peldaños que conducían a la jaula de los reos. Luego cerró la puerta y le dejó ahí, encerrado como en un ataúd.

—Orden en la sala. ¡Orden, señores! —Los martillazos redujeron el estruendo a un leve murmullo. El juez se recostó de nuevo en su asiento, más parecido a un trono que a otra cosa, y se recolocó la peluca rizada—. Léanse los cargos.

El alguacil carraspeó.

—Al señor Rourke se le acusa de robo y agresión, posesión de arma mortal con intención dolosa y posible traición, si bien este último delito todavía no está confirmado.

¡Traición! Había entrado a la sala creyendo que le tocaría hipotecar parte de su futuro recogiendo estopa, sacudiendo cáñamo o bombeando agua sin parar, pero la traición era un pecado capital; un crimen por el que se acababa en la horca. ¿Cómo iba a saber que el «blanco» cuyo bolsillo había decidido robar era el del mismísimo William Gladstone, el primer ministro? Además, Gladstone no tenía precisamente aspecto de ministro. Caminando por la calle en medio de la niebla verdosa, con un sobretodo y su sombrero calado, parecía un anciano forrado más que paseaba de madrugada por los alrededores de la catedral de Saint Paul. No era la zona más recomendable a esas horas, pero debió de pensar que el bastón le protegería.

Se equivocaba.

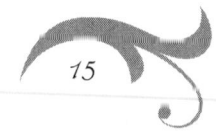

El compinche de Rourke era Johnnie Black. El líder de la cuadrilla era un muchacho enjuto como un espantapájaros de unos veinte años, con un flequillo negro que le caía por delante de los ojos como una cortina grasienta y un diente de oro que le gustaba tocarse con la yema del pulgar. Habían estado siguiendo al «blanco» por diversas calles y se escondieron en un edificio abandonado para valorar la situación.

—Yo le distraigo y tú le robas la cartera, ¿estamos? —le susurró Johnnie.

—Es pan comido —contestó Rourke, con la espalda apoyada en el muro de ladrillos.

Y tendría que haberlo sido. El «blanco» era un hombre mayor, alto y de constitución robusta, pero ellos eran dos y él solamente uno. A Rourke le preocupaba un poco el bastón, pero como Johnny le distraería y él tenía unos dedos agilísimos, lo haría en un abrir y cerrar de ojos y el vejestorio ni se daría cuenta de que le habían robado.

Con aire satisfecho, Johnnie se despegó de la pared y le hizo un ademán a Rourke para que le siguiera. Bajaron la calle a cara descubierta; Johnnie con las manos en los bolsillos y silbando bajito.

Alcanzaron su objetivo junto a una farola y Johnnie se le puso enfrente.

—Mil disculpas, señor, pero mi hermano y yo nos preguntábamos si sería tan amable de decirnos qué hora es. —Terminó la frase con una sonrisa de oreja a oreja.

El hombre no se la devolvió. Bajo sus cejas pobladas, alternó su mirada de los bolsillos de Johnnie a Rourke, que apenas llegaba a los hombros de su supuesto hermano. Al parecer pensó que eran inofensivos y se llevó la mano al bolsillo para sacar el reloj. Lo acercó a la luz de la farola y entrecerró los ojos como si le costara distinguir los números de la esfera.

Eso le abrió el bolsillo aún más; Rourke lo aprovechó e introdujo la mano izquierda. Acarició el algodón con la mano y ayudándose del

índice y el anular a modo de pinzas, aprehendió una pieza de metal, fría y lisa, que sujetaba un fajo de papel... ¿Sería un clip sujeta billetes? Sin soltar el premio, empezó a sacar la mano.

Pero, de repente, el hombre le agarró la muñeca como si sus manos fueran unas esposas.

—¿Qué diantres crees que haces?

Rourke levantó la cabeza de golpe. El ceño fruncido del hombre le hizo estremecer. A su lado, Johnnie exclamó: «¡Mierda, estamos apañados!» y echó a correr. Él se quedó helado, presa del pánico. Estaba solo.

—¡Suélteme!

Rourke intentó zafarse de él dándole un cabezazo en la barriga y el hombre se echó hacia atrás y se golpeó la coronilla con la farola. El sombrero salió volando y cayó como si fuera un saco de patatas a la acera. El muchacho se quedó mirando al hombre, que yacía a sus pies. Había perdido el conocimiento... ¡Menuda suerte! Estaba libre, así que le quitó el dinero y se dio la vuelta para huir. El sonido de un goteo le detuvo. ¿Sangre? El pavor le atenazaba; estaba a punto de hacérselo encima. Caray, ¿acababa de matar a un hombre? Aunque estaba rompiendo la regla de oro de los chicos de la calle —no mirar hacia atrás y aún menos regresar— tenía que saberlo.

Se dio la vuelta para echarle un vistazo.

—¿Se encuentra bien, señor?

Pero el hombre no contestó. Un reguero de sangre le corría por la sien de su rostro arrugado, le manchaba las patillas canosas y caía a modo de charco en el suelo. Rourke se arrodilló a su lado y le buscó el pulso en el cuello con dos dedos. El latido que notaba en las yemas era firme y regular; de repente se sintió tremendamente aliviado. ¡No era un asesino! Durante un instante pensó en celebrar su buena fortuna robándole el reloj, pero al final decidió no quitárselo. Si lo hacía, tendría que dárselo a Johnnie y la deserción del jefe de la banda no le había sentado nada bien.

El chiflido del silbato de un policía le hizo incorporarse de golpe. Volvió la cabeza: a una calle de allí, dos policías de uniforme azul le señalaban con el dedo. Se guardó el dinero en el bolsillo, se dio la vuelta y echó a correr. Tras él oía respiraciones entrecortadas y pasos acelerados. Incrementó el ritmo y empezó a correr como nunca antes lo había hecho: los pulmones le ardían y tenía el corazón a punto de explotar. No valía de nada porque iban a alcanzarle. Ese ataque de mala conciencia le costaría muy caro. Había roto la primera regla de la pandilla: «No mires atrás».

Cuando quiso darse cuenta ya tenía a la pareja de policías encima. El más fornido le inmovilizaba los brazos por la espalda mientras el otro le asestaba un golpe en la cabeza con la porra, cuya base le abrió la frente. Le invadieron las nauseas como si fueran un puño invisible. Cayó al suelo y unas manos duras empezaron a registrarle las extremidades, el torso y las ingles, luego se introdujeron entre sus piernas y le apretaron.

—¡Quitadme las pezuñas de encima!

Unas lucecitas brillantes titilaban frente a sus ojos. Algo pegajoso le resbalaba por la cara; cuando le llegó a la boca notó un sabor metálico. Oyó cómo se reían. Trató en vano de levantarse pero lo tenían inmovilizado. Le quitaron las botas y los calcetines y entonces, ese objeto que había olvidado hasta ese momento, cayó al suelo. Habían encontrado el cuchillo.

—Vaya, vaya, vaya... Pero ¿qué tenemos aquí? —Se fijó en la expresión de regodeo del agente que llevaba la porra, al que reconoció como Taggert—. Te hemos pillado con las manos en la masa, Rourke. Esta vez te has ganado a pulso el pijama de rayas, muchacho.

—¿Algo que decir en su defensa, señor Rourke? —La voz del juez le devolvió al presente.

Él permaneció pensativo un momento.

—Me apellido O'Rourke, señoría. —Si lo iban a empapelar, por lo menos que apareciera bien su nombre en la prensa—. Y no soy ningún traidor.

La mirada inexpresiva del juez le sugería que su inocencia era una nimiedad con la que prefería no molestarse.

—Antes de pronunciar el fallo, ¿hay alguna prueba que deba tenerse en cuenta? —dijo, dirigiéndose al alguacil.

—Tenemos el testimonio de los dos agentes que le arrestaron, así como el cuchillo que le encontraron dentro de las botas —contestó el alguacil, recogiendo una caja de la mesa de pruebas.

El juez asintió, el alguacil le acercó la caja a Rourke y la inclinó para que pudiera ver su contenido: ahí estaba su cuchillo, sobre un paño verde. Tragó saliva.

El juez le miró.

—El agente Taggert declaró en su informe que esta arma es suya. ¿Lo niega?

Con el corazón en un puño, el joven vaciló. El sudor le empapaba la frente y las axilas. Solo llevaba el cuchillo encima por seguridad. Nunca lo había usado para amenazar a ningún «blanco». Hasta la noche anterior nunca le había hecho daño a nadie.

—¿Pero el cuchillo es suyo o no? Hable, muchacho, que no tengo todo el día.

A sabiendas de que su vida podría depender de la respuesta que diera, Rourke intentó mantener la cabeza clara y que no le temblara la voz.

—Sí, señoría, es mío, pero...

—Eso es todo, pues. —El juez miró a la secretaria que tomaba notas del juicio, sentada junto a una mesita—. Que conste en acta que el acusado ha respondido de forma afirmativa.

—Me temo que debo objetar.

El vozarrón arrancó un grito ahogado de sorpresa a todos los presentes en el juicio. La gente volvió la cabeza hacia el fondo de la sala, Rourke incluido. El «blanco» de la noche anterior, el primer ministro William Gladstone, se acercaba por el pasillo hacia el estrado; el

sobretodo ondeaba tras de sí como la vela de un barco. A pesar del pequeño vendaje por encima del ojo izquierdo, en la parte de la frente que se había golpeado con la acera, ese hombre ilustre parecía sorprendentemente robusto.

Rourke miró al juez de reojo con el ojo izquierdo, el único con el que podía ver.

—Primer Ministro, su presencia es un gran honor para esta corte, pero no es necesaria. Tenemos el testimonio bajo juramento de dos testigos de fiar, dos agentes de la policía metropolitana, así como el arma del agresor, que él mismo acaba de identificar.

El político llegó al estrado y subió.

—Sea como fuere, quiero testificar a favor del acusado.

El juez arqueó las cejas canosas, que le llegaron hasta la peluca, y se inclinó hacia delante.

—Resulta bastante irregular que la víctima testifique a favor de su agresor.

Gladstone asintió, si bien su arrugado rostro no delataba emoción alguna.

—Por muy irregular que resulte, es perfectamente legal. La presunción de inocencia hasta que se demuestre la culpabilidad más allá de la duda razonable es el hilo que vertebra el tejido del derecho penal, ¿no es así, señoría?

El juez asintió a regañadientes.

—Muy bien, milord, proceda.

El Primer Ministro cruzó los brazos a la espalda como si se dispusiera a hablar delante del Parlamento.

—El chiquillo no me atacó, como aquí se ha dicho. Sí es cierto que trató de robarme la cartera, pero eso fue todo. No me empujó hasta que yo no le puse las manos encima. Que me hiciera daño fue un mero accidente, de aquí que el cargo de robo deba reducirse a hurto. Ya me había quitado los billetes y me tenía tendido en el suelo; nada le impe-

día salir corriendo. No obstante, optó por quedarse y prestarme ayuda, no para cometer magnicidio, como algunos han alegado hoy. Son su moralidad y altruismo inherentes los que me han impulsado a venir para hablar en su favor.

El juez frunció el ceño.

—El muchacho es un huérfano que vive en una madriguera en St. Giles junto con otros ladronzuelos y vagabundos. Su única esperanza es reformarse mediante el cumplimiento de condena en la cárcel. Ha demostrado en tres ocasiones que no se le puede dejar solo, que debemos apartarlo de la sociedad, para la que resulta un verdadero peligro.

Rourke se fijó en que Gladstone negaba con la cabeza y luego hacía una mueca como si el gesto mismo le provocara dolor.

—La prisión no hará más que empujarle por el precipicio de la destrucción. Las compañías que allí frecuente acabarán con todo lo bueno que albergue su interior y alimentarán lo malo.

El juez jugueteó con la manga de su toga.

—En ese caso, tenga la amabilidad de decirnos en qué está pensando, señor. Dudo mucho que pretenda que este tribunal le deje libre.

—No quiero que le envíen a la cárcel, señoría, sino a la escuela.

—¿A la escuela?

¿A la escuela? Rourke nunca había ido a una de verdad; solo a las clases que impartían los ingenuos metodistas en la parroquia de Whitechapel Road. Siempre que podía se acercaba. Los bancos sin respaldo eran una tortura para el trasero, pero las clases eran fenomenales. Le encantaban las que iban sobre números. Las sumas las tenía casi siempre perfectas y el cálculo mental se le daba muy bien.

Gladstone prosiguió.

—Hay un orfanato cuáquero en Kent conocido como Roxbury House. La institución tiene una reputación excelente por su éxito en la rehabilitación de jóvenes conflictivos. Pertenezco a la junta. Déjenlo bajo mi custodia y le aseguro al tribunal que allí encontrará su camino.

El juez se quitó las gafas y se masajeó el puente de la nariz.

—¿Y si se escapa?

—Responderé con una fianza de mil libras para garantizar que no lo haga.

¡Mil libras! Rourke se quedó con la boca abierta. Apenas lograba concebir semejante suma y aún menos se consideraba digno de la confianza que dicho importe implicaba.

Miró a Gladstone.

—Creo en este muchacho. Me parece que tiene la suficiente bondad y fuerza de voluntad para darle un vuelco a su vida. Pero para tal fin, hay que darle una oportunidad.

Una hora después, a Rourke le habían quitado las cadenas y se hallaba libre en el interior del elegante carruaje de Gladstone, embriagado por el aroma del cuero, los puros y el ron, y con una manta cubriendo su temblorosa figura. Su benefactor estaba enfrente, con sus grandes manos enguantadas apoyadas en la empuñadura dorada de su bastón. No había mediado palabra desde que subiera.

Incómodo por el silencio, el joven levantó la vista de sus pulgares, con los que había estado jugueteando, nervioso.

—Yo no quería que cayera y se abriera a cabeza, se lo digo muy en serio.

Gladstone asintió.

—Ya lo sé.

Rourke tiró de un hilo de la manta.

—¿Me va a azotar? No podría culparle si lo hiciera.

Por debajo de la frente vendada del hombre, sus ojos, grises como el acero, se le clavaron en la frente ensangrentada y la cara, que llevaba magullada.

—Imagino que en tu corta y miserable existencia ya te habrán pegado lo suficiente.

En lugar de contestar y arriesgarse a convertirse en un chivato, Rourke apartó la cortina de piel y miró por la ventanilla. Veía borroso con el ojo izquierdo, pero si lo cerraba podía ver bastante bien con el derecho. Las calles cubiertas de nieve eran mucho más anchas y rectas que las callejuelas serpenteantes del East End. Debían de ir en dirección oeste, a la parte elegante de la ciudad donde vivían los ricachones.

—¿Está muy lejos Roxbury House?

—Roxbury House está en Kent. —La voz del Primer Ministro tenía un deje de sorpresa—. Mañana subiremos al tren que nos llevará allí, pero hoy pasaremos la noche en mi casa.

Rourke dejó caer la cortina y se dio la vuelta.

—¡Me lleva al 10 de Downing Street! ¿Esa es su casa? —Patrick O'Rourke iba a codearse con los habitantes de esa residencia para ministros, ¿quién lo hubiera dicho?

Al hombre se le curvaron las comisuras de los labios en un principio de sonrisa.

—Esa misma. Cuando lleguemos, mi esposa se encargará de que comas como Dios manda, te preparen un baño caliente y te venden esas heridas. El futuro te parecerá mucho mejor cuando puedas descansar en una cama para ti solo.

Rourke bostezó; no estaba tan seguro por lo que respectaba a la parte del baño, pero lo de la cena y la cama sonaba fenomenal. Después de un año sobreviviendo a base de carne podrida y durmiendo en un colchón mohoso con otros tres muchachos, la descripción que había hecho Gladstone de la hospitalidad que le esperaba le pareció el mismo paraíso. En verdad, estaba a punto de quedarse dormido allí mismo. Afuera, el frío era cortante, pero con el traqueteo del carruaje se sentía más feliz que un niño con zapatos nuevos. De repente, tener los ojos abiertos le suponía un esfuerzo increíble. Se recostó en el asiento tapizado de piel y pensó que de allí en adelante tendría que replantearse eso de nunca mirar atrás.

Puede que no fuera tan malo al fin y al cabo.

🦇 🦇 🦇

New Romney, Kent

A unas treinta y pico leguas de Londres, en una mansión en las amplias llanuras de Romney Marsh, una chiquilla de edad similar, pero de cuna completamente distinta, estaba pasando un día de perros.

Con la paja y el barro del establo aún pegados en las botas de montar, la pequeña Katherine, de once años y apodada Kate, entró como un torbellino en el comedor donde se servía el desayuno en el hogar familiar y se detuvo frente a la mesa y su mantel de lino.

—Padre, padre, alguien se ha llevado a *Princess*. No está en su cuadra ni en ninguna otra parte del establo o del potrero.

Arthur Lindsey, tercer conde de Romney, levantó los ojos enrojecidos del huevo crudo que acababa de echarse en la cerveza y frunció el ceño.

—Katherine, no grites que no son ni las diez.

Kate se quedó inmóvil frente a la mesa. Los ruidos muy fuertes provocaban el enfado de su padre fuera la hora que fuese, pero aún más por las mañanas. Las muestras de «emoción vulgar» no le hacían mucha gracia tampoco. El pecho le subía y le bajaba pesadamente; trataba de tranquilizarse todo lo que podía dada la magnitud de la calamidad.

Princess lo era todo para ella. La yegua había sido un regalo de cumpleaños, el último que su madre vivió para celebrar. Desde que mamá se fuera al cielo con los ángeles el verano anterior, ese animal había sido su único confidente, su mejor amigo y su principal compañero

de juegos. Quería a Bea, su hermana pequeña, pero no se podía jugar con un bebé. Y tampoco entendía la fascinación de las otras niñas por las muñecas. Le aburría soberanamente vestirlas y desvestirlas; porque, en realidad, tampoco le interesaba el asunto de la ropa. En cuanto a los peluches, ¿para qué acariciar a un oso de tela o un perrito de satén cuando había tantos animales vivos a los que querer y que te devolvían ese amor?

Lloviera o hiciera sol, cada mañana Kate saltaba de la cama, se calzaba las botas de montar y salía corriendo al establo, directa a la cuadra de *Princess*. No se imaginaba una forma mejor de empezar el día... o una forma peor de empezar el de hoy.

—Lo siento, padre, pero *Princess* ha desaparecido. No está ni en el establo ni en el potrero. Alguien la ha robado esta noche. Tenemos que hacer algo, llamar al magistrado, organizar su búsqueda, ofrecer una recompensa... no sé, cualquier cosa antes de que los ladrones lleguen más lejos.

—Tranquilízate, Katherine. No nos han robado la yegua: la he vendido.

«¡Vendido!» El horror indescriptible de esa palabra hizo que se tambaleara.

—¿Ven... vendido? —No le habría dolido más el estómago ni aunque su padre se hubiera levantado de la mesa y le hubiera pegado.

Él asintió y luego hizo una mueca como si el menor de los movimientos le hiciera daño.

—Lo siento, Katherine, pero no pude evitarlo. Me metí... en problemas anoche y por honor tuve que poner a *Princess* como aval.

«¿Por honor?»

—¿Te apostaste mi caballo en una partida de cartas?

Su padre parpadeó, incrédulo.

—Los niños no deben cuestionar a sus padres. —Su rostro adoptó una expresión gélida—. Sé que le tenías cariño, pero un poni es una propiedad que se compra y se vende, a diferencia de esta mesa en la que desayunamos o la silla en la que me siento.

Princess no era una propiedad, no al parecer de Kate al menos. Una propiedad era un objeto sin pensamientos ni sentimientos, mientras que un caballo era de carne y hueso. Además, *Princess* era listísima. Había aprendido un montón de trucos durante el último año y no solo pensaba sino que también sentía cosas. Cuando veía y olía a su dueña, resollaba y se acercaba trotando para acariciarla con la cabeza. A veces hasta intentaba almohazarla. Al imaginar lo asustada y desconcertada que debía de sentirse ahora, Kate se miró en un espejo y vio cómo le brotaba una lágrima y le resbalaba por la mejilla.

Aun a sabiendas de que libraba una batalla perdida —los adultos siempre tenían la razón por muy astutos y capaces que fueran los niños—, el sentido de la justicia de Kate la compelía a seguir.

—Bueno, si eso es cierto, entonces es de mi propiedad y no tuya. Mamá y tú me la regalasteis. Quitarle a alguien un regalo es feo.

—Ya basta. —Los ojos enrojecidos de su padre se endurecieron y apretó los labios—. Se te hubiera pasado el furor en un par de años. Cuando nuestras... finanzas estén más saneadas, iremos a Londres a pasear por Tattersall's en Knightsbridge Green. Allí podrás elegir la yegua que quieras. —Pensó que había zanjado el asunto, así que levantó la jarra, la inclinó y se bebió el huevo a la cerveza de un solo trago.

—No quiero ningún otro caballo, padre. Quiero a *Princess*.

El señor Lindsay se atragantó y dejó la copa a un lado.

—Estás muy testaruda hoy. Un caballo es un caballo, nada más.

«Para mí no, padre.»

Por muy orgullosa que fuera, estaba dispuesta a rogarle por *Princess*. Se acercó a su silla y le tiró de la manga.

—Cómprala otra vez, padre. Por favor. Si lo haces seré la hija más obediente del mundo, te lo prometo.

Él se la quitó de encima y alargó la mano para alcanzar una servilleta y limpiarse la boca.

—Me temo que es demasiado tarde.

Eso quería decir que *Princess* ya no volvería. La sensación de vacío que notó en el estómago era parecida a la que sentía en el corazón. No tenía nada que perder. Miró a su padre, con los codos apoyados sobre la mesa y la cabeza entre sus delgadas manos blancas y notó cómo el odio se le desenrollaba en el vientre como si fuera una serpiente.

—¡Te odio, te odio, te odio! Ojalá hubieras muerto tú y no mamá.
—Si estuviera muerto, Kate estaba segura de que no estaría en el cielo con los ángeles precisamente.

Aunque estaba muy enfadada, no era la rabia lo que la instaba a decirle a su padre que le odiaba: era la verdad. Su madre no se pasaría las noches fuera metiéndose en problemas para regresar después apestando a puro y a perfume y a otra cosa que era a una bebida para mayores llamada coñac.

Su padre dio un puñetazo sobre la mesa que hizo saltar la vajilla entera.

—Katherine, no pienso tolerar estas rabietas. Semejantes muestras de malhumor en público no solo son impropias de una señorita sino que resultan de lo más vulgar. Ve a tu habitación y no te atrevas a salir hasta que te diga que lo hagas... ¡Vete!

Kate se dio la vuelta, salió al vestíbulo y subió las escaleras corriendo. A medio camino tropezó y se dio un buen golpe en las rodillas. El dolor que sintió fue muy intenso. Se levantó ayudándose de las manos, siguió subiendo a trompicones y estuvo a punto de chocar de frente con Hattie, la dulce criada rubia que en ese momento pulía la barandilla del descansillo.

—Señorita Kathy, me ha dado un buen susto. ¿Se encuentra bien?

Normalmente se hubiera parado para hablar con ella —al fin y al cabo eran amigas—, pero hoy la esquivó. No dejó de correr hasta que

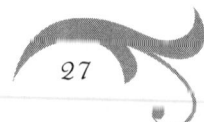

llegó a su alcoba, en la parte trasera de la casa. Entró y dio un portazo. Oyó un alarido fuera; la ventana estaba abierta de par en par y las cortinas se mecían con la brisa. La ventana daba al establo, el potrero y los pastos de más allá; por eso escogió esa habitación hacía ya unos años. Se acercó deprisa y apartó las cortinas de *chintz*.

Se le hizo un nudo en el corazón. Del prado salió un mozo de cuadra con librea verde y ribetes amarillos que tiraba de *Princess*. Incluso en la distancia, vio que la postura del poni denotaba tristeza, con las orejas gachas y la cola entre las patas. Apretó los puños hasta que las uñas se le clavaron en las palmas; no podía hacer más que ser testigo de cómo ese hombre llevaba a *Princess* por el camino que conducía a la carretera principal. El caballo clavó los cascos en el suelo varias veces y volvió la cabeza, pero el mozo tiraba de las riendas con fuerza para obligarla a seguir adelante. Cualquier desconocido que contemplara la escena pensaría que el animal estaba siendo terco, pero Kate sabía bien lo que significaba.

Su amiga la estaba buscando para despedirse.

No había llorado desde que nació Bea; su madre le había puesto el paquetito en los brazos y le hizo prometer que le haría las veces de madre, además de hermana. Ahora apretaba los puños y se los llevaba a los ojos para contener las lágrimas que amenazaban con desbordarse; algo parecido a lo que hizo ese niño del cuento de hadas, que introdujo el pulgar en el agujero de un dique. No sirvió de nada. Empezó a llorar y las lágrimas le resbalaron por las mejillas y el cuello hasta fundirse con su vestido. Se notaba la garganta seca y el pecho le ardía como si estuviera conteniendo la respiración debajo del agua y se encontrara cerca del final, a punto de quedarse sin fuerzas.

Pero no era el final, no. Tal vez la consumieran ahora la pena y la rabia, pero no era más que el principio. Entre sollozos, eligió uno de sus mechones dorados y tiró de él con fuerza, luchando contra esa furia inútil, hasta arrancárselo.

«No te olvidaré nunca, *Princess*, y nunca dejaré de quererte. Ni ahora ni nunca. Y jamás te perdonaré ni lo olvidaré, padre. Jamás».

Un poco más tarde se tranquilizó. Se frotó los ojos y se apartó de la ventana; había tomado una decisión. Nunca más volvería a exponerse así para que le rompieran el corazón y sufrir de nuevo semejante pérdida. Que su padre ganara o perdiera a las cartas ya no le importaba. No pensaba acompañarle a Tattersall's, por muy espléndido que estuviera ese día. Se habían acabado los caballos y perder cosas que quería. En definitiva, renunciaría a amar. Había que pagar un precio muy alto y el resultado era demasiado doloroso como para volver a repetirlo.

Esa lección, que aprendió por las malas, la acompañó durante los años siguientes.

Cuando quieres a alguien, al final, siempre te abandona.

Capítulo 2

«Yo me he metido en este laberinto a ver si me caso y prospero lo mejor que pueda.»

WILLIAM SHAKESPEARE, Petruchio,
La fierecilla domada.

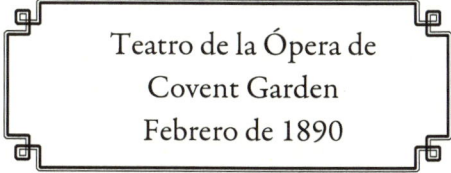

Teatro de la Ópera de
Covent Garden
Febrero de 1890

Rourke paseó la mirada por la sala de baile donde los invitados se hallaban encerrados como si fueran un rebaño de ovejas Shetland.

—Me juraste que ella estaría aquí.

Volvió a reunirse con sus amigos, Harry y Gavin, se dio un tirón del cuello de la camisa; los puntos almidonados se le habían estado clavando a ambos lados de la mandíbula durante la última hora. Si alguien lo veía, el gesto podría traicionar su vulgaridad, pero no podía evitarlo. Hacía calor. Hacía un calor de mil demonios, o mejor dicho, tanto calor como en el Hades, como sus antiguos amigos de Roxbury House, ahora tan bien hablados, Gavin y Harry, le habían enseñado a decir. No podía culpar solamente a la enorme araña de cristal que pendía sobre sus cabezas. El calor de los quemadores incandescentes, que se esparcía desde las hileras de palcos, hacía que los elaborados arreglos florales se marchitaran y que los invitados brillaran. El aire se volvía cada vez más denso por el rancio dulzor de las flores moribundas y la pulpa madura; ese hedor le recordaba al salón principal de la funeraria en la que había trabajado como plañidero.

Desde que saliera de Roxbury House a los dieciséis años, había desempeñado innumerables trabajos de baja categoría: cavador de zanjas, deshollinador y, al final, peón de obra para la compañía ferroviaria. El trabajo duro le había ensanchado los hombros y fortalecido la espalda, así como la determinación de convertirse en alguien importante. Cuando se había apuntado por diversión a la lucha del bar y había pasado bajo las cuerdas para liarse a puñetazos contra el actual campeón, nadie, ni siquiera él, había esperado que aguantara los tres minutos de rigor. Y no solamente había aguantado: había ganado.

Qué ironía que su actual y abyecta miseria se debiera a lo lejos que había llegado en la vida. E incluso en ocasiones como esta, cuando se encontraba codeándose con mujeres enjoyadas y sus bigotudos maridos o novios, estos últimos con relojes deportivos con correa de cuero y gruesos fajos de billetes prendidos con un clip, sentía ese cosquilleo revelador en las palmas y en los dedos de la mano derecha, su mano más «diestra», seguido de ese impulso de flexionar los dedos para entrar en acción.

Se esforzaba por mantener los dedos quietos mientras se recordaba que no tenía que ser esa persona nunca más. Ya no era esa persona. Y si la mera idea de un broche adornado con perlas o una aguja de corbata de oro todavía tenía el poder de hacer que le cosquillearan las manos, una mujer apetecible y aún por conocer daba vida a otra parte muy particular de su ser con el comienzo de un dolor largo y molesto.

Esa mujer era *lady* Katherine Lindsey, hija del conde de Romney y una de las más sublimes modelos de Londres. Esas jóvenes eran de familia bien y accedían a que sus retratos fotográficos de tamaño bolsillo o *cartes postales* estuvieran a la venta en tiendas de fotografía como la de su amigo Harry. Era también la mujer con la que, el día anterior, Rourke había anunciado que se casaría.

Harry Stone, conocido por el público como Hadrian St. Claire, esquivó las plumas que sobresalían de la gran dama que tenía delante y dirigió su mirada hacia el bullicioso gentío.

—Y así será. Puede que ya haya llegado.

De pie al otro lado de Rourke se encontraba su otro amigo, el abogado Gavin Carmichael.

—Acuérdate de lo mucho que nos ha costado pasar la línea de recepción. Los invitados aún están llegando. Ten paciencia, Rourke. Si está aquí, la encontraremos —dijo, uniéndose a la conversación con voz calmada.

Si Rourke carecía de paciencia, como así era, se debía a un buen motivo. Después de pasar muchos años en Escocia, había llegado a Londres con un objetivo: encontrar a una mujer inglesa de sangre azul para que fuera su esposa. No buscaba el amor. Eso tardaría más de los quince días que le quedaban para cortejarla y ganar. Por lo que veía, como esos «felices para siempre», el amor era cosa de cuentos de hadas. Cuando hubiera encontrado a una mujer con el pedigrí apropiado, una apariencia agradable y en edad fértil, consideraría finalizada la búsqueda y su futuro asegurado. Con una madre de alta cuna, sus futuros hijos nunca recibirían aquel «rechazo directo», la práctica habitual de los aristócratas para despreciar a alguien que consistía en mirar a través de esa persona como si estuviera hecha de cristal, cristal sucio, abrir las aletas de la nariz y fruncir los labios como hacían los caballos cuando olían algo rancio.

En el torbellino social de las últimas dos semanas solo había encontrado debutantes remilgadas, descaradas herederas americanas y viudas libidinosas; estas últimas prometían todo tipo de delicias carnales. Ninguna de ellas había despertado en él la suficiente curiosidad como para dedicarles algo más que una mirada o una sonrisa al pasar a su lado, así que ni hablar de propuestas de matrimonio. Aunque estaba decidido a no regresar a casa con las manos vacías, no podía alargar su estancia indefinidamente. Había descuidado su compañía ferroviaria en Edimburgo durante demasiado tiempo. El negocio del ferrocarril era tan despiadado como un timo callejero, la amenaza de las compañías rivales exigía un control constante ya que las oportunidades de comerse al pez pequeño siempre resultaban lucrativas.

Descorazonado, unos días atrás, salió a dar un breve paseo. Sin rumbo fijo, acabó en la animada Parliament Square. Y allí fue donde la vio, a «ella», o mejor dicho a su fotografía de tamaño bolsillo pintada a mano sobre la estantería cubierta de terciopelo del escaparate de la tienda de Harry. La fotografía había sido tomada de perfil: las esbeltas manos de la mujer descansaban recatadamente sobre su regazo, el pelo, ondulado y de color miel, recogido para dejar a la vista el dulce contorno de sus pómulos altos, su atractiva boca y el mentón, que formaba una suave curva. Por desgracia, la tienda estaba cerrada, las cortinas corridas y habían colgado el cartel de cerrado. Rourke se quedó ahí de pie, inmóvil como una estatua por el frío, con la cara apretada contra el cristal, tratando de memorizar con su ojo bueno hasta el último detalle de esa encantadora cara de facciones delicadas.

En cuanto llegó al apartamento de Gavin, no perdió ni un minuto y le preguntó por ella.

—Hay una fotografía de una joven en el escaparate de la tienda de Harry. Ojos oscuros, cabello castaño claro, manos cruzadas en el regazo. ¿La conoces?

Gavin levantó la mirada de su ejemplar del *London Times*.

—Puede ser Katherine Lindsey. Es una de las modelos de Harry y es, de lejos, la imagen que más vende. Han llegado a un acuerdo por el cual solamente posa para él. No frunzas tanto el ceño. Está hecho con el mejor de los gustos y, en la mayor parte de los casos, a los maridos no les importa.

—¿Entonces, está casada? —De camino al apartamento de Gavin había intentado moderar su entusiasmo. La dama misteriosa bien podía estar casada, prometida o de cualquier otra manera que para él significara «fuera de su alcance». Aun así, oír la confirmación hundió todas sus esperanzas como si se tratara de un cuerpo al que arrojan al Támesis con piedras atadas a los pies.

Gavin sacudió la cabeza.

—Si te molestaras en leer algo más aparte de la prensa financiera, sabrías que la dama se ha labrado cierta reputación por sí misma. Ha estado prometida tres veces y en todas las ocasiones ha roto el compromiso antes de que se leyeran los votos.

Intrigado tanto por su historia como por su rostro, de repente se vio inventando excusas para pasar por la tienda de Harry para echarle un segundo, tercero o incluso cuarto vistazo. Finalmente, se tragó el orgullo, sacó una guinea del bolsillo y compró uno de los retratos. La tenía apoyada sobre la mesita de noche; la suya era la última cara que miraba antes de irse a dormir y la primera al despertar.

Pero la belleza que reflejaba la fotografía no tenía parangón con el original. La oportunidad de conocer a la *lady* Katherine de carne y hueso le había llevado allí aquella noche. Al parecer realizaba algún tipo de voluntariado en la Tremayne Dairy Farm Academy, la entidad de beneficencia que había organizado el baile al que asistían.

Contando con que al ser una belleza, y además modelo, estaría de lo más solicitada, se había situado estratégicamente a un lado de la pista de baile.

—Es esa de allí. —La voz de Harry le trajo de vuelta al presente—. Está de pie entre algunos de esos engreídos del grupo de lord Dutton. Tienes que verla.

La excitación se apoderó de Rourke. Se sentía como un niño en la víspera de aquellas Navidades llenas de abundancia de las que había oído hablar pero que nunca había conocido. Alargó el cuello y repasó el salón de baile: las figuras borrosas se fusionaban en una masa de joyas brillantes, hombros desnudos y rollizos y vestidos de satén y seda que se movían en círculos. Pero el problema con la gente rica era que todos solían hablar, moverse y vestir de forma bastante similar.

Exasperado, se volvió hacia sus dos amigos.

—Señaládmela.

—Es un baile de sociedad, Patrick, no el mercado de Millingsgate. No está bien señalar a nadie —dijo Gavin.

—Trágate el orgullo y ponte las gafas, hombre —añadió Harry.

Claro, para él era muy fácil de decir. Por algo le llamaban Harry «El Guapo» en sus días en Roxbury House, y por una buena razón. Bendecido con una estatura considerable, atractivo, rubio y con un par de ojos muy funcionales, Harry empezó a convencer a las chicas para que se desnudaran antes de ser lo bastante mayor como para afeitarse. De la misma manera, Gavin, alto, enigmático y de porte aristocrático, había recibido una buena dosis de admiración femenina desde que entraran al salón de baile. Sin embargo, era muy poco probable que una delicada princesita de Londres como *lady* Katherine se fijara en las duras facciones de Rourke, de torso fuerte, rasgos afilados y unos mechones castaños que ni el aceite de Makassar podía controlar. Tener un ojo fastidiado, además, podría parecer poco justo, pero no sería el único hombre en la sala que llevara gafas. Se introdujo una mano enguantada en el bolsillo interior de la solapa del frac y sacó esas gafas que tanto detestaba. Empujándolas sobre el puente torcido de la nariz, se echó hacia delante.

Como una ostra que se abre para mostrar la perla que se refugia en su interior, el grupo de «engreídos» ataviados para la noche se separó y el premio quedó a la vista. *Lady* Katherine Lindsey observaba desde su pequeño refugio y disimulaba un bostezo tras su delicada mano enguantada.

Lo primero que le impresionó fue lo pequeña que era. Apenas llegaba a la altura de los hombros de los que se movían a su alrededor; también era delgada como un junco. Lo segundo fue que era mucho más bella que en la fotografía. Tal vez Harry fuera uno de los mejores retratistas de Londres pero la fotografía que le había tomado no le hacía justicia. Entonces, ¿cómo podía ser que una imagen impresa en papel y pintada a mano capturara la exquisitez de esa pálida cara ovalada, el malvado y obstinado destello de esos oscuros ojos y la maravillosa movilidad de sus labios carnosos, como fresas maduras y hechos para besar? El único fallo que le podía encontrar era la nariz. Si se le miraba el conjunto del rostro, era delgada en el puente y, quizá, demasiado larga. Sin duda, una nariz aristocrática que tendía a señalar el norte; sin embargo, la delicada punta rosada pedía que se la besara.

Debió de notar que él la observaba. Se cambió de lado, le miró por encima del hombro de un caballero y sus ojos se encontraron. Tras el cruce de miradas, el deseo lo sacudió como un rayo que quiebra el cielo primaveral; notó un cosquilleo que comenzaba en su pecho y terminaba en la entrepierna. Animado por ese flechazo, levantó la copa de champán a modo de saludo silencioso y tomó un sorbo. Como imaginaba, la bebida estaba demasiado caliente y ya no le quedaban burbujas. Mantuvo la mirada fija, tragó la espuma y, deliberadamente, hizo una mueca graciosa.

Las comisuras de los labios de la joven se elevaron levemente y eso le permitió ver sus dientes blancos y sus dos pícaros hoyuelos a ambos lados del labio inferior. Como si de repente le entrara algo de reparo, fingió un bostezo y se cubrió la boca de nuevo, solo que, esta vez, Rourke sabía que lo que intentaba disimular no era el aburrimiento sino la risa.

—Creo que le gustas, amigo —Harry le dio un codazo en las costillas, pero Rourke no le hizo ningún caso; en ese instante no quería distracciones.

Alentado, deslizó la mirada de arriba a abajo; la sombra del hueco de su delicado cuello era toda una atracción para bocas y lenguas. El vestido de baile de color crema, aunque de corte sencillo, era de una calidad evidente; escotado pero sin resultar indecente, lo justo para incitar a echar un vistazo. Los brazos, cubiertos por unos guantes de satén blanco hasta el codo, parecían también finos y muy bien formados.

—¿Y cómo es? —preguntó, imaginándose esos preciosos brazos alrededor de su cuello mientras le quitaba el vestido.

Notó como Harry se encogía de hombros.

—Tiene fama de arpía y, por lo que he oído, se la ha ganado a pulso aunque conmigo es muy educada. Mantiene la pose sin quejarse ni moverse, y no es muy habladora. Trae a su hermana pequeña a las sesiones; supongo que para salvaguardar su reputación; como si necesitara preocuparse por eso...

Unos celos irracionales provocaron que, al final, Rourke apartara la vista. Le lanzó una mirada de soslayo al atractivo fotógrafo, pero la atención de su amigo no estaba centrada en *lady* Katherine, sino en una morena voluptuosa que bebía champán a sorbos y que hablaba con varios caballeros de ojos saltones en la otra punta de la sala. Rourke recordó que Harry se la había presentado con anterioridad como Caledonia Rivers y que no era una modelo sino una de las jóvenes a las que fotografiaba por encargo. Además de eso, era una de las líderes del movimiento sufragista.

Harry se pasó la mano por su pelo rubio ceniza.

—Está fuera de tu alcance, Rourke —dijo con un gruñido.

Normalmente, sus gustos se centraban en mujeres rollizas con pechos grandes y piernas largas. Su amante formal, Felicity, casi tenía su misma envergadura. Por muy llamativa que fuera la señorita Rivers, sus pensamientos seguían volviendo a la Venus de tamaño bolsillo que se encontraba al otro lado de la sala.

Contento al saber que el interés de su atractivo amigo se hallaba en otra parte, le dio una palmadita a Harry en el hombro.

—No te preocupes, amigo. Por muy bonita que sea tu señorita Rivers, mi objetivo es otro.

Marcarse a *lady* Katherine como objetivo no era más que el primer paso para ganársela. Como ya sabía por experiencia, ganar algo significaba luchar por ello. Daba lo mismo si se encontraba en un teatro de la ópera de Londres, en un cuadrilátero de boxeo o en la choza de un trabajador del ferrocarril donde tenía que compartir un catre con dos más: siempre prevalecía la ley de la selva.

—Si me disculpáis, cierta dama me ha prometido el próximo baile... solo que ella no lo sabe todavía —comentó, dirigiéndose a sus dos amigos.

Gavin y Harry se miraron, divertidos.

—Perdona que pregunte pero ¿desde cuándo bailas? —inquirió el primero arqueando sus oscuras cejas.

Era una pregunta razonable. La poca gracia que poseía se centraba en sus manos de dedos diestros; para todo lo demás había nacido con dos pies izquierdos.

Rourke hizo entonces una mueca y le dio a su otro amigo su copa de champán.

—Desde ahora.

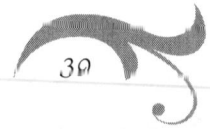

Mientras se abría paso con los hombros a través de la muchedumbre la sangre le bombeaba como si, una vez más, se subiera al *ring*. Desde el foso, la orquesta comenzó a tocar un vals. Sonrió. Esa danza era perfecta para los torpes como él por tres motivos: requería moverse al compás con una sola persona, el tempo era lento y permitía que el hombre colocara las manos sobre la mujer sin miedo a que le abofeteara.

Mientras se acercaba a su presa, paseó la mirada por la competencia para tratar de encontrar el mejor punto de entrada. De los seis hombres reunidos conocía a dos, pero solo por su nombre. El alto, larguirucho y rubio era Henry, lord Dutton, y su joven amigo con rasgos porcinos y prematuramente calvo era *sir* Cecil Wesley. La pose encorvada de este último lo traicionaba como el eslabón más débil.

A sabiendas de que *lady* Katherine lo observaba, esbozó una alegre sonrisa.

—Buenas noches, caballeros, *milady*. Espero que no haya objeción en que me una a ustedes. —Sin esperar respuesta, le dio una palmada en el hombro a Wesley. Clavó los dedos en la flaccidez del joven barón, lo apartó a un lado y dio un paso al frente para colocarse justo en el centro del círculo.

Entonces le hizo a *lady* Katherine lo que esperó fuera una reverencia servicial.

—*Lady* Katherine. —A continuación se irguió y percibió levemente su aroma: flores de azahar y alguna otra fragancia fresca todavía sin identificar que le hizo pensar en la luz del sol y en las templadas brisas primaverales. Haciendo caso omiso de las caras furiosas de sus rivales, fijó la mirada en sus serenos ojos marrones—. He venido a reclamar mi baile, *milady*.

«He venido a reclamarte a ti.»

Durante unos segundos, la distante máscara de ella cayó y él detectó un atisbo de sorpresa en sus ojos cuando las pupilas se le dilataron un poco. Ella dudó y bajó la vista al brazo que él le extendía.

—Sí, creo que este baile se lo prometí a usted.

Lord Dutton frunció el ceño, el labio inferior le sobresalía como si fuera un niño al que estaban a punto de quitarle un caramelo.

—¿Cómo puede ser? Es el primer vals de la noche —dijo, dirigiéndose a *lady* Katherine—. Estoy seguro de que recordará que habíamos apalabrado este baile cuando le traje la copa de ponche.

A pesar de su pequeña estatura, se mantuvo firme.

—Se equivoca, amigo. —Esquivó a Dutton y se dirigió hacia Rourke, colocando la pequeña y enguantada mano encima de su brazo—. Caballeros, si nos disculpan. —Esto último no era una pregunta.

Rourke sacó pecho y le abrió camino hacia la pista de baile; ese triunfo era un trillón de veces más potente que robar un reloj o un bolso. En este caso, había robado algo mucho más preciado: un diamante de primera, una perla de valor incalculable, y lo había hecho delante de las narices engreídas de aquellos que se creían superiores a él.

—Supongo que debo agradecerle que me rescatara. Dutton y los suyos... ¡puf! Vaya panda de aburridos —susurró ella apoyándose en él cuando estuvieron lo suficientemente lejos como para que no pudieran oírles. Y añadió entonces acercando su rostro al de él, que estaba de perfil—: A propósito, ¿quién demonios es usted?

Para ser una dama de nacimiento, no le pareció muy fina hablando, aunque qué más daba eso.

—Patrick O'Rourke, aunque mis amigos me llaman Rourke. En realidad mis enemigos también me llaman Rourke, así como mis compañeros de trabajo. Ahora que lo pienso, todo el mundo me llama así. Soy escocés —añadió sin ninguna razón en particular.

—Eso había pensado por su acento.

Él asintió, si bien no sabía si debía sentirse halagado o incómodo.

—La O de mi apellido confunde a algunos. Mi padre era medio escocés, medio irlandés del Ulster, pero mi madre nació y se crió en Escocia. Su clan está en Cromartyshire, en lo más remoto de las Tie-

rras Altas. —Dios, ni siquiera habían llegado a la pista de baile y ya parloteaba como un tonto.

—Sí, sí, sé dónde están los condados escoceses. Tal vez haya creído que soy una de esas tontas que se conforman con regodearse en su absoluta ignorancia de geografía, pero debo informarle de que poseo un globo terráqueo y un mapa del imperio Británico —espetó ella, algo molesta.

Su irritación lo dejó anonadado. No pensaba que fuera tonta ni ignorante. Que consultara mapas tampoco le sorprendía en exceso. Abrió la boca para decir algo al respecto, pero lo que salió de ella acabó siendo algo muy distinto.

—A usted le dan igual los demás, ¿verdad?

Ella se encogió de hombros, lo que provocó que el escote de su corpiño le ofreciera unas vistas de lo mas interesantes. Era menuda, pero no en todas partes.

—Más o menos. Lo que desde luego no soporto son la arrogancia y las malas formas.

Quiso hacer un comentario sobre la hipocresía, pero para entonces ya habían alcanzado la abarrotada pista de baile. Se soltó de su brazo y mientras avanzaba torpemente detrás de ella, los hombros anchos de Rourke empujaban ligeramente a las demás parejas. Abrió hueco para ambos y se dio la vuelta para tomarla entre los brazos. Fue entonces cuando se percató del gran inconveniente.

No sabía bailar.

—Me había invitado a bailar, ¿no es así? —preguntó carraspeando un poco.

El sudor perlaba la frente de Rourke y las gafas se le empañaban por el calor; esta vez no podía atribuirlo al exceso de aforo o a las lámparas. Los brazos le colgaban a ambos lados del cuerpo como si de ellos pendieran unos grilletes.

—Sí, así es.

Katherine suspiró como si, de repente, estuviera agotada. Durante unos vertiginosos segundos, pensó que ella se daría media vuelta, se marcharía y lo dejaría allí solo, de pie, como un bufón, un hazmerreír. Sin embargo, se le acercó, le agarró la muñeca con una mano y le guió la suya a su alrededor hasta colocarla en su delicada espalda.

—No le morderé, lo prometo.

En otras circunstancias, Rourke hubiera dicho que un mordisquito en el lugar adecuado podría ser muy agradable, pero se abstuvo de expresar ese pensamiento lascivo y, en lugar de eso, se concentró en mover sus rígidas piernas y en no arrastrar los pies.

—Coloque la otra mano sobre la mía... sí, la mano derecha, muy bien, así es como se hace. Ahora tenemos que conseguir que parezca que seguimos el compás de la música. Uno, dos, tres, abrimos paso, cerramos paso. ¿Se da cuenta de cómo vamos haciendo un pequeño círculo?

Bajó la vista y vio que casi se rozaban con las puntas de los pies; los zapatitos de ella hacían que los suyos parecieran pezuñas de elefante. Rourke asintió. La cintura que notaba bajo su mano se le antojaba ágil e increíblemente pequeña; el calor que emanaba su piel enfundada en ese vestido de seda lo notaba en las palmas de las manos.

Reparó en su ceño fruncido y supo que no le gustaba hallarse en manos de un aficionado.

—Intente no levantar tanto los pies. No vamos al galope, señor O'Rourke, estamos bailando o al menos lo intentamos. El movimiento adecuado se asemeja más a deslizarse que a andar.

¿Cómo podía ser que una mujer que apenas le llegaba al hombro se las ingeniara para parecer que le miraba por encima de él?

—¿Alguna otra instrucción, *milady*? —la interpeló, una vez hubo encontrado la palabra adecuada.

—Solamente una. No necesita apretujarme la mano como si me aplicara un torniquete. No tengo ninguna intención de escaparme, se lo aseguro.

Él sonrió. Le trataba con amabilidad.

—¿Ah no?

—No. —Con expresión incómoda, meneó la cabeza—. El pie con el que me está pisando me tiene bastante sujeta.

Lo levantó y la expresión de Katherine se suavizó.

—Mierda. Quiero decir, perdóneme, *milady*. Es usted tan ligera, que casi ni lo he notado...

Ella lo miró y soltó otro suspiro; su aliento fresco y con aroma de menta flotó hasta besarle en la mejilla.

—Le ruego que no se disculpe. Las disculpas me parecen soberanamente aburridas.

—Es usted una maestra magnífica —dijo Rourke, intentando no sonreír.

Él también quería enseñarle un par de trucos, solo que fuera de la pista de baile... Y sabía que antes tenía que superar dos semanas enteras de galanteo para que se diera el feliz evento.

Ella se encogió de hombros, ajena a sus pensamientos carnales.

—Una cosa es que usted parezca tonto, pero no puedo permitir que me haga a mí quedar como tal, ¿no le parece? —Lo pilló mirándole la punta de la nariz, una nariz que estaba hecha para ser besada, se tambaleó y le pisó lo que debía de ser el dedo gordo del pie— ¡Ay! Usted no baila, ¿verdad?

—En realidad este es mi segundo intento. Y parece que se me da bastante mal. Por no hablar del potencial peligro de dejar lisiadas a mis parejas de baile.

—Entonces, ¿por qué me lo ha pedido? No hacía falta que lo hiciera; no soy la más fea del baile. Dutton tenía razón. Le había prometido este baile a él.

—¿Se lo creería si le dijera que disfruto conociendo a muchachas bonitas y que bailar parece la mejor manera de hacerlo, al menos en Londres?

Ella levantó la barbilla.

—No soy ninguna muchacha. Cumpliré veintisiete años dentro de unos meses.

Así que solo era dos años más joven que él. Eso le sorprendió. Aunque lo que le sorprendió más fue que revelara su edad tan fácilmente. La mayoría de las mujeres mayores de veinticinco se tumbarían en una cama de faquir antes de confesarlo. Y aun así todavía cumplía el tercer requisito: era lo bastante joven como para tener hijos. Con los dos primeros requisitos no había tenido ningún problema, así que pensó que tenía luz verde para seguir adelante con su objetivo.

—Por cierto, ¿le han dicho alguna vez que tiene unos ojos muy bonitos? —dijo él, impaciente por seguir con los galanteos.

Ella puso los ojos en blanco —esos ojos tan hermosos— y negó con la cabeza.

—A decir verdad, señor, me lo han dicho muchas veces, pero no porque sean particularmente bonitos, en realidad son de un color marrón bastante normal, sino porque halagar los ojos de una dama es el tipo de piropo que los caballeros creen que nos gusta oír.

Él sonrió. Se alegraba de que no fuera un objetivo fácil.

—Más bien al contrario, no son ni marrones ni normales. Creo que son ámbar, por eso soy como una libélula atrapada en la resina pegajosa de su mirada.

—¡La resina pegajosa de mi mirada! —Echó la cabeza hacia atrás y se rió; ese sonido gutural le trajo a la mente un trozo basto de seda—. Dígame, ¿las escocesas suelen caer en este tipo de lisonjas?

Tratando de no sobrepasar los quince centímetros de rigor entre ellos, aunque solo fuera para evitar que su miembro erecto le rozara el vientre, le contestó:

—Algunas sí, supongo. En su caso, sin embargo, cualquier halago que le resalte es la pura verdad. Mi colega, Harry, no le ha hecho justicia.

Bajó la vista hacia el rostro que le miraba. De ese modo podía apreciar todos los deslumbrantes detalles que, o bien la fotografía no captaba o no reflejaba con precisión: la gruesa hilera de pestañas oscuras que bordeaban sus ojos almendrados, la seductora peca justo encima del labio superior, la pequeña cicatriz blanca de su mejilla izquierda... la cual, de repente, tuvo unas ganas terribles de lamer.

—¿Conoce mucho al señor St. Claire? —le preguntó. Aquello había llamado su atención.

—Pasamos parte de nuestra infancia juntos.

Después de que el abuelo de Gavin hubiera aparecido para reclamarlo y que una pareja mayor de actores adoptara a su amiga Daisy, su club de huérfanos de Roxbury House se había reducido a la mitad, Harry y él. Aunque a veces se pelearan como gatos, el fotógrafo era lo más parecido a un hermano que había tenido.

—¿En Londres?

Él negó con la cabeza.

—No, en Kent, cerca de Maidstone.

Hizo una pausa, preguntándose si había hablado demasiado. Eran los primeros días por lo que al cortejo se refería y podía enviarlo todo al traste si se enteraba de que era huérfano. A pesar de ello, de todos los lugares en los que había vivido hasta ahora —en algunos más de una vez, como Londres, Edimburgo, Kent, y ahora Linlithgow en Escocia—, Roxbury House era el único que consideraba su hogar.

—Yo también crecí en Kent. —La voz de *lady* Katherine lo trajo de vuelta al presente—. Tenemos una casa en Romney.

—Su padre es conde, ¿verdad?

—El título no es extremadamente antiguo. —Ella asintió—. Mi padre es el tercer conde de Romney. Empezó como un título de cortesía vitalicio, otorgado a mi tío abuelo por algún dudoso servicio que prestó a la Corona y entonces... Bueno, eso ya no importa. Huelga decir que el apellido Lindsey es muy antiguo, muy formal. —Dijo esto último con una mueca, como si sugiriera que, si bien su familia era muy formal, ella no lo era tanto.

—¿En qué parte de la ciudad vives?

—¿Cómo dice?

—Tenéis una casa en la ciudad, ¿no? ¿Cuál es tu dirección?

—Señor, ¿debo recordarle que no nos han presentado siquiera? —Entrecerró los ojos al contestarle—. Debería haberle pedido a su amigo, el señor St. Claire, que hablara por usted. Hasta un escocés debe tener nociones de protocolo. Hay normas sobre este tipo de cosas, ya lo sabe.

Inclinó la cabeza hacia el suave terciopelo de su mejilla.

—Bueno, las normas son difíciles de acatar para un tipo tan poco refinado como yo cuando tengo a una chica guapa entre los brazos; solo el calor de su piel en las palmas de mis manos y el olor embriagador de su pelo me llevan por el mal camino y me hacen pensar en todo tipo de caprichos insensatos.

Ahora fue ella quien dio un traspié.

—Se está propasando, señor mío. Ahora mismo estaría en mi derecho de abofetearle.

Él sonrió; cada vez se divertía más. *Lady* Katherine no solo cumplía los requisitos como novia por lo que al título, apariencia y posibilidad de tener hijos se refería, sino que los excedía. A diferencia de las demás mujeres que había conocido las semanas anteriores, casi todas apocadas, ella parecía tener ideas propias.

—Podría hacerlo, claro, pero no lo hará. Abofetearme solo serviría para conseguir lo que todos sus amigos de la buena sociedad temen por encima de cualquier otra cosa: montar una escena.

Al parecer ella no tenía respuesta para eso. Habían completado otra vuelta y el vals llegó a su fin. Él dejó la mano en la curva de su espalda durante un momento después de que la música hubiera terminado. Imaginó que la tocaría así la primera vez que fuera a dejarla en la cama de matrimonio, pero retiró la mano y dio un paso atrás.

La acompañó hasta el fondo de la pista.

—Reclamo que me otorguéis el siguiente vals, tanto si se lo habéis prometido a ese memo de Dutton como si no.

Con gusto reclamaría el próximo baile y todos los que le siguieran, aunque no creía poder apañárselas solo con bravuconería para salir airoso de lo difíciles que le resultaban aquellos pasos.

Katherine abrió la boca como si quisiera replicarle con descaro cuando vio algo por encima de su hombro izquierdo. Su mirada encantadora y su aire travieso desaparecieron para dar paso a una emoción más oscura, como de temor, de horror.

—¡No! —susurró—, y por alguna razón al oír aquella exclamación creyó que no se dirigía a él.

Dio un paso hacia ella. Y aunque era inapropiado, le puso una mano en el brazo y la sacudió, como para que volviera en sí.

Le miró a los ojos. Como alguien que sale de un trance, parpadeó y sacudió la cabeza como para aclarársela.

—Aunque ha sido encantador apoyar la cabeza en su pecho y notar sus pisotones, no puedo bailar con usted otra vez.

Justo cuando se había puesto a fantasear con que le caía bien, ella se había vuelto fría como el hielo.

—¿Y eso por qué?

—Una dama no tiene por qué darle explicaciones a un caballero, igual que él tampoco tiene derecho a pedirlas. Que pase usted una buena noche, señor —dijo, fulminándolo con la mirada.

Antes de que pudiera ocurrírsele una réplica, ella hizo una reverencia, se dio la vuelta y se fue.

Kate abandonó la pista de baile con el corazón desbocado. Notaba los iracundos ojos esmeralda del escocés clavándosele en la espalda como un par de sables y apretó el paso. Cuando alcanzó las puertas que daban al vestíbulo miró por encima del hombro hacia atrás para asegurarse de que no la hubiera seguido. Se sintió decepcionada y aliviada por igual al ver que no había sido así.

Plantar a un hombre en la pista de baile era algo muy grosero, incluso para ella. Durante unos segundos de locura, se planteó volver para disculparse. Kate Lindsey disculpándose con un hombre o, al menos, ¡pensándolo! Dios santo, ¿qué le había pasado? Dejando de lado las formas o la ausencia de ellas, no disponía de tiempo para ello, aunque por una vez —solo esta vez— no le hubiera importado perderlo.

No era tan atractivo como... impresionante. Cuando se le había acercado para bailar, el aplomo que exudaba hizo que los demás hombres que la rodeaban parecieran pusilánimes y débiles a su lado. Durante el breve instante en que la había atraído hacia sí, había temido desmayarse al notar la fuerza de sus músculos y su calor. Mientras bailaban el vals, le había acariciado accidentalmente el bíceps con la mano y notó que le temblaban las rodillas. Hasta ese momento, siempre había pensado que una reacción tan exagerada solo se daba entre las páginas de las novelas románticas. Si alguna mujer le hubiera descrito una experiencia similar, la habría catalogado al instante de mema.

Pero no podía negar la realidad. Patrick O'Rourke había dejado huella en ella. Aparte de sus maneras bruscas, su discurso singular y una falta total de habilidad para bailar, se sentía increíble, peligrosa y físicamente atraída por él. La primera vez que le había tomado la mano para colocársela en el hombro, le había costado respirar y eso que no llevaba los cordones del corsé tan apretados. Al levantar la vista hacia él, sintió la urgente necesidad de arrancarse los guantes y pasarle los dedos por el denso pelo castaño, de perderse en el mar esmeralda de sus ojos y entregarle sus labios y todo su ser.

Le habían entrado ganas de besarlo en público.

En el fragor de ese pensamiento excitante y estremecedor, reconoció que nunca antes había sentido una reacción física tan fuerte. Le atraía incluso el brillo del diamante que llevaba en la oreja izquierda, aunque solo fuera porque le había hecho pensar en un pirata: atrevido, sensual y peligroso. Cuando la había llamado bonita y resaltado sus ojos, ella se había hecho la ofendida, pero en el fondo aquello le había gustado. No cabía duda de que estaba acostumbrado a repartir ese tipo de halagos entre las mujeres y que ellas aceptaban sus piropos como si fueran gatos hambrientos a los que les ponían delante un platillo con leche. Y aun así, por la manera en que la había repasado con esos ojos que se volvían esmeralda oscuro —casi parecía que los cambiaba a voluntad— parecía que lo pensara, aunque solo fuera un poco. Por fin había conocido a un hombre que, además de adularla, le daba conversación, ¡qué gozo!

Pero como todas las cosas buenas de la vida, al menos de la suya, el gratificante interludio había terminado demasiado pronto. En cuanto se aventuró a mirar por encima del hombro del señor O'Rourke —un hombre increíblemente ancho y fuerte— vio a su padre abandonar la sala de baile con su amigote, lord Haversham. Durante el último año, había tenido que sacar a ese par de innumerables clubes de apuestas. A la que pasara unas pocas horas en compañía del dichoso lord, la billetera de su padre regresaba ostensiblemente más ligera y su deuda multiplicada por diez.

El deber se anteponía al placer, por desgracia. Tenía que encontrar a su padre. Que saliera de la sala de baile en compañía de ese caballero en particular solo podía significar una cosa: un problema económico de los gordos. Por suerte no tenía que malgastar su valioso tiempo en preguntarse dónde habían ido. Como era voluntaria del comité que organizaba el evento, recordó que parte del programa de actividades de la noche consistía en un casino que pretendía ser una miniatura de las famosas salas de apuestas de Montecarlo.

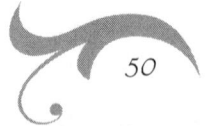

En el caso del bribón de su padre, anticiparse a lo peor no era paranoia. Era una habilidad de supervivencia que había tenido que aprender por las malas con los años. Habían disfrutado de un mes entero de descanso, durante el cual su padre había cumplido su promesa y se había mantenido alejado de los salones de apuestas. Incluso habían podido avanzar algo los pagos mensuales de las deudas familiares. Pero si no lo apartaba de Haversham pronto, el círculo vicioso comenzaría otra vez y todo el duro trabajo que había hecho no habría servido para nada, como siempre. El conde lo retomaría donde él y su amigo lo habían dejado meses atrás: mucha bebida, demasiado juego y asombrosas sumas de dinero perdidas. Invariablemente, ella tendría que encontrar un plan para solucionar la situación y aumentar los fondos requeridos de un modo prudente y discreto. Hasta el momento había sido muy creativa, pero no podía hacer milagros. No tenía la capacidad de hacer que el dinero creciera de los árboles ni tampoco la de sacar un conejo blanco de un sombrero y, además, no quería que nadie sintiera lástima por ella.

Fuera en el vestíbulo, paró a un criado y le pidió indicaciones, entonces se dirigió hacia la derecha de la entrada iluminada con candelabros. Cuando llegó a la sala transformada en casino durante esa noche, ya volvía a ser la misma Kate, la que todo lo puede, la que siempre estaba de mal humor y era capaz de planear las cosas tan a sangre fría como un hombre.

Permaneció en el umbral, examinando la escena del interior. Los candelabros estaban anclados a intervalos en el abigarrado papel de las paredes y una nube de humo procedente de los habanos flotaba por toda la sala. Al otro lado de la alfombra, un crupier vestido con una camisa blanca y un fajín de seda a rayas presidía una mesa de «treinta y cuarenta». Repartía las fichas rojas y negras que hombres de trajes oscuros, alrededor de una barandilla de metal, agarraban con fuerza. Una ruleta, conducida por una bella joven ataviada con plumas negras, guantes largos hasta el codo y un escotado vestido que enmarcaba un collar de diamantes y perlas, ocupaba la plataforma central; aparte de ella, Kate era la única mujer de la sala.

Consciente de que las cabezas se volvían en su dirección, ella dudó unos segundos y entonces, al recordar por qué estaba allí, levantó la barbilla. No era la primera vez que entraba en un establecimiento de apuestas con el propósito de buscar a su padre y sacarlo de allí. En esta ocasión, las apuestas eran solo uno de los diversos entretenimientos que se ofrecían, los invitados eran de la alta sociedad, el dinero estaba destinado a la beneficencia y el entorno inmediato resultaba mucho más respetable que los sórdidos locales de apuestas llenos de humo de Leicester Square, en los que se había visto obligada a entrar más veces de las que se molestaba en contar.

—¿Puedo ayudarla, señorita? —Kate se dio la vuelta y vio a un empleado del casino vestido de esmoquin y con el libro de apuestas en la mano que se le acercaba—. Si desea tomar parte en el evento, el precio de la entrada es de veinte libras.

«Veinte libras.» Kate calculó mentalmente la cantidad de carne de cordero, cajas de huevos y botellas de leche que podría comprar con esa cantidad. El salario de Hattie, su doncella para todo, ascendía a doce libras al año —incluyendo alojamiento y comidas— e incluso con esa miseria de pago iba retrasada y se sentía avergonzada.

Aun así, en su corazón no cabía la envidia ya que los fondos que se recaudaran eran para que las jóvenes descarriadas de *lady* Stonevale pudieran empezar de cero. Le encantaba esa organización benéfica para la que trabajaba de forma voluntaria. Solo esperaba que su padre no hubiera hipotecado tanto su futuro como el de Bea hasta el extremo de que se vieran obligadas a buscar un sitio en el hospicio de la parroquia.

—Todos los jugadores están de acuerdo en dividir sus ganancias a partes iguales con la casa que, en este caso, es la escuela benéfica de *lady* Stonevale. —La explicación del empleado sacó a Kate de su ensoñación—. ¿Me permite acompañarla a una mesa privada? ¿O prefiere probar suerte con la ruleta?

Localizó a su padre en una de las mesas circulares de cartas y negó con la cabeza.

—Ninguna de las dos cosas, pero gracias.

Echó a andar por el estrecho pasillo que se abría entre las mesas y se dirigió hacia el mayordomo que se movía con una bandeja llena de copas de coñac y una caja de puros. Al llegar a la mesa de su padre, asió el montón de piezas amontonadas sobre el tapete que cubría la mesa notando cómo se le tensaba la espalda y se le erizaba el vello de la nuca. Levantó la vista y cruzó la mirada con lord Haversham. La última vez que su padre volvió a jugar por culpa de su disoluto amigo, desapareció la gargantilla de perlas de su madre.

—Lord Haversham, veo que, una vez más, se ha cruzado en nuestro camino y que no trae nada bueno consigo —le dijo, controlando su ira.

Al contrario que su padre, que se hundió en el asiento, el aludido vizconde de cincuenta y tantos le dirigió una mirada punzante y perspicaz. Retiró la silla y se puso de pie.

—*Lady* Katherine, tan dispuesta como la recuerdo siempre, e incluso más encantadora con ese rubor que asoma a sus mejillas.

Kate miró los relucientes diamantes de sus gemelos y no dudó de dónde provenía el dinero con el que los había pagado. Lord Haversham formaba parte de la nobleza, sí, pero también era tan astuto como un tahúr.

—Sé de lo que es capaz, señor. —En lugar de decir nada más y arriesgarse a provocar una escena que sería la comidilla de todos a la mañana siguiente, se dirigió a su padre—: Ven conmigo antes de que pierdas nada más. Buscaré a un portero para que llame al carruaje.

Él volvió la cabeza para mirarla, los ojos nublados le confirmaron que había bebido más de la cuenta, aunque eso tampoco era una sorpresa.

—Ahora no, Kate. Havy y yo estamos jugando una partida amistosa al *euchre*. Es una obra de caridad, recuérdalo.

En ese popular juego de naipes, se retiraban de la baraja los doses y los seises y luego se repartían cinco cartas a cada jugador. Para perder en el *euchre* había que obtener menos de tres bazas. Por como pintaban las cosas, su padre había jugado como mínimo una mano y había perdido.

Lord Haversham se irguió de nuevo y se metió en la conversación.

—De hecho, Artie, esas pobres jóvenes descarriadas necesitan toda la ayuda que les podamos prestar.

Su tono irónico sugería que había ayudado a una muchacha o dos en su caída en desgracia y que se enorgullecía de ello.

—Dada nuestra situación —Kate no se molestó en suavizar el tono—, me atrevo a decir que la beneficencia empieza en casa, que es donde te voy a llevar.

Su padre alzó las manos temblorosas y la ahuyentó como si fuera un insecto del que quisiera deshacerse.

—Pide un cabriolé para ti si quieres, pero el carruaje se queda aquí hasta que termine.

—¿Quieres que pida un coche? —A pesar del estándar que había establecido, esto era inaudito.

Kate bajó la mirada hacia el bolsito con cuentas que le colgaba de la cintura. En él llevaba un pañuelo, un pequeño peine de bolsillo y la llave de casa, pero nada de dinero. Al igual que el resto de su vida, el accesorio era un alarde brillante, pero con poca sustancia.

—No llevo dinero encima, ni un penique —le dijo, bajando bastante la voz.

—En ese caso, vuelve al baile y diviértete hasta que esté preparado para irme —contestó su padre, encogiéndose de hombros.

La vergüenza hizo que el rubor inundara sus mejillas. Se dirigía a ella como si fuera una niña, y, encima, delante de su peor enemigo.

La había humillado. Peor aún, estaba atrapada. No podía volver al baile y arriesgarse a encontrarse con el señor O'Rourke. Después de la apresurada y, sí, grosera partida, era la última persona con la que se sentía capaz de enfrentarse. Tampoco tenía ganas de retomar el hilo del interminable parloteo superficial de Dutton y los suyos, algo sobre la cacería del zorro y la última moda en ropa de montar a caballo. Dadas las circunstancias, solo había un lugar donde una mujer de su estatus y posición podía ir a quitarse la espinita clavada y lamerse las heridas.

El salón reservado para las damas, también conocido como el cuarto de baño.

Capítulo 3

> «Sé que es una gruñona insoportable y chillona;
> pero, si eso es todo, señores,
> no hallo inconveniente.»
>
> WILLIAM SHAKESPEARE, Petruchio,
> *La fierecilla domada*.

Viendo como *lady* Katherine se abría paso hacia el vestíbulo, Rourke dudó y, luego, se dispuso a seguirla. Esa esnob le había seguido el juego para después darle la patada y eso no iba a quedar así.

Pero había algo más que su orgullo en juego y lo detectaba en los rincones más oscuros y secretos de su alma. Lady Katherine era completamente diferente, lo sentía. A pesar de la descortesía mostrada y de su afilada lengua, le intrigaba y conmovía por igual. Antes de dejarlo plantado en mitad de la pista de baile como un monigote, parecía como si estuviera a punto de llorar. No, algo debía de haber ocurrido para que desapareciera de esa manera tan súbita; algo más serio y preocupante que su horrenda manera de bailar.

Acortó el trayecto de salida a través de la multitud y, cuando se encontraba a medio camino de las puertas una mano se le posó en el hombro y le echó hacia atrás. Durante unos desconcertantes segundos, el instinto tomó el control y volvió a ser un carterista perseguido por agentes de la ley blandiendo las porras. Media docena de ojos masculinos y furiosos se clavaban en los suyos. Lord Dutton y su amigo de cara porcina, Wesley, encabezaban el grupo. Recordó dónde se encontraba y, más importante aún, quién era ahora, relajó las manos y dejó caer los brazos.

El sudor le provocaba cierta comezón por el cuello de la camisa y soltó una risita.

—¿Qué puedo hacer por ustedes, caballeros? —preguntó, fijando su mirada en lord Dutton.

Este bajó la vista a las manos de Rourke que, aunque colgaban de forma indefensa a ambos lados de su cuerpo, seguían siendo tan grandes como jamones. El larguirucho joven tragó saliva y echó un ojo por encima del hombro a sus compañeros, como si quisiera asegurarse de que seguían ahí para respaldarle.

Aparentemente seguro de su apoyo, se volvió hacia Rourke.

—Me había prometido ese vals a mí.

—Puede que hubiera apalabrado el baile, pero no a la dama. Ella no es de su propiedad, recuérdelo —contestó Rourke, encogiéndose de hombros.

—En realidad, estaban prometidos solo que… bueno, las nupcias han sido pospuestas en deferencia a… la timidez de *lady* Katherine —apuntó Wesley, abriendo la boca.

—Su timidez, claro. —Rourke no pudo evitarlo. Echó la cabeza hacia atrás y se rió—. Jamás he conocido a una mujer menos tímida.

Dejó de pensar en eso y volvió de nuevo al punto principal. Dutton era uno de los prometidos a los que había plantado. Ahora enten-

día por qué el hombre parecía tan molesto. ¡Madre mía!, con razón se sentía despechado. No cabía duda de por qué *lady* Katherine le había dado la patada. Lo que más le sorprendía era que, al parecer, se había planteado la idea de casarse con él. Rourke se preguntó si los otros dos candidatos a futuro marido también se hallaban presentes. Por lo que estaba descubriendo, el Londres de moda era un mundo muy pequeño.

Miró a su alrededor.

—Pero, dicho con todo el respeto, *lady* Katherine es salvaje. Si un hombre no tiene... —«las agallas, las pelotas»— ...el talento para domarla, es mejor que se haga a un lado y la deje marchar.

Dutton levantó el labio superior y se rió.

—¿He de suponer entonces que usted se cree el hombre adecuado para conseguirlo?

No quería revelar sus intenciones de matrimonio cuando apenas se había iniciado el juego, así que se armó de valor y se encogió de hombros de manera despreocupada.

—¿Quién soy yo para decirlo?

—¿Le importaría apostar algo?

—Eso dependerá de lo que tenga usted en mente —contestó Rourke, intrigado.

Esta vez fue Dutton quien se encogió de hombros. Las costosas ropas que vestía parecía que estuvieran colgadas de un espantapájaros. Su aspecto le recordó una versión de Johnnie Black refinada.

—Tiene los próximos cinco días para robarle un beso a *lady* Kate, un beso en público, con al menos un testigo fiable presente. El perdedor pagará cien libras. Para que no haya malentendidos, la inscribiremos en el libro de apuestas de White.

Desde que llegara a Londres, Rourke había pasado por el arco de la ventana frontal de White's mientras paseaba por St. James, pero lo más cerca de entrar que había estado fue en la acera. Aquel era un exclusivo y legendario club masculino, lo que significaba que estaba cerrado a la gente vulgar como él.

—Y no puedes obligarla a hacerlo —añadió Wesley—. Tiene que hacerlo por voluntad propia.

Rourke observó al futuro barón con una mirada gélida.

—Jamás he forzado a una mujer en toda mi vida y no pienso empezar ahora.

—Entonces, ¿acepta? —preguntó Dutton. Sus ojos entrecerrados brillaban como los de una rata en la noche.

Rourke dudó. No necesitaba el dinero y cien libras eran una miseria en estos tiempos. Además, a pesar de la mala educación con la que le había tratado, no tenía ganas de humillar a la dama.

—No deseo hacerme con su dinero, caballeros, ni tampoco comprometer a la dama —contestó, meneando la cabeza.

—No tan rápido. —La voz aguda y monótona de Dutton lo detuvo en seco—. Si tan seguro está de su pericia, demuéstrelo apostando un poco de ese dinero de nuevo rico que reluce en sus bolsillos, ¿o su fanfarronería escocesa no es más que una pedantería más?

Eso último era, ni más ni menos, una sutil alusión al hecho de que la fortuna de Rourke había sido ganada y no heredada. En una nación nueva como Estados Unidos, ser un hombre que se había hecho a sí mismo era un orgullo, pero no así en Inglaterra. Aquí, a un hombre honesto y trabajador le machacaban y escupían como si fuera basura mientras que a la persona más despreciable la exaltaban siempre que tuviera un título nobiliario.

—Supongo que lo de escocés habrá sido un halago. Los escoceses le damos nombre a los mejores *whiskys*, recuerde —añadió Rourke, dándose la vuelta.

Ellos se encogieron de hombros como si dieran a entender que les daba lo mismo.

Lord Dutton le dedicó una astuta mirada.

—No me diga que el Toro del Norte no tiene pelotas para aceptar una pequeña apuesta. —Hizo una mueca, visiblemente complacido por lo bien que lo imitaba.

Así que habían averiguado su pasado como boxeador. No era ningún secreto, aunque llevaba ya casi siete años sin pisar un cuadrilátero. Al contrario que muchos púgiles profesionales adictos a la parte sangrienta del deporte, Rourke supo cuándo dejarlo. Había adquirido las primeras acciones ligadas al ferrocarril con el premio que había ganado al derrotar al hasta entonces campeón, Big Jim O'Malley. Entonces se unió a los trabajadores del ferrocarril como peón y empezó a subir de nivel. Había conseguido comprar la compañía ferroviaria entera dos años atrás y, desde entonces, había añadido una segunda y una tercera a su patrimonio.

Aun así, para ese grupo él jamás sería otra cosa que un paleto escocés de los suburbios del East End. Comprendió que, quizá, *lady* Katherine no fuera la única de su clase que necesitase una lección de un hombre trabajador.

—Muy bien, caballeros, ustedes ganan. Acepto sus términos pero, para hacer las cosas más... digamos, interesantes, no nos limitemos a unas irrisorias cien libras. ¿Qué me dicen si aumentamos la apuesta a mil libras?

Se apoyó en los talones mientras esperaba. No era un gran secreto que lord Dutton vivía de sus expectativas de futuro y aún dependía de la cartera de su padre en forma de una omnipresente asignación trimestral. Para ser justos, el estado de dependencia perpetua lo compartían muchos hombres de la sociedad. En el caso de Dutton, sin embargo, ya había tomado dinero prestado de la siguiente remesa. En breve, su señoría estaría endeudado hasta las cejas. Subir la apuesta a mil libras aumentaba el riesgo de una forma considerable.

Como era de esperar, las mejillas de Wesley perdieron su inicial brillo rojizo.

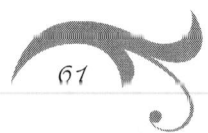

—¿Mil libras?

—Sí, a no ser que ustedes, caballeros, ya no se sientan tan seguros de los términos.

—No, no, aceptamos. Serán mil libras. Eso es... si usted acepta mi condición. —Dutton tragó saliva otra vez. Un leve brillo de sudor le apareció en la frente y a lo largo del labio superior.

—Por supuesto, milord. Todos somos... hombres de palabra, ¿verdad?

Sonó la campana de la cena. Sonriendo, Rourke se dio la vuelta y prosiguió su camino. Ya en el vestíbulo, se dirigió al guardarropa. Gavin y Harry tendrían que acabar la velada sin él. El breve interludio le había hecho cambiar de idea sobre perseguir a *lady* Kate. No cabía duda de que ella esperaba que él lo hiciera. La mejor estrategia —y, visto lo visto, estaba claro que lo que había empezado como un cortejo se estaba convirtiendo en una guerra— sería conseguir que ella se pasara el resto de la larga y aburrida velada preguntándose dónde se había metido.

«*Lady* Kate, puede que aún no lo sepa, pero ha encontrado a su pareja en mí.»

Con el rostro encendido, lord Dutton siguió con la mirada la salida del escocés. Todavía no se había dado por vencido en lo de casarse con Kate, al menos no del todo. Normalmente, la hija mayor de un conde estaría fuera de su alcance, pero un rumor fiable decía que el señor Lindsey sufría de ludopatía.

Tan pronto como el escocés estuvo lo bastante lejos para no oírlos, Wesley volvió su rostro rechoncho hacia Dutton.

—¿Qué demonios tramas? —preguntó.

Él esperó a que los otros tres hombres del grupo se distanciaran antes de responder.

—¿A qué te refieres?

—Corrígeme si me equivoco, pero no vas muy sobrado de dinero últimamente. Anoche mismo reconociste que habías tomado prestado de tu próxima remesa trimestral. No tienes suficiente dinero en los bolsillos ni para pagarle al conductor del cabriolé.

Dutton no lo negó.

—No podía dejar pasar la oportunidad de golpear a ese tipo en su nariz de boxeador y darle una lección. ¿Quién demonios se ha creído que es, mezclándose libremente con los que le son superiores y llamándose a sí mismo caballero, como si fuera nuestro igual? Escabullirse con *lady* Kate ha sido la gota que ha colmado el vaso.

—Tampoco puede decirse que la haya robado. Podría haberle rechazado, solo que no lo ha hecho.

—Esa zorra es una estrecha y punto. Volverá, ya lo verás. Mientras tanto, no tengo la intención de dejar que un patán como Patrick O'Rourke se lleve el queso, mi queso. —Dutton frunció el entrecejo.

—¿Estás comparando a *lady* Katherine con un queso? —Wesley puso los ojos como platos.

—Un queso tierno y maduro, ya que se derretirá en mis brazos y en mi boca, en cuanto me acerque a ella —sentenció Dutton, haciendo una extraña mueca.

Parecía que Kate no era la única que estaba pasando un mal rato en el baile. Estaba encerrada en uno de los excusados de los aseos, secándose los ojos, mientras fuera, en la sala principal del tocador, la pelea entre cuatro mujeres llegaba al clímax. Aunque se alegraba de haber entrado en la cabina antes de que hubieran empezado, se hallaba atrapada esperando a que se fueran.

Observó la escena a través de una grieta de la puerta de caoba y confirmó que dos de las cuatro combatientes eran las hermanas Duncan, Isabel y Penélope. Un par de brujas de lo más desagradable. A la rubia, ataviada con un vestido rosa palo a juego con la tela desgastada del sofá que sonreía con superioridad, Kate la reconoció solamente por el rostro cetrino. La imponente morena era Caledonia Rivers, por supuesto, líder de la Sociedad Londinense para el Sufragio Femenino y una de sus heroínas personales. La había visto antes, durante esa misma velada, paseando con su acompañante, Hadrian St. Claire y, a juzgar por los gestos íntimos y las miradas cálidas que se profesaban, tal vez fueran algo más.

Los sonidos llegaban amortiguados a través de la puerta, pero Kate oyó lo suficiente como para intuir que Isabel había hecho algún comentario malicioso sobre la figura y el vestuario de la señorita Rivers, que Kate pensaba que eran excepcionales. El elegante vestido negro con los tirantes de pedrería estaba claramente inspirado en el retrato de *Madame X*, de Sargent. Su sencillez clásica constituía una sorprendente declaración, que Kate aprobaba con entusiasmo. Ella siempre había evitado los volantes y los lazos porque sentía que ir tan recargada la hacía parecer no solamente infantil sino desaliñada y, por encima de todo, bajita. Y por lo que se refería a la silueta de la sufragista, Kate estaría dispuesta a matar por esas curvas tan bonitas y por su estatura. Obviamente, el ataque de las hermanas Duncan estaba motivado por los celos. Ellas no eran de las más atractivas. Aun así, enfrentarse tres contra una no era del todo justo. Kate hubiera salido de su escondite para apoyarla, sin pensárselo dos veces, de no ser por sus ojos, que seguían llorosos y su cara enrojecida. Por suerte, parecía que la dama, de carácter dócil por lo general, podía arreglárselas ella solita.

La señorita Rivers se enfrentó al trío de víboras como una valquiria vengativa. Kate se había perdido el principio de lo que la sufragista estaba diciendo, pero como la joven alzaba la voz cada vez más, oyó el espléndido final.

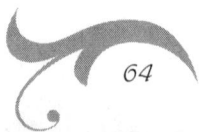

—Por lo tanto me otorgo la libertad, el placer, de deciros a todas que os vayáis al infierno.

—Bueno, yo nunca... —empezó a decir Isabel. ¿O era Penélope?

Varios pares de pies se movieron a lo largo del suelo embaldosado hacia la puerta de salida. Kate esperó a que la puerta de la sala se cerrara. Entonces, descorrió la cadena metálica para anunciar su presencia a la persona que todavía quedaba en la sala y salió.

—¡Bravo!

La señorita Caledonia Rivers se dio la vuelta en el tocador mientras se daba toquecitos en los ojos ligeramente húmedos con la punta de un pañuelo.

—¿Perdón?

Preguntándose qué cara llevaba, Kate se acercó al lavabo de mármol y se lavó las manos.

—Menudas arpías. Si yo fuera usted, no me molestaría en intercambiar ni una sola palabra con ellas.

Se miró en el espejo dorado para comprobar su reflejo. No tenía los ojos tan hinchados como se temía, ni las mejillas especialmente enrojecidas. Hasta que la iluminación disminuyera, sospechaba que la mayoría de la gente pensaría que se había pasado con el colorete.

Algo más segura, aceptó una toalla de mano de la auxiliar. Se secó las manos, echó la toalla usada en el cesto y se volvió hacia la señorita Rivers.

—Creo que no nos han presentado. Me llamo Katherine Lindsey, pero puedes llamarme Kate. Así es como mi familia y amigos se dirigen a mí, y tengo la sospecha de que tú y yo vamos a ser muy buenas amigas. —Extendió la mano.

La alta mujer dudó, pero al poco soltó el pañuelo y estrechó la mano de Kate de una forma segura que la tranquilizó.

—Me llamo Caledonia Rivers, pero prefiero que me llamen Callie. Caledonia suena bastante «salvaje», no sé.

Después del apretón de manos, la señorita Rivers se dirigió al sofá y se hundió en el cojín tapizado en terciopelo. Ahora que se fijaba, Kate confirmó que realmente era el mismo rosa apagado del horrendo vestido que llevaba la rubia que sonreía con superioridad.

—Pues entonces te queda como anillo al dedo. Eres salvaje, valiente y espléndida. —Sin prisa por abandonar su escondrijo y volver al histerismo de la multitud, Kate se sentó a su lado—. Las dos somos rebeldes a nuestro modo. Tú por tu política y yo por mí rechazo a que me encadenen a ningún hombre simplemente porque una mujer de cierta edad y posición deba casarse.

Dejando caer los hombros, Callie estuvo de acuerdo.

—Puede, solo que me siento muy bobalicona. No tendría que haber perdido los nervios tal y como lo he hecho.

Kate reprimió el impulso de abrazar a la mujer, como hubiera hecho con su propia hermana. Sin embargo, eran británicas y no se conocían de nada, al fin y al cabo.

—Tonterías, en mi opinión, tenías todo el derecho a echarle a esa panda un buen rapapolvo, claro que yo tengo la reputación de ser muy intransigente. —Eso era un eufemismo. El mes anterior había destrozado un cuenco de loza y dos jarrones después de conocer las últimas juergas de su padre—. Y por lo que se refiere a las estupideces sobre tu vestido y tu apariencia, no les hagas ni caso. Te las has apañado para captar la atención de todos los hombres de la sala, al menos de los que respiraban.

Se volvió para mirarla a la cara y Callie le echó una astuta mirada.

—No de todos los hombres, me temo.

Kate notó el calor que le subía a las mejillas y supo que el rubor no tenía nada que ver con sus recientes lágrimas. Se estaba sonrojando.

—Si hablas del señor O'Rourke, te aseguro que no he hecho nada para animarle.

Al final, ser una mujer madura de veintisiete años no le había otorgado la invisibilidad que esperaba.

Callie meneó la cabeza y sonrió.

—A mí no me parece que tengas que hacer nada. Se le ve bastante embelesado.

Kate se dio unos golpecitos en los labios con las puntas de los dedos enguantados, todavía pensando en lo maravilloso que sería besarlo, pero no en el centro de una pista de baile, sino en algún lugar privado... y oscuro. Ante el riesgo de traicionarse a sí misma, cambió el foco de atención hacia su nueva amiga.

—Mmm, creo que lo mismo podría aplicarse a Hadrian. El señor St. Claire, debería decir.

Los ojos verdes de la sufragista se abrieron; los iris eran un tono un poco más pálido que los del señor O'Rourke, más como el jade, mientras que los del escocés eran de un esmeralda intenso y profundo. ¡Santo Dios!, ¿de verdad estaba soñando despierta con los ojos de un hombre? Era impropio de ella. Casi pensaba que los había usado en ese breve rato en la pista de baile para hipnotizarla. No actuaba para nada como su yo capaz y práctico.

—Por eso me resultas tan familiar. Porque tú eres una de sus modelos, una belleza profesional, ¿verdad? La más vendida.

Kate se encogió de hombros; no estaba segura de si debía sentirse halagada o avergonzada al ser reconocida. Un poco de ambas cosas, suponía.

—Son tonterías, pero con todo, eso me sirve para pagar las facturas.

¡Ay, no! Debía de estar fuera de sí para permitir que eso último se le escapara. Se suponía que las damas de su posición no permitían que asuntos sórdidos como ese entraran en sus bonitas y huecas cabezas. Como tenía miedo de revelar demasiado de ella misma si se quedaban a solas, se levantó del asiento de un brinco.

—¿Regresamos? Me vendría bien beber algo.

Después de llegar a casa y meter a su padre, totalmente vestido, en la cama para que pasara la noche, Kate esperaba encontrar la soledad tras la puerta cerrada de su habitación, pero no pudo ser. Al cruzar el umbral, se topó con Beatrice, Bea, esperándola en el interior.

Con las largas piernas bajo el camisón, su hermana la miraba con el ceño fruncido desde los pies de la cama.

—No es justo que tú pudieras ir y yo no.

Se abstuvo de decirle que la vida, estrictamente hablando, no era siempre justa, pasó de largo la cama y cruzó hasta la cómoda. Echó un vistazo al espejo que había encima.

—Estoy harta de esta discusión —dijo—. Todavía no puedes salir. Te faltan cuatro meses para cumplir los dieciocho. Entonces podrás asistir a tantos actos deprimentes y formales como desees.

—Cuatro meses es una eternidad.

Kate disimuló una sonrisa y levantó las manos para quitarse los pendientes.

—Eso te parece ahora, pero el tiempo pasará volando antes de que te des cuenta.

Mientras tanto, tenía pendiente, al menos, un pago del señor St. Claire. Las ventas de las postales con su imagen seguían siendo frecuentes, y de todas las modelos cuyas fotografías tenía en existencia, ella seguía siendo la más vendida. Esperaba que esa tendencia continuara. Esas cantidades ya estaban asignadas a la modista. Para su puesta de largo, una joven dama debía presentarse como Dios manda. Aunque el orgullo de la familia no estaba en peligro, no quería ver a su hermana por ahí vestida como una campesina o una pobretona. La buena noticia era que dudaba que Bea necesitara más de una temporada para encontrar pareja. Alta, esbelta y rubia como su madre, era una joven bonita que prometía florecer y convertirse en una mujer hermosa. Ojalá pudiera cultivar su juicio para que fuera acorde con su fina apariencia.

Acabó de quitarse los pendientes —las perlas en forma de lágrima eran el único legado que le quedaba de su madre— y abrió la tapa del joyero de palisandro. Los dejó sobre el compartimiento de terciopelo.

—Hace horas que deberías haberte ido a la cama. Es casi la una —comentó.

Reflejada en el espejo, Bea se abrazó las piernas dobladas y se echó hacia delante, apoyando la barbilla sobre las rodillas.

—Está bien, me iré, pero antes quiero oírlo todo, cada detalle interesante.

¿Detalles interesantes como el de su padre emborrachándose otra vez y jugándose un dinero que no tenían? Las pérdidas de esta noche se limitaban a cincuenta libras. No sabía de dónde sacaba el dinero para poder jugar. Calmando su ira, o intentándolo al menos, se quitó las horquillas del pelo. Por mucho que tratara de proteger a Bea de la verdad, empezaba a preguntarse si ocultarle las cosas le estaba causando algún perjuicio.

¿De dónde habría sacado esa cantidad? Una idea terrible se le pasó por la cabeza y, aunque quería pensar que solamente era otra de sus paranoias, era incapaz de irse a la cama hasta descubrir si sus sospechas eran o no ciertas. Abrió el cajón superior de la cómoda, lo vació de pañuelos y ropa interior y le dio la vuelta para examinar la tapa corredera en el falso fondo.

Bea estiró las largas piernas y se levantó de la cama. Se acercó por detrás y frunció el ceño.

—Kat, ¿qué estás haciendo?

—Calla.

Kate deslizó el compartimento y palpó el hueco de la bolsa escondida en su interior. Todavía seguía allí. Suspiró, esta vez con alivio. Desató el cordón y sacó el dinero doblado, contándolo rápidamente. Su «colchón», cien libras, seguía intacto, gracias a Dios.

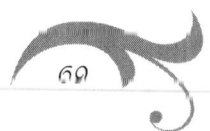

—Madre mía, Kat, es una fortuna. ¿De dónde has sacado...? —Los ojos de Bea se abrieron como platos.

—¡Calla! —Se dio la vuelta y agarró a su hermana por los hombros—. Bea, préstame atención, no le puedes decir nada a papá de este dinero. Nunca, ¿lo entiendes?

Con unos ojos que se le salían de las órbitas, Bea asintió.

—De acuerdo, ¿pero para qué es? —dijo, bajando la voz.

—Es mi... dinero para imprevistos, lo he ganado por posar para el señor St. Claire, y eso es lo único que tú o cualquier otra persona necesita saber.

Le dio la espalda, metió el fajo en la bolsa y volvió a colocarlo en el cajón. Deslizó la tapa para cerrarlo y se volvió hacia Bea, que se había sentado otra vez sobre la cama. Kate se sentó a su lado.

—Ya que no me vas a decir para qué es el dinero, al menos cuéntame todo lo que ha pasado en el baile que me he perdido —continuó hablando su hermana, mientras se enrollaba la larga trenza rubia en el dedo índice.

—Bueno, he conocido a la mujer más interesante de todas las asistentes y ha sido en el servicio. Se llama Caledonia Rivers. Es una sufragista famosa y tiene más o menos mi edad. Tengo la corazonada de que vamos a ser muy buenas amigas.

El breve interludio en el baño de señoras le había hecho recordar cuánto echaba de menos tener amigos. Todos sus compañeros de la escuela habían seguido cada uno su camino muchos años atrás. Los pocos con los que mantenía el contacto estaban casados y habían formado ya una familia. No aceptaba demasiadas invitaciones sociales porque se hubiera visto obligada a corresponder con el mismo tipo de hospitalidad. Solamente asistía a ese tipo de bailes nocturnos porque su trabajo como voluntaria le proporcionaba entradas gratuitas.

Por desgracia, su agradable charla se había visto interrumpida por la aparición del señor St. Claire, que había ido en busca de Callie. Las cálidas e insistentes miradas que se intercambiaban indujeron a Kate a disculparse e irse. Se dirigió al salón donde se servía la cena con la esperanza de encontrarse con su compañero de vals, pero no había señal alguna del atractivo escocés. Se dijo a sí misma que debía sentirse aliviada. Seguro que había conocido a alguna otra pobrecilla a quien avasallar y rozar. Sin embargo, sintió una punzada de decepción seguida de un irracional arrebato de celos. Pasó lo que quedaba de la noche esquivando a Dutton y compañía, que aguardaban, como aves de rapiña, junto a la maceta de una palmera llenándose el plato de canapés.

Bea soltó un suspiro de aburrimiento. Le restó importancia a la promesa de amistad femenina con un ademán rápido.

—Yo me refería a los hombres, Kat. ¿Has conocido a alguien... interesante?

Kate dudó. «Interesante» parecía una palabra demasiado insignificante para describirlo. «Intrigante», «cautivador», e incluso «exasperante», pero para nada interesante. Horas más tarde, aún se hallaba asombrada por cómo podía sentir una atracción tan fuerte por un hombre que, de ninguna manera, se parecía a lo que ella pensaba que era su «tipo». Ni siquiera era guapo, al menos no del modo convencional. Hasta ese momento, a Kate le habían gustado los hombres altos y de constitución delgada, similares a lord Dutton. El señor O'Rourke era varios centímetros más bajo que su anterior prometido y aún así se las había apañado para parecer el hombre más alto de la sala. Aún diría más, el brazo sobre el que había posado su mano era duro como el granito, el abultado bíceps amenazaba con rasgar la manga del esmoquin que, obviamente, estaba confeccionada con esmero. La verdad es que le sentaba como un guante y resaltaba sus hombros anchos y su esbelto torso.

Pero más aún que su apariencia de hombre duro, eran sus maneras lo que la atraían. Nunca antes ningún caballero se había atrevido a hablarle de un modo tan franco y cercano. Y el modo en que se le había

acercado, como un ave de presa que la reclamaba para su vals, la había provocado en sobremanera. El simple recuerdo aún la excitaba.

Si hubiera sido una jovencita de la edad de Bea, en lugar de ser la hermana mayor y solterona, la que se había quedado para vestir santos, bailar de forma tan íntima sin haber sido previamente presentados habría sido escandaloso. Pero pocos habían alzado las cejas y solo un par de damas que estaban de pie, junto a la pared les habían lanzado miradas de desaprobación; les habían dejado en paz, vaya. La invisibilidad era uno de los dudosos beneficios para las que ya eran algo «mayores». En pocos años cumpliría los treinta y entonces ya no tendría que preocuparse de lo que la gente pudiera pensar. Con el futuro de Bea resuelto, Kate sería libre para hacer todo lo que quisiera. Hasta ahora, su libertad se había reducido a tomar chocolate y leer novelas. Sin embargo, ¿por qué no complementar esos placeres, relativamente aburridos, con otro más salvaje y primario?

¿Se atrevería a tener un amante?

Antes de esa noche, nunca se le había pasado por la cabeza un pensamiento tan escandaloso. Ahora que lo había hecho, su mente esbozó un rápido esquema mental del posible compañero con quien compartiría ese ilícito placer. ¿Quién mejor para lanzarse al pecado que un escocés grandote y musculoso con ojos de color esmeralda; con una mueca torcida y sensual, y con predilección por susurrarle travesuras al oído?

Notándose el rubor en la cara, Kate movió la cabeza.

—No, no he conocido a nadie. ¿Por qué lo preguntas?

Bea se encogió de hombros; el camisón, de escote cuadrado, se le resbalaba por el hombro.

—Pareces... bueno, diferente. Tienes las mejillas coloradas y los ojos te brillan... no sé, como nunca.

Kate bajó la cabeza.

—Estoy segura de que es solo el resultado del calorazo que he pasado por la muchedumbre que allí había.

Si incluso su hermana pequeña se estaba dando cuenta de que algo había pasado, ¿a qué conclusión habrían llegado quienes la habían visto bailar el vals con el escocés? ¿Le había puesto ojos de cordero a su pareja? Esperaba que no, la verdad. Después de todo, quizás el hecho de que el señor O'Rourke se hubiera ido temprano, supuestamente a pescar a otra parte, había sido lo mejor. Si era el típico hombre, y Kate empezaba a creer que todos eran iguales, lo más probable es que estuviera entreteniéndose en algún burdel en ese momento, ajeno al efecto que había causado en ella.

La voz de Bea la trajo de vuelta al presente.

—No me gusta pensar que te quedarás sola el día que yo me vaya. ¿No quieres casarte, Kat? Sí, ya sé que dices que no quieres, pero por el amor de Dios, si no quieres, ¿qué harás cuando yo ya no esté?

De repente la embargó un sentimiento de cariño. Bea era todavía tan niña... La alcanzó por detrás y le acarició los esbeltos hombros.

—Creo que me comeré una caja tras otra de bombones y me podré tan gorda como la lechera y seré más feliz que una perdiz, y a partir de entonces dejará de importarme lo que la gente diga de mí, en serio.

Lo que no dijo fue que en su particular idea de llevar una vida de solterona no se incluía el seguirse ocupando del borracho de su padre. En cuanto Bea hubiera volado del nido y se hubiera casado con alguien que la mereciera, ella se iría de allí. Todavía no sabía bien cómo financiaría su independencia, aunque no podía decirse que no tuviera un plan. Llevaba años redactando un diario, en el que escribía casi todos los días. La mayor parte de lo que había expresado en esas páginas era una estupidez, pero creía que algunas de las composiciones más recientes, la mayoría poesía e historias cortas, eran bastante buenas, quizás incluso... publicables. Desconocía cuánto dinero podía ganar un escritor cuya obra fuera publicada, pero en el momento en que Bea se hubiera asentado, pretendía averiguarlo.

Mientras tanto, iba ahorrando el dinero que le llegaba con cuentagotas del señor St. Claire por las ventas de sus tarjetas postales y, poco a poco, iba convirtiéndose en una suma considerable. Si no hubiera tenido que emplear parte de él en pagar las facturas, ahora tendría ahorradas más de cien libras. Por suerte, se le presentaba más trabajo. Hacía poco el fotógrafo se había puesto en contacto con ella para otra sesión de fotos. Esta vez le había propuesto realizar unas fotografías mitológicas con ella vestida de Artemisa. La diosa griega de la caza era también la patrona de las mujeres solteras, una señal del cielo de que iba en la dirección adecuada, ¡tenía que serlo!

Hasta que encontrara el modo de vivir de lo que escribía, tenía que dejar de comer tantos dulces. Una modelo no podía permitirse que le salieran granos o quedarse sin cintura. Kate creía que el sacrificio bien merecía la pena.

Por muy exquisito que fuera el chocolate, la libertad sabría mucho más dulce.

Dos días más tarde, Patrick O'Rourke apareció en la puerta de la casa de Kate.

Era su «día en casa», ese único día entre semana en que la señora de la casa atendía al timbre de la puerta y se preparaba para recibir visitas. Para Kate, el ritual semanal era también el pilar de su campaña para mantener la apariencia de prosperidad de su familia. Dado el lamentable estado de sus finanzas, hacerlo suponía un reto considerable. Mientras que, generalmente, una dama de su estatus que viviera en Londres no dudaría en aprovisionar su bandeja del té con exquisiteces exóticas compradas en Fortnum & Mason, Kate elaboraba sus propios pasteles. La selección de esa semana eran pastas de mantequilla para el té y galletas escocesas. No se dio cuenta de lo cómico de hornear estas

últimas hasta que estuvo estirando la masa con el rodillo. Tras su estimulante encuentro con aquel escocés, el país de origen del joven debía de habérsele quedado grabado en la cabeza.

Llevó sus pensamientos de nuevo al terreno de lo práctico y modificó la receta añadiéndole tiras de naranja confitada, eso le daría un buen toque. No había que avergonzarse de preparar una comida sencilla. Al contrario, pues el hecho de que la tetera de porcelana tuviera un golpe en el asa le había permitido conseguirla a buen precio. Por suerte, la mayoría de sus visitas serían mujeres mayores cuya vista ya no era la mejor, así que no se darían ni cuenta. Para sentirse más segura, había camuflado el punto dañado con un bonito adorno de lana tejido a mano.

Felicitándose por su ingenio, estaba quitando el polvo al espejo dorado de la entrada cuando sonó el timbre. Hattie, su criada para todo, estaba en la cocina dando los últimos retoques a la bandeja del té, incluso había colocado servilletas debajo de cada plato de servir. Kate miró al reloj que llevaba prendido del corpiño. Solamente eran las nueve y media. Las llamadas visitas de la mañana nunca comenzaban antes de mediodía y normalmente llegaban después de comer.

Dejó el plumero en el paragüero, se quitó el delantal y también lo metió dentro, y miró afuera por la mirilla. El señor O'Rourke estaba de pie en las escaleras de entrada, dando palmadas con esas manos tan grandes que tenía y dejando salir el vaho de su boca debido al frío que hacía.

Kate apoyó la espalda contra la puerta y pensó qué debía hacer. En parte tenía la esperanza de que hacerle esperar le disuadiera y se fuera, aunque, por otra parte también le apetecía que se quedara. Lo dejó en manos del destino y empezó a contar lentamente hasta cinco. Uno, dos, tres...

Llamó de nuevo a la puerta, esta vez más fuerte, tanto que los golpes hicieron temblar la madera tras su espalda. Inspiró profundamente, dio un giro de ciento ochenta grados y abrió la puerta.

—¿Qué demonios está haciendo aquí?

Desde un escalón más abajo, el hombre se quitó el bombín y le sonrió ampliamente.

—Buenos días tenga usted también, *milady*.

Su mirada pasó por encima del hombro derecho de ella y se fijó en la puerta, la aldaba estaba bien colocada; un indicador indiscutible de que estaba «en casa».

Kate soltó un resoplido, aunque solo fuera para distraerse de la intensidad del latido de su corazón que, de repente, bombeaba con rapidez.

Él entró y sus hombros anchos parecieron llenar el estrecho recibidor; su presencia hacía que los delicados muebles de aquella casa parecieran más pequeños, como si fueran de una casa de muñecas.

—En realidad, no estoy aquí para entrar sino para que salga usted, si lo desea, claro. Hay alguien que quiero que conozca —dijo entonces, tras darse la vuelta.

Desde luego, vale que fuera escocés pero, a pesar de eso, le parecía que aquel era el hombre con menos decoro con el que se había topado nunca.

—Pero si casi ni le conozco.

Él tuvo la osadía de guiñarle un ojo.

—Podríamos poner remedio a eso, y lo haremos, pero primero permítame presentarle a ese alguien de quien le hablo.

Calculando mentalmente si tendría suficientes pastas de té para alimentar a dos hombres hambrientos, miró detrás de él pero no vio a nadie.

—Muy bien, dígale a su amigo que pase.

—El alguien en cuestión es en realidad una amiga.

Se le detuvo el corazón. Era posible que ella no lo quisiera; no lo quería, vaya, pero incluso así se había sentido halagada al pensar que pudiera gustarle, aunque solo fuera un poquito. La otra noche en el baile de caridad, estaba bastante segura de que flirteaba con ella. ¿Tan mal lo había interpretado?

Él sacudió la cabeza. Le brillaban los ojos.

—Y me temo que no es posible. Mi amiga es bastante grande para una casa de la ciudad.

Entonces, ¡su amiga estaba gorda! ¡Gracias a Dios! Sí, sí, ya sabía que alegrarse por algo así no estaba muy bien, pero ojalá eso la ayudara.

—Eso me resulta difícil de creer. Estoy segura de que exagera. Hágala pasar.

Él hizo un gesto hacia la puerta que ella iba a cerrar. Kate siguió su mirada hacia la calle donde dos caballos, una yegua de color castaño y un alazán negro, se hallaban atados al palenque.

Se volvió de nuevo hacia él.

—¿Su amiga es una yegua?

Él asintió.

—Creo que los caballos son mejores que los amigos. Trátalos bien y te serán completamente leales. Incluso mejor, no pueden hablar, aunque a mí me parece que me entienden cuando les hablo, casi palabra por palabra.

Le hizo una mueca y Kate sintió cómo le temblaban los labios. Moriría antes de admitirlo, pero se la estaba ganando con su encanto descarado. Visto a plena luz del día, resultaba más atractivo de lo que recordaba, de hecho, era muy guapo.

—De acuerdo, pero solo puedo salir un minuto.

Descolgó el abrigo del perchero de la entrada y se lo puso sin darle la oportunidad de hacer gala de su caballerosidad y ayudarla. Lo siguió afuera. Una valla de hierro forjado bordeaba el trozo de jardín delantero, ahora cubierto de hielo. Él le sostuvo la puerta para que saliera y ella se digirió al poste en el que los dos caballos estaban atados.

Atraída por la yegua porque se parecía a *Princess,* le mostró la palma de la mano. El suave relincho y la posterior caricia con el hocico le

confirmaron que el caballo estaba dispuesto a que fueran amigos. Kate se quitó el guante y se acercó para acariciar la brillante mancha blanca que el animal tenía entre los ojos oscuros e inteligentes.

—Hola, preciosa, ¿cómo te llamas?

Rourke dejó que la puerta se cerrara sola. Anduvo por la acera y luego se acercó a Kate.

—Se llama *Buttercup,* al menos por ahora. Estoy planteándome comprarla. Su dueño actual me dijo que hoy podía tomarla prestada. Nos estamos tanteando el uno al otro, *Buttercup* y yo. ¿Qué te parece?

Kate no se imaginaba por qué a él iba a importarle su opinión, para bien o para mal. Por lo que a él respectaba, tal vez ella no supiera absolutamente nada de caballos. No era así, por supuesto, pero eso carecía de importancia. Sin embargo, dio un paso atrás para examinar mejor al animal.

—Parece estar sana y bien cuidada —dijo, observándola con detenimiento—. Tiene los ojos claros, parece tranquila y de buen temperamento; tiene el pelaje liso y se ve suave y luminoso. No veo ninguna marca que indique la presencia de parásitos o heridas.

La piel sana era elástica. Para comprobarlo, se acercó y pellizcó con delicadeza un pliegue de piel del cuello del animal y luego lo soltó. El pliegue desapareció inmediatamente; una buena señal.

Se volvió de nuevo hacia Rourke, preguntándose si le estaba tomando el pelo. Suponía que él era mucho más capaz de distinguir un caballo bueno de uno malo. Dada su riqueza, la compra de una yegua no le suponía ningún contratiempo.

Vio que él la miraba. Los ojos, que tenían unas pestañas espesas, estaban salpicados de vetas doradas alrededor del iris. Jamás había visto unos ojos tan extraordinarios en un hombre, claro que tampoco se había hallado nunca muda de asombro, mirando absorta a uno.

Ella estaba acostumbrada a que la persiguieran los hombres en general, pero no a ser el objeto de estima de uno en particular. Lo primero era parecido a lo que debía de sentir un zorro cuando lo acorralaban los perros, mientras que lo último la hacía sentir... bueno, muy distinta. Por vez primera, no deseaba huir. En realidad, no había ningún otro lugar en el que deseara estar. Dejando a un lado el aire tonificante, se habría sentido feliz con mirarle a los ojos sin parar durante horas.

Pero, por supuesto, eso sería una locura. Su objetivo era casar a Bea, no verse envuelta en ese tipo de historias. Con su mala suerte, acabaría con un bribón como su padre. Los hombres que formaban parte de su círculo no habían hecho muchos méritos para aumentar su estima hacia su sexo. Y además de todo eso, no estaba muy convencida de que el señor O'Rourke fuera uno de esos que se casan. Que se encontrara a sí misma pensando en él en esos términos la hacía hervir de rabia por dentro.

—Creo que *Buttercup* es una inversión segura. Por supuesto, para hacerle una evaluación completa tendría que observar cómo se mueve. —Odiaba el temblor en su voz y dirigió la vista hacia un terreno más seguro: *Buttercup*. Acarició el pelaje del animal durante un buen rato, tarareando con afecto como antaño hiciera con *Princess*—. Sí, eres preciosa; toda una dama, ¿verdad?

La yegua le acarició con el hocico, como buscando un premio, y ella se rió por la presión descuidada y descarada de esa nariz buscona. Había olvidado por completo cuánto echaba de menos tener un caballo.

El señor O'Rourke se rió con ella.

—En ese caso, venga a montar conmigo. Después podrá hacerme un informe completo.

Kate levantó la vista y vio que le sonreía; era una sonrisa lenta y relajada que hizo que se le acelerara el pulso. A pesar del frío, la vergüenza le encendió las mejillas. Dios mío, ¡seguro que se imaginaba que estaba flirteando con él! Y era posible que así hubiera sido, aunque solo fuera un poco.

—No puedo —dijo, y la declaración le salió más tajante de lo que pretendía. Suavizó el tono y añadió—: Como puede ver, hoy es mi día para recibir visitas.

—Yo soy una visita, ¿no?

No pudo evitar sonreír al oír eso.

—No una de las oficiales. Si se hubiera esperado hasta esta tarde, podría haberle invitado a tomar el té.

Él fijó la mirada en sus ojos.

—No soy amante ni del té tibio ni de los pasteles rancios, ni de conversaciones vacías. Y detesto esperar.

Kate no le culpaba, sobre todo por lo que a esperar se refería. Todavía tenía una reputación de mujer dura que mantener y, de momento, esa mañana no había estado interpretando su papel.

—Para que conste, mi té no está tibio, sino muy caliente, y mis pasteles están recién horneados.

Había estado a punto de añadir que los hacía ella, pero se calló justo antes de delatarse. Fueran cuales fuesen los rumores que se habían extendido sobre las finanzas de su familia, que la hija de un conde admitiera que elaboraba sus propias pastas de té no serviría más que para confirmarlos.

—Venga de todas formas.

Se alejó del caballo, avergonzada por lo profundo de su anhelo.

—No puedo.

Se sentía tentada, muy tentada, pero tenía una obligación hacia Beatrice y debía ejercer de anfitriona. Si su hermana quería encontrar un marido aceptable, tenían que mantener la apariencia de una vida refinada.

Él le lanzó una de esas miradas largas y persistentes que la hacían sentir como si estuviera frente a él vestida solo con un camisón —o nada— en lugar de ir envuelta en un recio abrigo de invierno.

—¿No puede o no quiere?

Arqueó una ceja castaña que casi alcanzó la cicatriz blanca que le recorría la parte baja de la frente. No la había visto la otra noche, pero ahora sí. Durante un momento de locura, le entraron ganas de acercarse y besarle esa mancha, para reseguir después su seductora media luna con la lengua y llevarse su palma al pecho.

«Dios mío, ¿qué diantres me está pasando?»

Fuera lo que fuese lo que le sucediera, más motivo aún para no darse por vencida y ceder.

—En este caso, ambas opciones son la misma.

Oyó la vacilación en su voz y supo por el repentino brillo de sus ojos que también lo había oído.

Él se encogió de hombros y la mirada de Kate se fijó en como la amplitud de los hombros tiraba de la tela de su abrigo, tirando del tejido hasta su límite. El corazón le dio otra de aquellas extrañas palpitaciones.

—¿Por qué no les pide a las visitas que dejen sus tarjetas esta vez y se viene conmigo? —dijo, echándose hacia delante de repente, tan cerca que olía las especias de su jabón de afeitar y sentía el toque de canela de su aliento en el rostro—. Hubiera apostado a que es usted una mujer que hace exactamente lo que quiere. Pero, ya le digo, si prefiere pasar un día tan bonito como este dentro de casa con un montón de viejas, no soy nadie para impedírselo. En ese caso no me quedará más remedio que marcharme.

El diablo invisible que aguardaba sobre su hombro izquierdo la urgía a olvidarse de sus obligaciones e irse con él, desautorizando esta vez al ángel que llevaba a su derecha. Pasó por su lado y bajó la aldaba de la puerta.

—Solo puedo salir unas horas. Tengo que regresar a las dos como muy tarde.

—De acuerdo.

—Y debo cambiarme. Deme diez minutos.

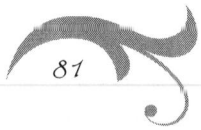

—Que sean cinco. *Buttercup* se está poniendo un poco nerviosa y yo también.

Casi en la puerta, ella se detuvo y le lanzó una mirada pícara por encima del hombro.

—Diez, y usted me estará esperando cuando vuelva a salir.

Desapareció dentro de la casa y le dejó de pie en el bordillo con los dos caballos y la conciencia cargada de culpa. Tentarla para que le besara en público la comprometería de una forma irremediable. Y cuando hubiera caído en la trampa, no le quedaría otro remedio que aceptar que la cortejara o convertirse para siempre en una paria social. Al menos así era como él creía que funcionaban estos asuntos. Visto de ese modo, aquella apuesta jugaba en su favor. No obstante, si tuviera la opción de volverlo a hacer, rechazaría la apuesta y dejaría que las cosas se desarrollaran de otra manera.

Alivió su conciencia recordándose a sí mismo lo desagradable que había sido con él la otra noche. Aun así, era una lástima hacerla quedar mal en público. Pasara lo que pasase entre ellos en privado una vez casados ya era harina de otro costal.

Mientras tanto, la esperaría. Aunque no era paciente por naturaleza, había aprendido que había algunas cosas en la vida, tesoros valiosos y muy poco comunes, por los que merecía la pena esperar. La noche anterior había decidido que *lady* Katherine Lindsey era uno de esos tesoros.

Capítulo 4

«Qué aburrido, cuando hombres y mujeres están solos; de una domesticada sumisa puede salir la peor de las arpías.»

WILLIAM SHAKESPEARE, Petruchio,
La fierecilla domada.

Una hora más tarde, Kate y Rourke paseaban con sus caballos por la pista de arena Rotten Row de Hyde Park. Aparte de unos pocos rezagados, tenían la zona para ellos solos. En el momento álgido de la temporada, el parque estaría lleno de jinetes con sus caballos y damas y caballeros exhibiéndose en pequeños transportes modernos, pero todavía era febrero y la mayoría de esa multitud todavía hacía vida en sus fincas de campo. La situación le favorecía. Si tenía que enfangarse, prefería no tener a los suyos como testigos.

No había montado a caballo desde que se llevaron a *Princess*, y entonces rara vez montaba a lo amazona. Al principio le preocupaba que sus habilidades ecuestres se hubieran deteriorado, por si no fuera capaz de mantenerse en la silla, pero la yegua se mostró dócil y receptiva a sus órdenes. Habían empezado caminando y fueron aumentando el ritmo hasta llegar al trote. Después de dar varias vueltas al circuito, Kate se sentía con ánimos para probar el galope. Al cabo de un rato, se relajó; se sentía como si estuviera flotando en las nubes, como si la yegua y ella fueran una.

Se aventuró a echar una mirada al señor O'Rourke. Le chocó ver que hoy no llevaba puestas las gafas. Supuso que solamente las necesitaba para leer o para desempeñar cualquier otro trabajo que tuviera que hacer de cerca. Montado en el alazán junto a ella, le parecía la mar de elegante con el abrigo de montar de cruce doble, de lana y a cuadros blancos y negros, y unos pantalones de gabardina. Reparó en que llevaba las botas de montar muy brillantes.

Hasta el momento, su comportamiento había sido tan perfectamente correcto como su vestuario. Se había portado como un caballero por sus formas y como un compañero servicial porque la dejaba marcar el paso y el ritmo; era solícito en cuanto a su comodidad y seguridad, pero no la atosigaba. Kate se había pasado más de media vida cuidando de su padre y haciéndole de madre a su hermana pequeña. Durante los últimos años, aplacar a los acreedores y esquivar a los que se creían aptos para pescar a la hija de un conde habían consumido el poco tiempo libre que le quedaba. Hasta ese día, había olvidado lo bien que sentaba olvidarse de sus responsabilidades durante unas pocas horas y divertirse sin más.

—Esto es precioso —dijo sin ninguna razón en particular—. Puedo imaginarme la vida en el campo.

Él se volvió hacia ella y Kate se vio a sí misma atrapada bajo la fuerza de esa mirada esmeralda que le cortaba la respiración.

—No le gusta mucho Londres, ¿verdad? —No era precisamente una pregunta.

Ella dudó, sopesando sus palabras.

—Como la mayoría de los lugares, al cabo de un tiempo se vuelve tedioso. La misma gente, los mismos rumores, la misma... Bueno, lo que usted dijo antes sobre pasteles rancios y conversaciones vacías, yo también me siento así a veces. Aunque, cuanto más tiempo estoy aquí, rodeada de gente que se atiborra de cosas bonitas y placeres decadentes, más vacía me siento. —Se obligó a sí misma a no decir nada más. ¿Por qué le contaba estas cosas?

—Pero le gustan los caballos. —Eso tampoco era una pregunta.

Rourke tenía la costumbre de enmascarar las afirmaciones como preguntas, preguntas de las que aparentemente ya conocía las respuestas. Kate intentó decirse a sí misma que solo era un modo de hablar, un efecto de su dialecto escocés, pero el brillo en la mirada y esa media sonrisa astuta insinuaban que había mucho más. De algún modo, la estaba poniendo a prueba.

—Me gustan bastante. —«Demasiado entusiasmo, Katherine. Cálmate o te delatarás»—. Pero tener un caballo en la ciudad es muy engorroso.

Tener un caballo en un establo en Londres era, por supuesto, una opción muy cara. Cuando su madre vivía, tenían dinero para esa clase de lujos, pero no ahora. Y aunque dispusieran de los fondos, lo habría rechazado. Después de *Princess*, no quiso arriesgarse a querer a otro caballo.

Rourke la miró de un modo inquietante.

—Por el modo en que maneja a *Buttercup* hubiera apostado a que le gustaban demasiado los caballos como para ver algo engorroso en ellos.

—Tuve uno cuando era niña, una potrilla juguetona a la que llamé *Princess*. Me la regalaron por mi décimo cumpleaños, y durante poco más de un año fue mi mejor amiga.

Se calló. Había vuelto a decir más de lo que debía. No podía permitirse por orgullo que el señor O'Rourke descubriera cuán pobre era su familia. *Princess* no había sido la última de las pérdidas debidas a la afición de su padre al juego. Solamente habían alquilado la casa en Mayfair porque Kate había calculado que hacerlo era menos costoso que mantener una casa grande abierta todo el año. Pocas personas fuera de Romney sabían que habían despedido a los sirvientes, que habían tapado los pocos muebles con sábanas holandesas y que habían cerrado la casa. Además de los ingresos por la cosecha y los alquileres —y Kate no sabía qué iban a hacer si ese año era igual de malo—, no tenían dinero del que hablar, ni propiedades para cambiar, vender... o perder.

—¿Qué le pasó? —El timbre grave en la voz del señor O'Rourke la trajo de vuelta al presente.

Con la garganta seca, apartó la mirada, maldiciéndose a sí misma por haber empezado por ese camino.

—Bueno... se me quedó pequeña.

Como si notara que necesitaba un cambio de tema, él extendió el brazo y le dio unas palmaditas al alazán.

—*Buttercup* ha superado de sobra cualquier prueba que le haya planteado. Ha resultado ser una montura ideal para cualquier dama. Dócil y dulce como la miel, ¿no es así, bonita?

Kate giró la cabeza de repente.

—¿Así es como le gustan las mujeres, dóciles y dulces? —Por Dios, ¿qué le había pasado para decir algo así en voz alta?

El calor le abrasaba la cara. Cualquier esperanza que tuviera de que él pasara por alto el comentario se esfumó cuando la miró. Esos ojos verdes se pasearon por su rostro y siguieron bajando por su garganta, que se hallaba a la vista porque llevaba el cuello del abrigo abierto.

—Todo depende de la mujer en cuestión y del tipo de juego del que estemos hablando.

Kate se vio sorprendida por una explosión de calor sexual que avivó una fuerte palpitación entre los muslos. De repente, necesitó sentir tierra firme bajo los pies.

—Creo que me convendría andar un rato.

Él asintió y guió al caballo hacia el borde del camino. Ella se agarró a la crin, sacó el pie del estribo y comenzó a desmontar.

Unas manos cálidas y fuertes la sujetaron por la cintura. El señor O'Rourke la ayudó a llegar al suelo, su aliento le acariciaba un lado del rostro.

Temblando, se volvió hacia él.

—Gracias, pero no tenía que haberse molestado.

—No es ninguna molestia.

La tuvo agarrada por la cintura un rato más antes de tenderle las riendas y dar un paso atrás. Anduvieron en silencio durante un rato más; los caballos les seguían.

—¿Por qué me invitó a venir aquí? —preguntó Kate tras pensárselo un poco.

Era una pregunta sincera. Por su experiencia, los hombres perseguían a las mujeres por dos razones: dinero o sexo. A diferencia de sus otros pretendientes, Patrick O'Rourke no iba detrás de su supuesta fortuna. Todo el mundo sabía que había ganado mucho dinero en poco tiempo al hacerse con todas las acciones del ferrocarril, comprar una compañía ferroviaria escocesa varios años atrás y después unir a la suya otras compañías más pequeñas. Se decía que su empresa tenía el monopolio de las líneas que hacían la ruta noroeste de Londres a Waverly. Seguramente era uno de los solteros más ricos que circulaban por la ciudad, lo que explicaba por qué los hombres como Dutton lo odiaban tanto.

Entonces, ¿la estaba tanteando para convertirla en su amante? Pero no; por muy bastas que fueran sus formas, seguro que incluso él estaba al tanto de que nadie se acercaba a la hija de un conde con una proposición de ese tipo, aunque tuviera casi veintisiete años y fuera prácticamente una solterona.

Si no era para casarse con ella por dinero, ni la quería por el sexo, ¿para qué flirteaba entonces?

—Quería conocerla. Vi que el picaporte estaba arriba y pensé en arriesgarme. Además, si le hubiera hecho una visita apropiada, ¿hubiese usted salido?

—Probablemente, no —admitió.

—¿Por qué ha venido? —Con qué facilidad había vuelto a llevar la conversación hacia ella. Aún así, Kate pensó qué respuesta debía darle, si es que se atrevía.

«Porque la casa de mi padre es como una prisión. Porque antes de que viniera estaba sola, más sola de lo habitual. Porque después de la otra noche, necesitaba disponer de una mañana libre para ser yo misma y tener un amigo. Porque hay algo en usted que es diferente a cualquier otro hombre que haya conocido antes y que, además, me atrae como a una polilla la luz; aunque sé en mi interior, que no en mi corazón, que debería mantenerme lejos, muy lejos.»

Antes que reconocer en voz alta esas verdades tan vergonzosas, se encogió de hombros.

—Como ha dicho usted, es un día demasiado bonito para pasarlo dentro de casa. Aunque debería regresar ya.

Dijo esto último con un verdadero sentido de remordimiento. Hasta ese momento se lo estaba pasando tan bien que se había olvidado completamente del señor Billingsby y de su hijo, Hamilton, que vendrían a hacerle una visita a eso de las dos. Desde el «momento problemático» de la otra noche, había depositado sus esperanzas en ese joven que parecía dar la talla. Hamilton Billingsby era agradable y presentable. Venía de una familia adinerada, así que Kate esperaba que dicha familia se hallara dispuesta a pasar por alto la irrisoria dote de Bea a cambio de casar a su hijo con una joven perteneciente a una familia de la alta sociedad inglesa. A Bea podría irle mucho peor. Si se prometía, no haría falta complicar las cosas y preocuparse por los gastos para financiar su puesta de largo. Pero todavía era pronto. No se sabía aún si Bea y el joven encajarían. Aunque Kate tenía muchas ganas de ver a su hermana casada y segura, y a sí misma liberada de la obligación familiar, no empujaría a Bea a un matrimonio que la hiciera infeliz.

Él la miró con bastante seriedad y eso no era lo habitual. Escudriñó sus facciones.

—¿La he puesto en un compromiso al llevármela de escapada sin permiso en su día de recibir visitas en casa?

Pedir permiso a su padre; eso sí que era gracioso. Su padre seguía en la cama cuando salió de casa. Aun suponiendo que se hubiera levantado, a esa hora estaría tomándose su cerveza y su huevo crudo. Después de eso, se iría a su despacho y empezaría a beber sin parar durante todo el día. Por suerte, no levantaba la voz, no decía palabrotas y no se comportaba de manera violenta, algo que, por lo que le habían dicho, algunos hombres sí hacían. Normalmente no se le acercaba, sobre todo en esos días de recibir visitas en casa. Si no fuera por su propensión a apostar cuando iba borracho, Kate le hubiera dejado andar a su aire.

—Todavía no, pero el parque empezará a llenarse de gente a medida que pase el día. No nos haría ningún bien que nos encontraran juntos, solos y sin una carabina. Los cotillas se frotarían las manos.

Era la pura verdad. No le importaba un bledo lo que la gente pensara de ella, pero no haría nada que perjudicara las posibilidades de Bea.

Él resopló.

—No sabía que necesitara una carabina. —Le brillaban los ojos aunque mantuvo la cara impasible—. ¿Tantas ganas tiene de salirse con la suya conmigo? Recuerde mantener la mirada alta y los pensamientos puros, *milady*, ya que no dispongo de defensa alguna ante sus artimañas.

Kate no pudo evitarlo y se echó a reír a carcajada limpia. Desde que conociera a Patrick O'Rourke, se había reído más de lo que lo había hecho en el último año.

Él le puso la mano en el hombro.

—Ah, Katie, cómo me gusta oír tu risa, verte sonreír y saber que he tenido algo que ver en eso.

Kate se puso seria. Bajó la mirada hasta la mano que le rozaba el brazo. El contacto en público entre personas de distinto sexo estaba prohibido.

—No tiene derecho a tutearme y aunque lo tuviera, mi nombre de pila es Katherine. Después de todo, no nos conocemos. —Se apartó un poco y él dejó caer la mano.

La sonrisa, sin embargo, seguía fija en su lugar. No sabía por qué, pero la curva torcida de sus labios carnosos y el resplandor de los dientes blancos confundían sus pensamientos y en su interior se retorcía de anhelo.

—Eso tiene remedio. Aunque sea un poco bruto, me quieres, Kate, sabes que es así.

Ella lo recorrió con la mirada; se notaba el corazón latir de ese modo salvaje que solo sentía cuando él estaba cerca.

—Yo no pondría la mano en el fuego si fuera tú.

Las palabras elegidas y el hecho de que le hubiera tuteado hicieron que a él se le escapara una sonrisa.

—Pues claro que me quieres. ¿Por qué otro motivo si no te brillan así los ojos y tienes las mejillas encendidas?

—Si tengo el rostro rosado es por el frío. Y si tengo los ojos oscuros es porque estoy estupefacta... lívida, de hecho.

—No tan estupefacta o lívida como parece, seguro. —Extendió el brazo y le tocó la mejilla con la suave piel de la mano enguantada—. ¿Cuándo ha sido la última vez que te han besado, *milady*? Pero besado de verdad.

Dio un paso atrás y se topó con el caballo.

—Eso no es asunto tuyo.

—Y eso no es una respuesta. —Puso un pie entre los de Kate y con la pierna le levantó un poco la falda al tiempo que la apretaba contra la

cara interior de su muslo—. Creo que eres una mujer que quiere que la besen. Algunas no quieren, pero recuerda que tú no eres una de ellas. Aunque pretendas ser fría, hay un fuego en tu interior que no puede controlarse ni apagarse. No solo quieres que te besen, *milady*. Diría que te mueres de ganas porque lo hagan.

Ella apartó la cara y levantó la vista hacia él.

—¡Serás arrogante, insufrible, ordinario, bruto...! Y ahora me dirás que tú eres el hombre indicado para hacerlo, ¿no?

—Pues puede. Creo que sé un par de cosas sobre lo que una mujer como tú necesita.

¡Una mujer como ella! Por Dios, ¿insinuaba que se había quedado para vestir santos, que se le había pasado el arroz? No había dudado en proclamar eso mismo un montón de veces y aun así, por alguna razón incomprensible e ilógica, oír la confirmación de los labios —los labios sensuales y apetecibles— del señor Patrick O'Rourke, atractivo y a la vez poco recomendable, hizo que su corazón pasara de ser ligero como una pluma a pesarle en el pecho como si fuera una bala de cañón. Se le fue el alma a los pies.

—Por supuesto, solo hay un modo de averiguarlo. —Se le acercó.

Kate retrocedió un paso, pero no tenía escapatoria. El caballo, que estaba atado, se encontraba justo detrás de ella y tenía al escocés enfrente. Aunque su estatura era media, la superaba de todos modos.

—No te niegues el placer por el placer, Katie. Dicen que es lo que nos diferencia de las bestias.

La salvaje palpitación iba a peor y el corazón amenazaba con salírsele del pecho. Y volvía a notar esa sensación cálida y agitada entre los muslos apretados que no podía justificar como ira o miedo o ninguna otra emoción. Era puro deseo.

—Creo que eres una bestia, una bestia común y muy ordinaria —arremetió, más enfadada consigo misma que con él.

Rourke sonrió como si le hubiera dedicado el mayor de los halagos.

—Si lo fuera, piensa en el reto que sería domesticarme. Te gustan los retos, ¿no es así, *milady*?

Sus labios y los de él solo estaban separados unos milímetros; su aliento era una agradable brisa en la mejilla, olía a canela, como un *whisky* escocés, delicado y añejo, que amenazaba con embriagarla de placer.

Kate trató de contener la respiración y, después, se perdió del todo. Por una vez en la vida, no se le ocurrió una respuesta adecuada. Las palabras sagaces o irónicas se negaban a aparecer sin más. Estaba atontada, hipnotizada. La boca de Rourke era un misterio que deseaba explorar, sus ojos de color verde oscuro eran como faros de los que no podía apartar la vista.

Pero ni así podía permitirse perder el control, no todavía, no del todo... no así.

—Da un paso atrás. Estás demasiado cerca.

Sin moverse ni apartar la mirada, meneó la cabeza

—Indecorosamente cerca, ¿quieres decir?

Se notó la humedad entre los muslos. Aunque era pleno invierno, notaba el calor del cuerpo bajo su traje de montar.

—Sí, eso es lo que quiero decir.

Deslizó un único dedo bajo su mentón, en el hueco de la garganta.

—Bien.

Kate tragó saliva.

—¿Bien?

Él bajó las manos hasta la cintura y se aferró a sus caderas con las palmas.

—Sí, porque eso hace que me resulte más fácil hacer esto.

La atrajo hacia sí y cubrió la boca abierta de ella con la suya.

La apuesta desapareció de la mente de Rourke en el momento en que sus labios se encontraron. La boca de Kate sabía a menta y su lengua húmeda, aunque no instruida en estos menesteres, le pareció sencillamente deliciosa. Entregado al beso, no fue hasta que ambas lenguas se rozaron cuando cayó en la cuenta. Había ganado. Tal vez hasta se apiadara del imbécil de Dutton y se olvidara de recoger las ganancias. Lo único que ansiaba era tener a Kate.

Reparó en el momento en que desapareció la poca resistencia que quedaba en ella. Los labios de Kate se abrieron en un suspiro. Ella le deslizó las manos sobre el pecho, le colocó las delicadas manos alrededor del cuello y se puso de puntillas. Dutton, la apuesta, ser mejor que los que se creían mejores que él... todo volvió a los lugares más recónditos de su mente. Durante los siguientes minutos, la realidad se limitó a esa mujer delicada y pequeña que le abrazaba; al suave roce de su respiración; la sensación de sus dedos, firmes e insistentes, que se le clavaban en sus hombros. La boca despertaba su curiosidad; ¿qué delicioso sabor tendría, no solo ahí, sino en todas partes?

La atrajo un poco más hacia sí y notó su calor contra los muslos; curvó las caderas para permitir que notara su dureza, su fuerza. Ella bajó el brazo derecho de su cuello y deslizó la mano por la parte delantera de su abrigo, rozando los botones metálicos. Durante un momento Rourke se preguntó qué hubiera pasado si no hubiera dejado que las cosas llegaran tan lejos. Solo quería besarla. Ni mucho menos había contado con una rendición tan rápida, una respuesta tan deliciosamente desenfrenada.

—Parece que no puedo dejar de besarte —susurró ella, todavía contra su boca.

Él ladeó la cabeza y le acarició el cuello.

—¿Quién te ha pedido que pares?

Ella le abrió el abrigo por delante. Su pequeña mano encontró el camino hacia el interior. Mirándola, confirmó que todavía tenía los ojos cerrados. Si le quedaba un deseo por cumplir para que ese momento casi perfecto lo fuera aún más, era que abriera los ojos, levantara la mirada y le llamara por su nombre: Patrick.

Apartó el áspero cuello de lana del abrigo de ella y le acarició.

—Eres tan dulce, mi Kate, tan dulce y suave.

Cuerpo contra cuerpo, deslizó una mano por el interior de su *blazer* de amazona. Encontró un pecho y lo acarició a través de la camisa, lo que consiguió que se le endureciera el pezón.

—Katie, no podemos seguir aquí. Deberíamos ir a algún otro lugar... a un hotel.

¡Un hotel! Aquella vulgar sugerencia rompió el hechizo y devolvió a Kate la plena consciencia de dónde se encontraba, qué estaba haciendo y, peor todavía, qué más había estado a punto de hacer.

Temblando, le empujó por el pecho y dio un paso atrás.

—¡Cómo te atreves a manipularme así en público! —gritó, dando un tembloroso paso atrás.

El calor le golpeó en plena cara.

—Manipularte, ¿es eso? Me daba la impresión de que te gustaba notar mis manos sobre ti, aunque sean grandes y duras. Pero ahora veo que esos ligeros gemidos y los pezones duros que se me clavaban en el pecho indicaban que no te lo estabas pasando nada bien.

Como no contestó, se quitó los guantes para mostrar las manos desnudas. Las palmas eran cuadradas y callosas, las puntas de los dedos largos y gruesos. Les dio la vuelta para mostrar las blancas cicatrices que le cubrían los nudillos.

—Son las manos de un boxeador, Kate, las manos de un trabajador del ferrocarril; grandes, duras y ásperas por las cicatrices. Y aún así pueden ser delicadas si quiero. Y quiero ser delicado contigo.

Ella sacudió la cabeza, con las comisuras de los labios, hinchados por los besos, temblando.

—Llévame a casa.

Por mucho que ella quisiera creer que era el frío lo que le provocaba tal escozor en los ojos, sabía cuál era el motivo de verdad: lágrimas.

Él asintió.

—Puedo ser paciente cuando debo. Te llevaré de vuelta a casa de tu padre... por ahora. —Se acercó un paso a ella y con los nudillos maltrechos le levantó el mentón. Con la otra mano, le secó las lágrimas de debajo de los ojos con el pulgar—. Pero quiero que lo sepas, mi indomable Kat. Tengo la intención de casarme contigo, llevarte a la cama y hacerte mía en todos los sentidos. Y una vez lo haga, mi niña, estoy seguro de que ronronearás como una gatita en mis brazos y nunca volverás a pensar en dejarme.

Escondiéndose tras la línea de árboles, una amazona esperó hasta que Rourke y la morena de baja estatura volvieron a montar y regresaron con sus caballos hacia Hyde Park Corner. Cuando llegaron allí, ella dirigió su caballo hacia la pista.

Quitándose el sombrero de hombre, Felicity Drummond sacudió su pelirroja melena y al hacerlo, sus horquillas salieron volando. Ah, mejor. Dada su estatura, disfrazarse de hombre no le suponía un gran problema, pero ni hablar de cortarse el pelo.

Se pasó los dedos por los enredos mientras pensaba que para ser la frígida de la que todos hablaban, *lady* Katherine había exudado una considerable cantidad de calor sexual. El beso sobre el que pendía una apuesta se había convertido rápidamente en mucho más; incluso se preguntó si la pareja no estaba ya a medio camino de aparearse en pleno parque. Al mirarlos desde su escondite, las bocas húmedas, las manos apremiantes y el movimiento de las caderas, notó cómo se le humedecía el sexo.

Pero antes de ocuparse de la reacción que le había provocado la Madre Naturaleza, tenía que encargarse de un asunto. A Dutton y

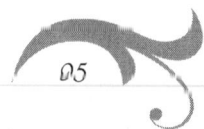

sus amigos no les gustaría saber que habían perdido la apuesta, pero estaba segura que otro caballero estaría más que contento. Lord Haversham tenía ganas de ver casada a la entrometida hija de su amigote para que así quedara fuera de circulación. Si encima se iba a Escocia a vivir, mejor que mejor. Felicity lo dudaba. Más que dudarlo, esperaba que a Haversham le saliera el tiro por la culata y esa era la razón por la que estaba tan dispuesta a ayudar. Por eso y porque le pagaban, por supuesto. Comprometida o no, por lo que había oído de *lady* Katherine, aquella mujer no parecía de esas que aceptaban casarse con el hombre que la había puesto en evidencia. Por muy arpía que dijeran que era.

Tal vez Rourke hubiese venido a Londres a pescar una mujer de buena familia, pero Felicity estaba decidida a que volviera a Escocia con las manos vacías.

Prefería que regresara a Escocia y que volviera con ella.

Kate dejó a Rourke de pie junto al poste delante de la casa, con las riendas de ambos caballos en las manos. La atravesó con una mirada decidida.

—La próxima vez que pida visita, será para hablar con tu padre.

Kate no respondió. No estaba segura de qué decir. Su cabeza la inducía a actuar de un modo y su cuerpo, a hacerlo de una forma totalmente distinta.

Le colocó las manos sobre los hombros y con la mirada le escudriñaba el semblante. Se le acercó con dulzura esta vez. Parecía como si tuviera los huesos hechos de mantequilla y la columna vertebral de gelatina. No tenía la voluntad ni el deseo de resistirse a él. Incluso después de las duras palabras que le había dedicado en el parque, ella parecía maleable como el metal fundente en una forja sobrecalentada.

Tan pronto como los invitados se fueron, Kate vio la oportunidad de ir a su habitación. Hattie se ocuparía de la cena. Aunque la quemara del todo, necesitaba un rato a solas para pensar. Se acababa de sentar a un lado de la cama cuando oyó que alguien llamaba a su puerta. Los insistentes golpecitos anunciaron a su visitante como Bea, por supuesto.

La puerta se abrió con un crujido y acto seguido su hermana asomó su rubia cabeza.

—¿Kate?

Contuvo un suspiro. La mañana, que había comenzado de forma tan agradable, la había dejado muy agitada. La experiencia de besar al señor O'Rourke —Rourke— había puesto a prueba todo lo que creía que era verdad. Nunca se había considerado a sí misma propensa a la lascivia, pero empezaba a preguntarse cuán lejos habrían llegado las cosas si hubieran estado en un lugar con mayor privacidad. Necesitaba estar un rato a solas, como mínimo unos pocos minutos, para poner en orden aquellos pensamientos confusos y aquellos sentimientos embrollados que la asaltaban.

—La razón para llamar es para pedir permiso para pasar. No se llama a una puerta para entrar de sopetón.

Bea puso los ojos en blanco, con aquel mismo azul porcelana de su madre, y entró de todos modos.

—¿Quién era ese hombre con el que has ido a montar? —preguntó, cerrando la puerta tras de sí.

—¿Así que has estado espiándome otra vez?

Bea se encogió de hombros.

—Puede que haya tenido la oportunidad de mirar por la ventana.

—Ajá.

—Bueno, no me tengas en ascuas. ¿Quién era?

—Se llama Patrick O'Rourke.

Kate no esperaba que el nombre le dijera nada a su hermana, pero pronto comprobó que se equivocaba.

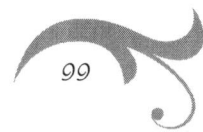

—¿Ese Patrick O'Rourke?

Miró a Kate fijamente, con los ojos muy abiertos.

Kate asintió. Menudo desbarajuste si hubiera más de uno.

—¿Cómo es que le conoces?

Bea sacudió la cabeza.

—Sé cosas de él. Dicen que tiene un montón de dinero y un castillo en algún lugar de Escocia. Un castillo, Kat, ¿te lo imaginas?

—Una dama no hace comentarios sobre los bienes de un caballero. Es una vulgaridad.

Bea puso los ojos en blanco otra vez y resopló.

—Por el amor de Dios, Kat, estamos en tu habitación con la puerta cerrada. Nadie puede oírnos. Papá se fue hace horas y ya sabes lo que eso significa. Además, ahora me dirás que tú no hablas nunca de dinero. Lo haces todo el tiempo.

—Si lo hago es solo porque necesito recalcaros a papá y a ti la necesidad de no malgastar lo poco que todavía nos queda.

Bea se dejó caer despreocupadamente al lado de su hermana mayor.

—Si te casaras con el señor Rourke no tendríamos que preocuparnos por el dinero nunca más. Seríamos muy ricos.

—Su apellido es O'Rourke, por cierto, y es él quien sería rico. Nosotros seguiríamos siendo pobres como ratas, solo que estaría encadenada a él de por vida. De todos modos, es irrelevante porque no pienso casarme ni con él ni con ningún otro.

Bea se cruzó de brazos.

—Pues muy bien. Entonces supongo que seré yo quien tenga que hacerlo.

Kate no estaba preparada para la punzada de celos que ese comentario le provocó. Por Dios, estaba... ¿celosa?

—No seas absurda; ni siquiera has sido presentada en sociedad todavía y aunque lo hubieras sido, yo misma te encerraría antes de dejar que te casaras con semejante escocés ordinario, engreído y descortés.

Bea levantó la barbilla.

—No creo que sea ordinario. Por lo que he visto de él a través de la ventana, creí que era más bien galante y... viril. —Bea puntualizó el dictamen con un suspiro.

Kate volvió la cabeza de repente, hacia el ensoñado rostro de su hermana.

—¿De dónde exactamente has sacado tú esa palabra? No, no me lo digas. Has estado leyendo esas dichosas novelas románticas otra vez, ¿verdad?

Era mejor dejar los caballeros de brillante armadura y príncipes azules para los cuentos de hadas. En el mundo real, una mujer solo podía confiar en sí misma. Cuanto antes aceptara Beatrice ese hecho tan poco romántico, mejor. Y en vista del reciente episodio en el parque, Kate haría bien de recordárselo también a sí misma.

Bea se dio la vuelta para enfrentarse a ella.

—Sí, son novelas románticas y no hay nada de malo en ellas. Deberías leer alguna, querida hermana. Tal vez así aprendieras algo.

Personalmente pensaba que había aprendido más que suficiente en un solo día. En cualquier caso, no le dio demasiada importancia al tono de su hermana y mucho menos a la indirecta de que quizá le convendría ser algo más romántica, aunque ese fuera el caso en realidad. Al pensar en su respuesta entusiasta, aunque algo torpe, al que había sido un asalto más que suave y sensualmente ejecutado, notó como se le ponían coloradas hasta las orejas.

—Bea, no quiero que hables como si fueras una tontorrona.

Su hermana puso los ojos en blanco de nuevo.

—Beatrice, ¿en serio? Pues vaya por Dios, veo que te he tocado la fibra sensible.

Kate solo la llamaba por su nombre completo cuando se avecinaban problemas y ambas lo sabían. Se miraron fijamente y, de golpe, se echaron a reír.

La puerta de la habitación se abrió de golpe, chocó contra la pared e hizo que se pusieran de pie. Su padre estaba en el umbral, con el abrigo desabrochado, la corbata torcida y la mirada llena de ira. Era obvio que no solo estaba borracho, sino también furioso. El corazón le latía desbocado. Siendo totalmente justos, nunca antes les había levantado la mano, pero siempre podía haber una primera vez. Deslizó un brazo protector por encima de los hombros de Bea.

Los ojos enrojecidos de su padre se centraron en Kate.

—Jamás pensé que viviría lo suficiente para ver llegar el día en que una hija mía trajera tanta deshonra al apellido Lindsey.

El calor le subió a la cara de repente. La habían descubierto. Alguien la había visto besando al señor O'Rourke en el parque y se lo había contado. Había pensado que estaban solos en Rotten Row, pero al parecer no había sido el caso. Alguno de los «rezagados» debía de haberles visto. Por el rabillo del ojo, echó una mirada a su hermana. ¿Y ahora qué? ¿Quién de las dos era la tontorrona? ¿Qué clase de ejemplo le estaba dando con su mal comportamiento? Si no hubiera sido porque su padre bloqueaba la puerta, hubiera enviado a Bea a alguna parte donde no pudiera oír nada.

—Acabo de llegar de White's. El libro de apuestas ha levantado un revuelo considerable.

White's era un mal asunto, daba igual el día que fuera. Aunque aquel exclusivo club masculino no le brindara otra oportunidad para jugar, ser miembro era un lujo que a duras penas podían permitirse. Normalmente Kate habría aprovechado la oportunidad para puntualizarlo, pero la ferocidad en la mirada de su padre hizo que se mordiera la lengua.

—Parece ser que cierto escocés apellidado O'Rourke apostó con lord Dutton y algunos otros caballeros mil libras a que podría seducirte para que te olvidaras de quién eres y te entregaras a él públicamente. Las condiciones de la apuesta le daban cinco días, pero parece que solamente le han hecho falta dos.

Ser el objeto de una apuesta y de una que, además, estaba inscrita en el libro de apuestas de White's, iba mucho más allá de la humillación. Horrorizada, Kate dejó caer el brazo y se apartó de su hermana.

«Puede que mis actos de hoy no hayan sido muy nobles, Kate, pero mis intenciones sí lo son. Lo que he dicho antes iba en serio. Quiero que seas mi esposa.»

Su muestra de sinceridad la había conmovido. Había estado a punto de creer que realmente se preocupaba por ella además del reto que suponía ponerla en vereda. Pero ahora lo veía tal y como era: un manipulador sin corazón, un seductor retorcido.

Bea le tiró suavemente de la manga.

—¿Estás bien Kate? ¿Te traigo un poco de té?

Su padre respondió por ella.

—El té no reparará la reputación mancillada de tu hermana. —Volviendo la mirada hacia Kate otra vez, dijo—: Si no te preocupa nada tu buen nombre, piensa en cómo repercutirá esto en tu hermana. ¿Qué opciones va a tener de encontrar una pareja decente con una hermana solterona que va por ahí besando a desconocidos en parques públicos?

Abrió la boca para decir que, gracias a él, no había casi fondos suficientes para la presentación en sociedad de Bea, pero al mirar de soslayo a su hermana pequeña, con la cara fresca y candorosa, se mantuvo callada.

—No es un extraño. Nos conocimos en el baile de la otra noche —dijo entonces.

—Y, por supuesto, permites que te lleve a montar sin una carabina.

Kate se pasó una mano por el pelo; empezaba a dolerle la cabeza.

—Ya hablaremos de esto más tarde. Por favor, déjame.

Lord Lindsey soltó un bufido.

—Soy el señor de la casa; soy tu padre. Hablaremos cuando yo lo diga y yo digo que hablemos ahora.

Demasiado dolida para temerle en ese momento, Kate levantó la cabeza y lo atravesó con una mirada penetrante.

—No pienso hablar de esto cuando has estado bebiendo. Besar al señor O'Rourke es totalmente inaceptable, seguro, pero si alguien ha deshonrado el nombre de nuestra familia durante años has sido tú, padre.

—Obviamente estás muy alterada. —Dudó y dio un paso hacia atrás—. Dejaré que reflexiones acerca de lo que acabas de decir.

Bea casi ni esperó a que se cerrara la puerta. Se volvió hacia Kate y le tiró del brazo, dándole una sacudida.

—¿Lo has hecho de verdad, Kat? ¿En serio le has besado?

Abatida, se zafó de su hermana. Se dejó caer en la cama, se tapó los ojos con una mano y asintió.

—¿Y bien?

—¿Y bien qué? —dijo, cerrando los ojos con fuerza.

—¿Cómo ha sido? Quiero decir, ¿ha sido... bonito?

Kate abrió los ojos y la miró a través de los dedos abiertos.

—Ha estado bien, supongo. Ah, no lo sé, casi no lo recuerdo.

«Se atrapa antes a un mentiroso que a un cojo...», apuntaba el dicho.

—¿Le vas a besar otra vez?

—¡No! —Esta vez no era una mentira sino una promesa sagrada—. Venga, deja de molestarme y vete a tu habitación. Mejor aún, ¿por qué no te animas tú por una vez y vas a ver si Hattie necesita ayuda con la cena?

—Pero...

—Sin peros. Vete.

Haciendo un puchero con el labio inferior, Bea se levantó y arrastró los pies hasta la puerta. Al llegar, se dio la vuelta.

—Con apuesta o sin ella, creo que es maravilloso que besaras al señor O'Rourke. Lo que quiero decir es que estás a punto de cumplir veintisiete. Puede que esta sea tu última oportunidad.

Eso terminó de hundirla. Dejó caer las manos en el regazo.

—¡Ve!

Por fin a solas, Kate se dirigió hacia la butaca de terciopelo que tenía junto a la ventana. Desde allí se veía el jardín y su muro, y aunque no había demasiadas flores en invierno, al menos los bojes se mantenían verdes durante todo el año. La poda ornamental necesitaba un buen repaso y las estatuas precisaban cuidados urgentes, pero el paisaje seguía siendo precioso. Un camino de conchas de ostra llevaba a la glorieta que estaba al fondo. El tejado de paja empezaba a mostrar indicios de podredumbre. Tenían que cambiar algunos tablones... o el tejado entero, más bien. Eran pequeñeces, pero reparar todo aquello costaba dinero.

El asunto del dinero llevó sus pensamientos de vuelta al señor O'Rourke. Ahora tenía la respuesta: no la había perseguido ni por dinero ni por sexo, sino por divertirse. ¡La había convertido en un juego! No podía tolerarlo. No pensaba tolerarlo. Besarla por una apuesta, por una apuesta pública, la había herido en lo más profundo su orgullo de mujer. Allí sentada, mirando afuera, sintió como el corazón se le volvía duro como una piedra y se le llenaba de algo parecido al odio en estado puro.

La situación actual requería un «ojo por ojo y diente por diente». Contemplando el jardín, empezó a darle forma a un plan. Al principio lo acogió con incredulidad, pero cuanto más lo pensaba, más segura estaba de que podría funcionar.

Según la Biblia, el orgullo precedía siempre a una caída. Bien, pues idearía un plan para darle al orgullo del señor O'Rourke un golpe tan fuerte que la caída del escocés fuera digna de Humpty Dumpty. Al igual que el personaje de la rima, cuando Rourke hubiera caído del muro, nadie sería capaz de recomponerlo juntando los fragmentos rotos.

Capítulo 5

«Si soy avispa, ¡cuidado con el aguijón!»

WILLIAM SHAKESPEARE, Catalina,
La fierecilla domada.

Una semana más tarde

Su invitación a tomar el té fue de lo más sorprendente.

Acomodado en la butaca de enfrente, Rourke, como ella empezaba a llamarle mentalmente, se acercó para alcanzar la taza y el platillo que ella le ofrecía. La porcelana parecía muy pequeña y frágil en esas manos tan grandes. Al recordar lo delicadas y, a la vez, habilidosas que podían ser, Kate notó cómo se le encendían las mejillas.

—Espero que le haya gustado. —Kate se inclinó sobre la mesita del té y se echó una tercera cucharadita de azúcar en la taza humeante. Tal vez fuera por el sabor amargo de la humillación que aún tenía en la boca, pero nada conseguía endulzar la infusión.

—Muchísimo. Como no me devolvía los mensajes, llegué a pensar que me evitaba.

Tenía una pierna sobre la otra de una forma en que no debería sentarse un caballero. Con esa pose se le tensaban los pantalones en la pierna que tenía encima y se le marcaban todos los músculos. Recordando cómo la hacía subir y bajar sobre sus muslos, duros como la piedra, suspiró entrecortadamente. Incluso en plena conspiración para enviarle a la ruina, no podía dejar de pensar en aquel increíble beso.

«Céntrate, Kate. Céntrate.»

—En absoluto. —Alargó la mano para tomar un poco de pastel de semillas, del que tomó un pedacito, no porque tuviera hambre sino porque, ahora que ya había servido el té, era algo con lo que ocuparse—. He estado atareada con el trabajo que realizo como voluntaria y ayudando a mi hermana.

Había tardado siete días exactos en coordinar todos los detalles de su plan. De momento todo iba a la perfección. Y mejor, incluso, ya que parecía que él no tenía ni idea de que ella estuviera al corriente de su asquerosa apuesta. Pero ¿por qué tenía que ser tan arrebatadoramente guapo? Se preguntó si era el modo que tenía el diablo de tentarla. Esa americana de *tweed*, el chaleco de seda a rayas y los pantalones grises de franela; todo le marcaba los músculos. El pañuelo que llevaba al cuello y la aguja con una esmeralda grande le resaltaba el color verde intenso de los ojos. Esperaba que, al volver a verle, la llama que sintiera antes se hubiera ido apagando o, mejor aún, que además de apagada la hubiera reemplazado un sentimiento de asco. No era el caso. Seguía atrayéndole mucho, más que nunca; le odiaba por ello y se despreciaba a sí misma aún más.

—La he echado de menos, Katherine. Su fotografía, si bien se le parece, no es buena compañera. —Desde el alféizar de la ventana, Bea, su carabina, resopló—. No he podido quitármela de la cabeza en toda la semana. Es más hermosa de lo que recordaba.

La repasó con la mirada y ella creyó leer que le gustaba lo que veía. Llevaba el pelo recogido en un moño, a la francesa. Se había dejado unos mechones sin recoger a propósito, que al caer le rozaban el cuello. El vestido de seda rosa también había sido una elección premeditada. Las mangas abullonadas hasta el codo realzaban sus finos antebrazos; el escote en pico y el corsé sacaban lo mejor de su pequeña figura. Era como vestirse para una obra de teatro y preparar la escena; que el resultado de la función de tarde acabara siendo una tragedia o una comedia dependía de dónde estuviera uno sentado... literalmente.

Se encogió de hombros.

—Yo también he estado pensando en usted, sobre todo en lo que me dijo cuando nos despedimos.

Se quedó boquiabierto un momento, luego se inclinó hacia delante y bajó la voz.

—Si es por lo del hotel, esperaba que ya me hubieras perdonado.

—Ah, eso... Considéralo agua pasada. Ya se me ha olvidado. —Con un ademán, le quitó importancia a lo que estuvo a punto de arruinarlo todo.

Visiblemente aliviado, él se recostó en la butaca otra vez.

—En ese caso, ¿en qué has estado pensando, preciosa?

Fue Kate la que se acercó entonces. Dejó el platillo a un lado y se concentró para impostar la expresión más sincera que llevaba una semana entera practicando frente al espejo.

—¿Decías de verdad eso de que pretendes casarte conmigo o no era más que galanteo?

Se puso más serio y negó con la cabeza.

—No, lo decía de verdad, Kate. Quiero que seas mi esposa. ¿Por qué lo preguntas?

—Porque le he estado dando vueltas esta última semana y mi opinión respecto el matrimonio ha cambiado... considerablemente. —Terminó la frase con un rápido parpadeo y una tímida sonrisa.

—¿En serio? —Dejó la taza y el platillo en la mesa de mármol, junto al codo, y se inclinó hacia delante—. ¿Lo dices de verdad, Kate?

Ella asintió con unos ojos brillantes, o eso era lo que esperaba que él viera. Igual que la tetera, notaba cómo le salía el humo de la cabeza.

—Dicen que cambiar de parecer es un privilegio que tienen las damas, sobre todo en cuanto a asuntos de corazón, y es lo que he hecho.

Una sonrisa se asomó al rostro de él.

—En ese caso, *milady*, puedo tener la dispensa en el bolsillo dentro de unos pocos días.

—¡Una dispensa! —A Kate estuvo a punto de caérsele el platillo que tenía entre las manos. Madre de Dios, sí que tenía ganas...

Él asintió.

—No puedo dejar el negocio tantos días y mi compañero, Gavin, trabaja de abogado para la Reina. Pero para hacer las cosas como es debido, primero debo hablar con tu padre. ¿Cuándo llega a casa?

Durante unos segundos fue presa del pánico. Si hablaba con su padre, se destaparía su juego. Por otro lado, ahora que había ganado la apuesta, ¿por qué diablos querría casarse con ella?

—Papá está atendiendo a... las mujeres descarriadas en la academia de *lady* Stonevale. No se sabe cuándo volverá —anunció Bea desde el lado opuesto de la sala.

Kate miró a su hermana, agradecida, antes de volver a centrarse en su blanco.

—Con dispensa o sin ella, me temo que voy a necesitar una petición de mano en condiciones.

Rourke se pasó la servilleta por el regazo y se levantó.

—Perdóname, querida, te mereces algo mejor, por supuesto.

Rodeó la mesa para acercarse a ella y se arrodilló. Aunque estaba furiosa, se le antojaba estimulante y algo perverso tener a ese escocés enorme y fornido a sus pies.

Sus ojos esmeralda se fijaron en los de ella; la mirada y la cercanía le cortaron brevemente la respiración.

—Soy un hombre directo y no muy dado a poesías, pero seré un buen marido para ti, Kate, y un buen padre para los hijos que el Señor tenga a bien darnos.

Ah, eso era, entonces. Quería una yegua de cría para ayudarle a montar la guardería. Darse cuenta de eso fue como si le tiraran un balde de agua helada encima. Seguro que le daba igual que fuera ella u otra, aunque mucho mejor si era con la hija de un conde, claro. Tuvo que contenerse mucho para no levantarse y echarle el té —que no estaba tibio, no, sino hirviendo— por la cabeza.

Controlando un poco su mal humor, se centró en poner en marcha el plan.

—Tengo cierta idea romántica de cómo mi futuro marido debería pedir mi mano, desde que era una niña.

—Cuéntamela.

Ella fingió indecisión.

—Pensarás que soy boba.

—Claro que no. —En otras circunstancias, ese ímpetu le hubiera parecido enternecedor, pero ahora no tanto—. ¿Por qué?

—Se puede decir que es una especie de fantasía —repuso ella en un susurro.

—¿Una fantasía, dices? —Eso sí que le llamó la atención. Se le iluminaron los ojos y también bajó la voz, lo que hizo que Kate se imaginara ese susurro ronco en la oscuridad—. Dime, *milady*, y te juro que haré que se cumpla o lo intentaré por todos los medios posibles. —Tomó su mano y entrelazó los dedos con los de ella.

El mero contacto hizo que Kate sintiera un escalofrío. Se le puso el vello de los brazos de punta y se le endurecieron los pezones.

—Muy bien, pues. —Resuelta a no perder el norte, carraspeó—. Mi amado y yo aguardaremos hasta que anochezca.

Él le guiñó el ojo.

—Me gusta la noche. —Le acarició la palma con el pulgar y le hizo sentir ese hormigueo tan familiar en el vientre.

Aunque estaba furiosísima con él, le resultaba muy difícil concentrarse en el texto que se había aprendido de memoria mientras la tocaba así... de esa manera.

—El cielo está oscuro como la boca de un lobo y reina un silencio total. Y él y yo damos un paseo bajo la luz de la luna por el jardín, un jardín muy parecido al que hay en la parte trasera de esta casa.

Le dio la vuelta a su mano y un beso en la parte interior de la muñeca. Kate se estremeció otra vez.

Rourke levantó la cabeza y sonrió.

—Siempre me han gustado los paseos a la luz de la luna. Sigue.

—Entonces mi amado me toma del brazo y vamos por un caminito hasta el final del jardín, lejos de la casa, de las miradas y los oídos de la gente.

Él se relamió el labio inferior y ella recordó lo suculenta que eran su boca y su lengua.

—¿Sí?

—Después dejo que me lleve hasta un rincón oscuro escondido tras un seto y nos sentamos en un banco de piedra. Una vez sentados, le pido que me haga un favor muy especial y muy personal.

Le echó un vistazo al alféizar donde Bea parecía tener la nariz metida en un libro. Sabía que no era así, por supuesto.

Rourke la miró directamente a los ojos, para atraer su mirada y que volviera a centrarse en él. Le volvió a atrapar la mano y esta vez se llevó su dedo anular a la boca; tan cálida y húmeda.

—Te concedería cualquier cosa que me pidieras, quiero que lo sepas.

Su boca no era lo único húmedo. De repente, se notó mojada entre los muslos. Sin mirar, sabía que llevaba la entrepierna de las medias de

seda completamente empapada. Apretó las piernas y se concentró para recobrar la compostura y el control.

—Y le pido que se arrodille frente a mí y me ponga las manos atrevidamente en...

—¿*Milady*?

—En mi... persona y... Bueno, no puedo terminar de contártelo aquí, por motivos que ya conoces, ¿no? —Señaló con la barbilla el alféizar donde Bea aguardaba con la cabeza inclinada y el pelo tras la oreja, que seguro mantenía bien atenta.

Él, que lo había entendido, asintió.

—Muy bien, entonces ¿cuándo?

—Nos vemos esta noche pasada la medianoche. Todos estarán acostados y estaremos solos.

—Kate, ¿estás segura?

Ella asintió.

—Sí, bastante. Entra por el callejón que hay detrás de los establos. Te estaré esperando en la verja y te abriré.

—¿Por qué debemos esperar hasta entonces?

Kate resopló, aliviando así la tensión que empezaba a sentir. Madre del amor hermoso, ¿tan pronto iban a empezar a discutir?

—Es necesario y punto. Quién sabe, puede que tenga que ver con que la medianoche sea la hora de las brujas. No sé. ¿Quieres oír el resto o no?

Él asintió.

—Claro. Continúa.

—Hay un banco al fondo del jardín. Quiero que me lleves allí, que te arrodilles como haces ahora y que me pidas en matrimonio... cantando.

Arqueó las cejas.

—¿Quieres que te cante?

—Sí.

—¿Qué importancia tiene que te cante y no que te lo pida?

—Pues no estoy segura, pero la tiene. Por eso es una fantasía, supongo. Las fantasías no se rigen por la razón o por las reglas habituales. Cantar me parece tan... romántico. Reconozco que me tiemblan las rodillas y me da un vuelco el corazón de solo pensarlo. Pero si no quieres... si cantar va contra la naturaleza de alguno de tus principios, lo olvidamos y no pasa nada. Podemos seguir un cortejo más tradicional de los que duran semanas, meses e incluso años, si lo deseas.

—No, si quieres que te cante, tendrás una canción. —Se le acercó un poco más y susurró—: Tengo muchísimas ganas de tenerte, Katie. Te deseo tanto que me vuelvo loco. —Se inclinó para besarla.

Como no se fiaba de sí misma, se apartó.

—Y me tendrás, pero deberás esperar a la medianoche.

Le apoyó las palmas de las manos en el pecho para evitar que se le acercara más. Había olvidado lo musculoso, grande y fuerte que era, no solo a la vista sino también al tacto.

—Pero, Kate...

Ella le interrumpió posándole el índice en los labios.

—Rourke, por favor, llevo soñando con este día, este momento, desde que era una niña. Quiero que todo sea perfecto. —La mentira era cada vez más gorda.

Él no parecía muy convencido, pero se resignó.

—Si significa tanto para ti...

Le cortó con un movimiento de la mano.

—Sí, significa mucho.

Rourke asintió.

—Pues entonces te cantaré. Ahora bien, te aviso de que yo también tengo una fantasía.

—¿Ah sí? —Aunque fingiera timidez, su cuerpo la delataba; notaba un lento latir en su sexo, que ansiaba liberación.

—Pues sí. Algún día, dulce Kate, me gustaría que me miraras a los ojos y me llamaras Patrick.

Rourke se presentó en la verja trasera cinco minutos antes de la hora convenida. El cielo era un dosel blanco grisáceo y el frío en el aire resultaba tan cortante que parecía presagiar nieve. La luna se asomaba por detrás de un banco de nubes y sus débiles rayos alcanzaban el jardín cercado. Bañadas en su luz translúcida, las formas de las estatuas parecían fantasmas y no piedra fría e inerte.

Mientras pisaba con fuerza y daba palmadas con las manos enfundadas en sendos guantes, pensaba en la extraña petición de Kate. Una proposición matrimonial cantada era una fantasía romántica algo extraña, pero si ceder a ese deseo significaba que diría que sí, pues que así fuera. El jardín estaba desierto. Solo serían ellos dos. Nadie más salvo su futura esposa, la luna y las estrellas presenciaría su locura de modo que podía entregarse a la tarea con toda su alma.

Sin embargo, no conseguía quitarse de encima una sensación que trascendía el miedo de hacer el ridículo. Horas antes, Kate le había parecido demasiado ansiosa para una mujer que la semana anterior había dicho que no se casaría nunca. Sentada ahí en su salón bebiendo té, le habían asaltado las dudas, pero las acalló diciéndose que era el reflejo de su propio sentimiento de culpa. Maldita apuesta, maldito Dutton y maldito él mismo por haberse dejado provocar. Llevaba cubriéndose las espaldas desde que aceptara la apuesta de Dutton. Suponiendo que el muchacho cumpliera su palabra, Rourke daría el dinero a la caridad, a la Tremayne Dairy Farm Academy o a Roxbury House, la institución que estuviera más necesitada de recursos.

Si alguien no les hubiera descubierto a él y a Kate en el parque y lo hubiera contado —aún tenía que descubrir quién era esa «fuente

fiable»— habría dejado morir la apuesta. No había bajado la guardia en toda la semana. Tarde o temprano llegaría a oídos de Kate y cuando eso pasara, imaginaba que se enfadaría muchísimo; otro motivo por el cual tenía tanta prisa por terminar con eso del cortejo y casarse. Si la buena suerte no le abandonaba, se casaría, se acostaría con ella y ambos se marcharían a Escocia antes de que el cotilleo llegara a sus oídos. Y con algo más de suerte, puede que nunca se enterase.

El suave crujido de unas pisadas hizo que se concentrara en el jardín que había al otro lado de la verja. La luz de un candil se movía como una manzana prendida de una cuerdecilla, que empezaba en la casa y se iba acercando. ¿Kate? La emoción le tenía en vilo. Tenía el pulso acelerado y se notaba palpitar el miembro.

Ella se reunió con él en la verja. Como recién salida de un cuento, llevaba una capa con borde de piel y la capucha puesta de modo que le tapaba el pelo.

—Has venido. —Abrió la puerta de la verja y él entró.

—¿Acaso lo dudabas?

—No, hubiera apostado a que vendrías.

Ahí estaba otra vez esa palabra que había acabado por odiar. Acalló ese sentimiento de culpa y buscó las gafas en el bolsillo del abrigo para ver mejor. También llevaba el discurso de pedida —mejor dicho, la canción— en el bolsillo, pero sin gafas no vería nada.

Kate se apresuró a tocarle el brazo con la mano.

—No lo hagas. Estás mucho más guapo sin ellas. Dame la mano y yo te guiaré. Podría orientarme por este jardín hasta con los ojos cerrados.

—Eso sería como que un ciego guiara a otro, sin duda.

Ella hizo una mueca, o eso es lo que él creyó ver. Estaba demasiado oscuro y no veía nada.

—Te fías de mí, ¿verdad, Rourke? La confianza es el ingrediente más importante en un matrimonio, o eso es lo que me han contado.

—Claro que confío en ti.

Ella se aferró a su muñeca. Como era la mujer con la que quería casarse y pasar el resto de su vida, eso tendría que ser un consuelo. Entonces, ¿por qué se le erizaba el vello de la nuca y notaba un nudo de miedo en el estómago?

Entraron en el jardín. Pasó la mano libre por el muro de piedra. La otra mano seguía en la de Kate. Ella sostenía el candil en alto y los guiaba a ambos. Salieron del camino y atajaron por la hierba cubierta de rocío. Caminando a oscuras con su futura esposa y su candil como guía, pensó que debía de importarle mucho porque, de lo contrario, nunca hubiera accedido a exponerse tanto.

Por el rabillo del ojo bueno vio el escaso paisaje al pasar: un cenador desvencijado, estatuas blanquecinas, un seto de boj y algunos con poda artística; estos últimos tan descuidados que pedían a gritos que les pasaran las tijeras de podar.

—Ya hemos llegado —anunció ella en voz alta al tiempo que le soltaba la mano.

Se acercó a tientas al banco de piedra helada preguntándose por qué lo había dicho casi a gritos. El motivo del paseo bajo la luz de la luna era no llamar la atención de los habitantes de la casa.

—Sí, ya estamos aquí.

Dejó el candil en el suelo, a sus pies, y se sentó a su lado.

—Los dos solos.

Él se le acercó un poco más, de modo que con el muslo le rozaba la cadera.

—Sí, los dos solos.

A pesar del frío que hacía, su cercanía le calentaba la sangre y le aceleraba el pulso. Cuando terminara de proponerle matrimonio y ella aceptara, la tomaría en brazos y proseguiría donde lo habían dejado en el parque. Tras una semana separados le daría otro bocado a la fruta prohibida y esta vez más grande.

Pero aparte de cualquier placer que pudiera arrebatarle en el momento, tenía muchas ganas de embarcarse en el futuro. Ahí sentado junto a ella se dio cuenta de que tenía muchas ganas de llevársela a casa. El castillo que había comprado aún estaba hecho un desastre. El administrador que había contratado estaba haciendo progresos lentos pero con paso firme. Rourke le había pedido que centrara sus esfuerzos en las tierras como primera prioridad, pero ahora que iba a traer a una esposa, tenía que cambiar de plan.

Encontró sus hombros con las manos, con cuidado para no hacerle daño. Ese día en el parque se había olvidado y había sido demasiado bruto, aunque parecía que a ella no le había importado. Sin embargo, juraba tratarla con guantes de seda a partir de entonces. Despacio y con dulzura, le dio la vuelta en sus brazos.

—Siempre me ha gustado la oscuridad. —Se inclinó adelante y quiso darle un beso, pero esta vez ella no se abrió para él. Sus labios, rígidos y secos por el frío, permanecieron cerrados. Se apartó—. ¿Y esa timidez, cariño? No lo hubiera dicho nunca viendo la valentía del otro día.

Kate asintió aunque él no pudo leerle la mirada porque había bajado la cabeza.

—Porque era de día. Las cosas toman un cariz distinto por la noche.

Él la miró rápidamente; deseaba poder verla mejor. Tenía la voz ahogada. Se preguntaba si ella estaba nerviosa también. Ya tendrían tiempo para los besos después.

—Supongo que no hay mejor momento que ahora. —Se incorporó, le quitó el sombrero, que dejó sobre el banco, y se arrodilló. Introdujo la mano en el bolsillo, si era por las gafas o la canción o ambas cosas, ella no lo sabía.

Kate le agarró por el codo.

—He cambiado de parecer. No ha sido más que la fantasía de una chiquilla que ya ha pasado. Olvidemos que te lo comenté siquiera.

No hace falta que te declares cantando. De hecho, preferiría que no lo hicieras.

Él masculló.

—Debes haberme oído antes. —Se vio un destello blanco cuando sacó un trozo de papel doblado—. Llevo practicando toda la tarde.

«Llevo practicando toda la tarde.» Al oír esas palabras, Kate se derritió. Había estado practicando para complacerla. Con solo pensarlo se le hacía un nudo en la garganta y le temblaba la sonrisa falsa que tenía en los labios. No recordaba cuándo había sido la última vez que alguien había querido complacerla y aún menos que se esforzara tanto por hacerlo. Nadie lo había hecho nunca. Los recuerdos de su madre se habían ido desvaneciendo con el tiempo. Sin embargo, las imágenes que sí podía encajar presentaban el retrato de una madre amable, pero demasiado enferma o distraída para prestarle mucha atención.

—¿Te has tomado tantas molestias por mí?

Él levantó la vista del papel que sostenía.

—Complacerte no es ninguna molestia, Katie.

Kate le miró y le pareció que le veía por primera vez. La luz del candil le bañaba el rostro, iluminaba el papel y le resaltaba las duras facciones. Hasta ahora nunca se había dado cuenta realmente de lo apuesto que era. La luz de la luna le dibujaba una especie de halo alrededor de la cabeza y le marcaba ese ceño de aire orgulloso, los finos pómulos y la barbilla cuadrada. Le miró la boca y se acordó de lo suaves y a la vez firmes que fueron sus labios con los suyos cuando se besaron. Con lo cerca que estaban percibía incluso su olor almizclado. Era un aroma como a tierra que le recordaba a fogatas de otoño y a *whisky,* y que la envolvía cual niebla de Avalon. Ojalá pudieran olvidar el plan de venganza de ella y la proposición de él para ser sencillamente un hombre y una mujer refugiándose en un jardín escondido. Más que cualquier otra cosa, ella ardía en deseos de que la tumbara encima del banco de piedra, le levantara las faldas y le mostrara lo que era el placer.

Pero era demasiado tarde para eso; el plan ya estaba en marcha. Ojo por ojo... Fue entonces cuando se dio cuenta de que lo único que conseguiría con esa venganza era dejarlos ciegos a ambos.

Rourke carraspeó.

—Creo que la voz que tengo al cantar no hará justicia a la letra, pero allá voy:

Mi querida Kate,
de ojos ambarinos y labios dulces como la miel,
de cabellos dorados y satén en la piel,
de ingenio agudo y lengua afilada,
di que vendrás conmigo y serás mi esposa tan deseada.

Kate tragó saliva por el nudo que tenía en la garganta. Esa última frase era una versión de un soneto de Shakespeare, pero las demás, algo torpes, eran de su puño y letra.

—Ralph, mi criado, me ayudó a escribirla. —Se quedó callado un instante—. ¿Qué me dices, Kate?

Ella se quedó mirándole. Quiso responder pero la lengua no le obedecía. Era incapaz de hacer otra cosa que no fuera mover la cabeza.

Como hechizadas por la magia de la luna, las estatuas y las plantas del jardín cobraron vida de repente. Empezaron a aparecer hombres y mujeres de sus escondites, muertos de la risa.

Rourke se levantó de un brinco.

—Pero ¿qué diantres...? —Se dio la vuelta; Kate también se había incorporado.

—Le está bien empleado, señor O'Rourke —dijo blandiendo el candil.

Le pitaban los oídos y se dio la vuelta para ver a las varias «estatuas» que se le acercaban como si fueran zombis. No eran ni estatuas ni espectros, sino personas de carne y hueso que se reían a carcajada

limpia. La muy desgraciada le había puesto en ridículo en público y en esas risas colectivas oía el eco de las burlas de infancia que tanto le había costado dejar atrás.

Se volvió bruscamente hacia la que pudo haber sido su esposa. Para ser alguien que acababa de dejarle como a un tonto, no parecía especialmente contenta consigo misma. Parecía casi tan triste como él.

Hasta con la prueba de su traición delante, le resultaba difícil creer que una mujer tan pequeña y delicada, tan femenina, pudiera tramar algo tan maquiavélico. Pero eso había hecho. La traición que hacía falta para infligir semejante humillación a otro ser humano no la excusaba una lengua afilada ni un mal carácter. No tenía excusa posible. Solo había una explicación para que una mujer como Kate hiciera lo que le acababa de hacer a él: que fuera el mismísimo diablo.

—Kate, recuerda bien lo que te digo: pagarás por esto —dijo mientras esquivaba a lord Dutton, ataviado con una toga, con el rostro y el torso desnudo enharinados. Ojalá el vizconde estirara la pata.

Ella levantó la barbilla y echó los hombros hacia atrás para imponerse más a pesar de su diminuta estatura.

—Me llamo Katherine. *Lady* Katherine Lindsey.

Al ver cómo Rourke se alejaba chocándose con estatuas —las de verdad— y topando con los setos mientras buscaba las gafas, Kate se dijo que debería sentirse victoriosa. El plan para humillar a su último pretendiente, y el más perseverante también, había funcionado a la perfección. Ningún hombre en su sano juicio seguiría pretendiendo a una mujer que le hubiera hecho lo que Kate acababa de hacer. Debería estar contenta y sentirse aliviada, exultante, incluso.

No obstante, Kate no sentía nada de eso. Aunque no podía saberlo con certeza, se sentía tan mal como su víctima e incluso peor. Echó un vistazo al jardín, lleno de gente, y se dio cuenta de que era la única que no se estaba riendo. Al ver a Rourke alejarse y reparar en cómo su enorme espalda desaparecía entre la niebla, no se sintió victoriosa. No es que estuviera exultante, precisamente. Se sentía vacía y muy, muy sola.

Dutton, con una sonrisa burlona, se le acercó furtivamente.

—¿No vas a darme las gracias, Kate?

—Pues la verdad es que no.

Miró detrás del hombre y vio a las hermanas Duncan, con unas sábanas que les tapaban los vestidos y coronas de laurel en el pelo, riéndose disimuladamente. De pronto fue consciente de la cruda realidad. «No soy mejor que esta gente.» Para alguien que siempre se había creído superior a los demás, darse cuenta de eso fue toda una cura de humildad.

Con la cara regordeta pintada de verde y con hojas de seda cosidas al abrigo, Cecil Wesley se le acercó arrastrando los pies. Parecía una mata de judía verde gorda más que un seto, aunque tampoco es que importara mucho ahora.

—Qué buen espectáculo, Kate. Has puesto al escocés en su sitio.

—Cállate, Wesley.

Se volvió para tomar el caminito que llevaba a la casa. A la que los dos protagonistas abandonaron el jardín, desapareció el espectáculo y la gente empezó a dispersarse.

Al ver que se iba, Wesley dio unos zapatazos en el suelo para desentumecerse los pies.

—Pues vaya, después de lo que hemos hecho ya podría habernos invitado a tomar algo, no sé, un té y unas pastas por lo menos. Que le den al té, una copita de oporto sería lo mejor para quitarse este frío que te cala los huesos. —Se frotó los brazos peludos, que llevaba al aire.

Dutton puso los ojos en blanco.

—Mira que eres cafre, Wesley.

—¿Qué he dicho?

—Pues lo incorrecto o lo demasiado correcto... sea como fuere has conseguido ahuyentarla... otra vez.

—¡Pardiez! Eso parece.

Al ver como la luz del candil que llevaba Kate desaparecía en la casa, Dutton sacudió la cabeza.

—Mujeres y palabras, Wesley... ¿Cuántas veces tengo que decirte que ambas cosas se mezclan igual de bien que el aceite y el vinagre?

En el salón de Gavin, Rourke levantó la copa de *whisky* —la quinta, ¿o tal vez la sexta?— y le dio un buen trago a aquel líquido abrasador. No solía ahogar las penas en alcohol. De pequeño había sido testigo de primera mano de lo que les pasaba a los que dejaban que el *whisky* y la ginebra ganaran la partida. Cuando estaba sobrio, su padre había sido un hombre decente y trabajador, pero cuando el alcohol se apoderaba de él, se convertía en otra criatura, como cuando el doctor Jekyll se transformaba en Mr. Hyde. Cualquier mujer, niño o animal que tuviera la desgracia de cruzarse con Seamus O'Rourke cuando iba bebido ya podía echarse a correr o ir a esconderse. Pero por primera vez en su vida, Rourke estaba dispuesto a romper aquella regla y terminar como una cuba.

Sacudió la cabeza, que empezaba a dolerle. Había sido muy tonto al pensar que una mujer como *lady* Katherine Lindsey podría ver al hombre que había más allá de su rostro de facciones duras, manos bastas y lenguaje tosco. De hecho, había achacado el comportamiento extraño de ella a los nervios de la proposición. Cuando vio a Kate en la verja, le dio un vuelco el corazón. Pensó que se alegraba tanto de verle como él, ¡qué bobo! ¿Qué le había pasado para bajar la guardia de esa manera? Era como si la bruja mala le hubiera rociado con unos polvos mágicos que tuvieran la fuerza del opio.

Gavin permanecía sentado en una butaca de piel con una copita de jerez en la mano, la primera.

—Supongo que se enteró de lo de la apuesta —dijo. Con la bata anudada a la cintura y unas pantuflas de piel, seguía conservando la dignidad de un abogado de primera clase.

—Sí, eso parece. Aunque no es comparable porque yo no pretendía hacerle daño.

—¿Y eso se lo dijiste?

—Bueno... no.

—Pues tal vez deberías.

Seguía oyendo las risas del jardín y apretó el puño de la mano que tenía libre.

—Kate Lindsey se puede ir a la mierda. Yo ya he terminado y me lavo las manos. —Ilustró esto último frotándoselas. Lo malo es que había olvidado que aún sujetaba la copa de *whisky* y esta se le cayó, le mojó los pantalones y salpicó la alfombra.

De repente notó los efectos del alcohol, que le emborronó la vista aún más e hizo que pareciera que Gavin tuviera dos cabezas. Oyó un suspiro al otro extremo del salón. Parpadeó y vio cómo su amigo se levantaba de la butaca y se le acercaba.

Gavin le pasó entonces una mano por debajo del brazo y le ayudó a incorporarse.

—Vamos, arriba.

—¿Dónde...? ¿Dónde me llevas?

—A la cama.

Manejable y dócil como una muñeca de trapo, Rourke notó cómo le llevaba hacia la puerta y clavó los talones.

—No quiero acostarme. Y menos aún contigo.

Miró a su amigo de soslayo y se echó a reír. De repente todo le parecía gracioso... bueno, casi todo.

Serio, Gavin negó con la cabeza... con las dos cabezas.

—Gracias por la aclaración, pero para que quede claro: no me estaba insinuando.

La poca energía que le quedaba tras marcharse del jardín de Kate le abandonó en ese momento. Como un muñeco al que alguien se hubiera olvidado de dar cuerda, parecía que solo funcionaba a cámara lenta. Hablar le suponía un gran esfuerzo y las palabras le salían a trompicones, como si tuviera la boca llena.

—No quiero... no quiero ser una carga.

—No digas tonterías, no eres ninguna carga.

Sin darse cuenta habían salido ya al vestíbulo.

—Eso es lo que dices ahora. ¿Qué es eso que dicen de los invitados y el pescado? —Sin esperar la respuesta, le dijo cómo acababa el chiste—: Que ambos acaban apestando al cabo de un día. —Se oyó una carcajada a su espalda. Anonadado por la gracia que se hacía a sí mismo, se inclinó hacia delante, agarrándose los costados. Sin comerlo ni beberlo, el pasillo empezó a oscurecerse y a temblar—. ¿Gav?

—Dime.

Tragó saliva; el movimiento pendular era cada vez más rápido. Se llevó una mano a la sien y con la otra buscó a tientas una barandilla.

—Lo siento mucho.

—¿Por qué?

—Por... esto.

Rourke cayó de rodillas y vomitó.

La mañana siguiente a la hora de desayunar, Rourke estaba con su segunda taza de café y evitaba mirar el plato de hígado picante y huevos con mantequilla que tenía su amigo delante. Alguien que era tres cuartas partes escocés y un cuarto irlandés debería tener un estómago más fuerte, amén de una mejor tolerancia a las bebidas espirituosas.

Sus antepasados por parte de padre y madre estarían, lo más seguro, revolcándose en sus tumbas al ver lo debilucho que les había salido el muchacho.

—¿Sabes? No he desistido de casarme con ella —dijo en voz baja.

Sentado a su lado, con un ejemplar aún doblado y sin arrugar del *Times* entre ambos, Gavin le miró horrorizado.

—No pretenderás casarte con alguien solo por fastidiar.

Rourke se encogió de hombros, fue a por un pastel de canela, aunque luego se lo pensó dos veces y lo dejó en la bandeja.

—Pues no veo por qué no. La pasión y la belleza acaban desapareciendo, pero un odio visceral de los buenos resiste contra viento y marea.

—¿Y qué hay del amor?

Le tenía mucho aprecio a Gavin. Más que aprecio, le quería como a un hermano. Sin embargo, en ocasiones como esta, le parecía un auténtico aguafiestas.

Negó con la cabeza, lo que resultó ser un gran error. Tuvo que aferrarse a la mesa y esperar a que se le pasaran las náuseas y los pinchazos que empezó a notarse en la sien. Entre sudores, apartó el platillo y la taza de café y se decantó por un vaso de agua.

Tomó un trago.

—¿Qué pasa? —preguntó.

—Creía que Katherine te gustaba o al menos que sentías algo más por ella.

«Katherine.» Gavin pronunciaba su nombre de tal forma que parecía que Kate y él fueran amigos de toda la vida. Después de anoche tal vez detestara a esa mujer, —de hecho la odiaba, sí—, pero seguía siendo su mujer. Independientemente de lo que dijera sobre lavarse las manos y desentenderse de ella, al llegar la luz apaciguadora de la mañana supo que no estaba dispuesto a renunciar a ella todavía. No obstante, forjar un futuro con aquella dama se le antojaba

tan posible como pasear por la superficie de la Luna o descubrir las ruinas de la Atlántida.

Pero Rourke llevaba casi toda la vida sacándose las castañas del fuego él solo. Bien pensado, Kate Lindsey era otro reto más que superar; no muy distinto a adelantar a otro carruaje o a boxear a ciegas. Fuera cual fuese el precio, él siempre lograba encontrar la forma de conseguir lo que quería.

«Kate, parece que no tienes ni idea de que la mejor venganza es la que se sirve fría.»

Capítulo 6

«A la hora de la verdad, él es más bicho que ella.»

WILLIAM SHAKESPEARE, CURTIS,
La fierecilla domada.

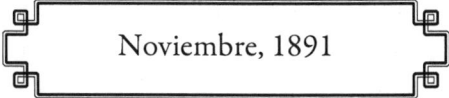
Noviembre, 1891

Kate estaba aposentada en el alféizar de la ventana del salón con la cortina descorrida para poder ver la calle, mojada por la lluvia y con la calzada teñida de obsidiana. Las aceras resplandecían como el cristal allí donde el hielo de la nevada de la semana anterior se había derretido y luego vuelto a congelar. Sin embargo hoy había llovido. De vez en cuando algún que otro carruaje circulaba traqueteando por la avenida y salpicaba de barro los bordillos mancillando su pureza, pero hasta entonces ninguno se había detenido. Tenía su diario abierto en el regazo con las páginas en blanco y la pluma abandonada en su interior. No se sentía muy inspirada, claro que últimamente tampoco es que sintiera gran cosa.

Mientras contemplaba el chaparrón que caía, se preguntó si las precipitaciones del día darían paso a la nieve después. Eso esperaba porque de pequeña, cuando vivía en el campo, le encantaba que nevara. Al contrario que el agua servía para algo porque se podían hacer cosas con la nieve —ángeles en el suelo, bolas de nieve y, sí, también muñecos—, pero la lluvia en invierno le daba una pátina de humedad y tristeza a todo.

Hoy era un día para quedarse en casa. Que las calles estuvieran resbaladizas y el viento fuera tan cortante significaba que pocos serían los que se atreverían a salir y, por tanto, no tendría visitas. Además, dentro de pocas semanas llegaba ya la Navidad. Cualquiera que se aventurara al exterior iría a Selfridge's en Oxford Street o a Harrod's en Knightsbridge, donde se podía comprar en las muchas secciones que esas tiendas ofrecían y estar seco y calentito, a cobijo. Dudaba mucho que viniera alguien a comerse los pastelitos con pasas y el pastel que tanto le había costado preparar; en fin, qué más daba. Como cada semana, pensaba en ese «día de quedarse en casa» de hace tiempo cuando Patrick O'Rourke se presentó en su puerta sin avisar y la convenció para ir a montar a caballo con él. Claro estaba, la convenció para hacer algo más que montar. Ahora parecía que ese recuerdo perteneciera a otra persona y aunque habían pasado casi dos años, recordaba hasta el último detalle.

Se llevó un dedo al labio inferior, que resiguió ligeramente con la uña, reviviendo la magia del momento, la suavidad de su beso y su propia respuesta apasionada. Incluso aunque hubiera pasado tanto tiempo, le asombraba lo atrevida que había sido. Bajó la mano al regazo y se miró la palma blanca y los delgados dedos de yemas rosadas con incredulidad. ¿En serio había empleado esa misma mano para desabotonarle el abrigo y acariciarle el torso, para comprobar el terreno de su cuello fuerte, sus hombros anchos y ese pecho musculoso? ¡Y en un parque, nada más y nada menos! Que le había sorprendido estaba claro —al fin y al cabo él solo había apostado que la besaría—, pero ella también se había quedado estupefacta. ¿Quién se hubiera imaginado que la sensata Kate Lindsey, reconocida por todos como la reina de hielo, autoproclamada solterona y un mal bicho orgulloso de serlo, podría albergar tanta... pasión en su interior?

El milagro era que parecía haber sorteado el escándalo, al menos en gran parte. El asunto del libro de apuestas de White había caído en el olvido en una semana, pues sin duda acabó eclipsado por algún otro escándalo más jugoso. Por lo visto, los que habían participado en el espectáculo del jardín debieron de pasar demasiada vergüenza o tal vez demasiado aburrimiento por la falta de lustre del resultado para hablar mucho del asunto. Ella tampoco se había prodigado mucho en sociedad; de hecho, casi nada si había podido evitarlo. En una ocasión se cruzó con Isabel y Penélope Duncan en Bond Street, que iban cargadas de paquetes tras un día de compras la mar de productivo gastándose el dinero de papá. Las hermanas habían hecho como si no existiera y habían pasado junto a ella con las barbillas en alto y una sonrisilla burlona en los labios sin saludar. Tampoco es que le hubiera importado, la verdad. No fue ninguna bravuconada cuando en el baile benéfico de *lady* Stonevale le aconsejó a Caledonia, Callie, que hiciera caso omiso a lo que le dijeran.

La sufragista y Hadrian St. Claire se habían casado. Seguramente se enteraron de la mala pasada que le había jugado a su amigo. Cuando entró en la tienda de fotografía del señor St. Claire para montar la sesión de Artemisa y recoger el último pago por las ventas del trimestre anterior, la había tratado con cordialidad pero no se mostró excesivamente simpático. Era lo que merecía. No había visto a Callie desde que coincidieran brevemente en el baile benéfico de *lady* Stonevale. Por mucho que pensara en ella, le avergonzaba demasiado su propia actitud para mantener esa amistad... una pérdida más.

Fuera, oyó cómo se acercaba un carruaje; las ruedas chirriaron cuando el conductor se detuvo en la calzada mojada. Al final parecía que sí iba a recibir una visita. No estaba muy segura de si se alegraba o no, pero cerró el diario, lo dejó a un lado y se levantó. Sin interés por la identidad de la visita, abrió la puerta sin mirar antes.

Patrick O'Rourke —Rourke— estaba en el umbral y se sacudía la lluvia del sombrero. El agua hacía que el pelo le quedara aplastado en la frente y las mejillas; mojado, parecía que lo tuviera negro y no cobrizo.

—Los jueves son los días que recibes visitas en casa, ¿verdad?

Kate no podía hacer más que mirarle. La había dejado sin palabras. No esperaba volver a verle. Aunque iba a Londres de vez en cuando y se había comprado una casa en Hanover Square, no frecuentaban los mismos círculos. Ni siquiera sabía que había vuelto a la ciudad.

—¿Me invitas a entrar?

Por fin encontró la voz.

—Sí, claro... Entra. —Se apartó para dejarle pasar.

—¿Tienes más invitados? —Dejó el sombrero en el pasamanos y miró en dirección al salón.

—No, solo tú. Si es que decides quedarte.

Empezaba a reponerse de la sorpresa y se dio cuenta de que se alegraba de verle, qué tonta.

—No sabía que hubieras vuelto de Escocia. —«No te despediste antes de marcharte», pensó para sí.

Le condujo hasta el salón mientras, mentalmente, trataba de recordar en qué estado estaba. Aunque venía de una familia de dinero, últimamente la cosa no estaba muy boyante. Mantener las apariencias resultaba cada vez más difícil. El dinero que Kate había estado ahorrando para la puesta de largo de Bea había desaparecido «misteriosamente» de su escondite y tenía motivos para sospechar que su padre era el culpable. Qué deprimente le parecía todo.

Él la siguió.

—Llegué a la ciudad ayer. Me he comprado una casa en Hanover Square.

—Sí, eso he oído. Qué bien, es una zona muy moderna. ¿Te gusta vivir ahí? ¿Quieres... quieres tomar algo? —Madre, balbuceaba como un bebé.

Él se quedó mirándola con unos ojos esmeralda que escudriñaban su rostro. Estaba igual y distinto a la vez; mayor, suponía. Le habían aparecido unas finas líneas, patas de gallo. Tal vez estuvieran ya allí antes, pero no se acordaba.

—No puedo quedarme mucho rato —dijo él al final.

—No hace falta que sea un té —se apresuró a decir ella—. Creo que por aquí tenemos algo de jerez o de *brandy*. —Estuvo tentada de añadir: «si es que papá no se lo ha bebido todo ya», pero se contuvo. Por mucho que le hubiera echado de menos, no se rebajaría a recurrir a la pena para ganarse su simpatía de nuevo.

Con el sombrero en la mano, se quedó envarado en la puerta.

—Por ahora no me apetece nada, pero gracias. —Miró la butaca, la misma en la que se había sentado la última vez que tomó el té con ella, aunque el cojín estaba más desgastado—. ¿Puedo sentarme?

—Por favor.

Ella se sentó al borde del canapé, más contenta aún si cabía por haber cerrado el diario antes. Las páginas de hoy estaban en blanco, así como las del día anterior, pero no era así en las de los demás días y meses de su ausencia.

Se quedaron en silencio. Intercambiaron algunas miradas; Kate se arrepentía de no haberse puesto un vestido más favorecedor. Este de satén color chocolate que llevaba le resaltaba los ojos, pero la tela estaba ya algo descolorida.

—¿Vienes muy a menudo a la ciudad? —Se reprendió mentalmente. Qué cosa más boba le acababa de preguntar.

—Si por la ciudad te refieres a Londres, ajá... Es decir, sí, claro. Tengo propiedades en el norte, en Escocia, y es la temporada del urogallo. Pero, como ves, he vuelto... Y no hay mal que por bien no venga, o eso es lo que se suele decir.

Kate hizo caso omiso del tono críptico de su voz. El placer de volver a verle empezaba a desaparecer y, en su lugar, apareció una sensación de inquietud mayor que antes.

—¿Y qué te trae a la ciudad? —Sus asuntos no le incumbían, pero no sabía qué decir.

—No es una visita de cortesía, Kate —dijo, sin contestar a su pregunta—. Perdona, quería decir *lady* Katherine.

Ella no dijo nada al respecto porque no quería reabrir esa herida.

—¿Qué tipo de visita es entonces? —preguntó.

—Una de negocios.

—En este caso, me temo que mi padre está indispuesto.

A él le pareció gracioso. Esbozó una sonrisa, pero no la amable que ella recordaba, sino una bastante desagradable, sarcástica, como de suficiencia.

—No lo dudo.

Seguramente le habían llegado noticias de la reputación de su padre. El conde había llegado aquella misma mañana mientras Bea y ella se sentaban a desayunar. No solía mostrarse avergonzado tras sus parrandas nocturnas, pero hoy no había querido mirarla a los ojos. Aunque siempre estaba con el alma en vilo cuando salía, esta vergüenza repentina le había activado una alarma interna. Se sirvió un vaso de agua con limón de una jarra de peltre y se fue a la cama dando traspiés. Eran casi las dos y no había dado señales de vida todavía.

—Mi negocio es contigo, no con él. Podemos decir que tenemos asuntos pendientes.

El corazón empezó a latirle desbocado al percibir en su voz ese tono críptico otra vez.

—¿Y eso cómo puede ser? No hemos hablado desde...

Él la interrumpió sacudiendo la cabeza.

—Humillarme delante de medio Londres no es algo muy propicio para mantener la amistad.

Se resistió a corregirle; solo habían sido unas cinco o seis personas. Tanto si hubiera convocado a unos cuantos aliados como si hubiera sido una legión entera, lo que había hecho estaba mal. Esperaba que ya la hubiera perdonado a estas alturas. Parecía que no.

Entrelazó las manos sobre el regazo para evitar así que viera cómo le temblaban.

—Deberías saber que estaba... que estoy arrepentida por cómo han terminado las cosas entre nosotros.

—¿Acaso es eso una disculpa, *milady*? —La miró con las cejas arqueadas.

—Sí, sí, es solo que... —dejó la frase sin terminar porque no sabía qué más decir.

Hace un año hubiera aprovechado la oportunidad para añadir que la humillación había sido para los dos, pero ahora veía que no le importaba tanto. El episodio de la apuesta le había parecido más una broma de colegio que una travesura mezquina. Por lo poco que había averiguado de la educación de Rourke, se imaginaba que le habían obligado de alguna manera aceptar el desafío de Dutton más para demostrar su valía que para humillarla a ella. En retrospectiva, le resultaba difícil creer que hubiera mostrado tanto enfado, claro que las apariencias cada vez significaban menos para ella. Ya no estaba tan enfadada. De hecho, no lo estaba.

Él frunció el ceño.

—No he venido en busca de una disculpa.

—Entonces, ¿por qué has venido?

El brillo salvaje que percibió en su mirada hizo que le empezaran a sudar las manos.

—He venido a cobrarme una deuda.

Introdujo la mano en el bolsillo interior del abrigo y sacó un trozo de papel doblado.

—¿Sabes qué es esto? —le preguntó, desdoblando el papel.

A Kate se le revolvió el estómago. No le hizo falta levantarse para examinarlo, porque sabía perfectamente lo que era. La palabra «deuda» lo decía todo.

—Es un cheque de mi padre, diría.

Aguardó a su respuesta mientras el miedo la inmovilizaba en la butaca en que se encontraba sentada.

Rourke asintió.

—Sí, eso es. Anoche coincidí con el conde en uno de esos sitios que frecuenta en Leicester Square.

Kate se levantó de un brinco.

—Le engañaste para que se endeudara.

Él se echó a reír.

—No me hizo falta engañarle. Él y su amigo Haversham ya se habían endeudado hasta las cejas. Cuando me ofrecí a financiar a tu padre, él aceptó de buen grado. No tuve que decírselo dos veces.

Paralizada, oía su propia voz como si fuera un eco retumbando dentro de un túnel.

—¿Cuánto?

Él levantó la cabeza para mirarla a los ojos.

—Cinco mil libras.

Kate dio un paso atrás. Notó la butaca en las pantorrillas y se sentó sin mirar. Cinco mil libras era una pequeña fortuna. Empezó a pensar en qué esperaba cobrarse para recuperar una cantidad tan grande. Además de la finca, que por suerte solo se podía transmitir a los herederos, no tenían ninguna otra propiedad. La casa de la ciudad era alquilada, el carruaje estaba en las últimas, los dos caballos eran ya viejos y hacía tiempo que habían vendido tanto la plata como la porcelana. Se tocó el pendiente de perlas que le colgaba de la oreja izquierda. Por favor, los pendientes de mamá no. El collar a juego lo tenía Bea. La sola idea de deshacerse de esos recuerdos tan valiosos le desgarraba el corazón.

Fue a desprenderse el pendiente del agujero del lóbulo.

—Acepta estos pendientes hasta que encuentre la manera de devolverte lo que falta, solo espero que mi hermana pueda conservar su collar. Es lo único que nos queda de nuestra madre.

Él la miró con incredulidad.

—¿Y qué se supone que tengo que hacer con unos pendientes?

Ella miró sus orejas perforadas, en las que llevaba un pequeño rubí que hacía juego con su pañuelo de cuello de color carmesí. Por mucho que tuviera unos orígenes humildes, era un hombre con mucho estilo.

—Pues llévalos o véndelos, yo qué se.

Él negó con la cabeza.

—Déjate de baratijas, *milady*. El premio que he venido recoger es mucho más valioso que esos pendientes.

—¿Qué has venido recoger?

—A ti.

—¿Me estás proponiendo que sea tu amante, es eso? —Si quería humillarla, no podría haber encontrado manera mejor.

Rourke se incorporó y negó con la cabeza.

—No necesito comprarme ninguna amante, y si lo hiciera podría conseguirla por menos de cinco mil libras. Su tono resultaba tan cortante que podría quebrar hasta el cristal.

Kate también se levantó.

—Entonces, ¿qué es lo que quieres de mí?

—Lo mismo que quería hace dos años: casarme, hijos que hereden el legado que he construido, una anfitriona que presida la mesa a la hora de comer.

Kate sacudió la cabeza.

—Pero esas cosas puedes tenerlas con cualquier mujer.

Él le lanzó una mirada penetrante.

—Pero no todas las mujeres son hijas de un conde.

Así que iba detrás de la sangre azul. Esa idea ya se le había pasado por la cabeza hacía dos años, pero por el motivo que fuera la había descartado.

Kate estaba a punto de darse por vencida. Por muy bien que besara, no tenía la más mínima intención de casarse con un hombre que la odiaba sin más.

—Señor O'Rourke, ya hemos hablado de esto antes. Por mucho que lamente las circunstancias de nuestra última... despedida, no puedo, y no pienso, arreglar las cosas casándome contigo.

Él negó con la cabeza.

—Puedes escoger, *milady*. Puedes casarte conmigo o ver cómo se llevan a rastras a tu padre a la cárcel por impago de deudas. Creo que eso supondría un escándalo para ti y tu hermana.

Kate notó como si unas manos invisibles se le aferraran a la garganta y le cortaran la respiración. Con el pecho que le subía y bajaba con dificultad y la cabeza que le daba vueltas, le miró tratando de no perder el control y esforzándose por respirar.

Se irguió delante de él con los puños apretados.

—La primera vez que te vi en el baile de *lady* Stonevale, pensé que parecías un pirata. Ahora me doy cuenta de que no solo lo pareces, sino que lo eres.

Él se encogió de hombros.

—Sí, lo soy, igual que tú eres una arpía miserable de lengua afilada. Vistos los defectos de nuestros caracteres, no me sorprendería que

no nos lleváramos bien. Sea como fuere, haré correr la voz en cuanto tenga la dispensa especial. Mientras tanto, te aconsejo que empieces a recoger tus cosas.

—¿Recoger mis cosas? ¿A dónde vas a llevarme?

—¿Cómo que a dónde? A Escocia, ¿dónde va a ser?

—Pero en Escocia no está mi hogar.

—Ahora sí.

De repente, oyó un carraspeo que la hizo darse la vuelta rápidamente. Su padre estaba en el umbral. Ya debería saber que no recibiría ayuda por su parte y sin embargo, seguía reacia a creérselo. Los pensamientos le pasaban por la cabeza como los fantasmas de una niña que le imploraba a su padre.

«Aunque sea por esta vez, papá, demuestra que puedes ser un hombre mejor. Esta vez, que las malas noticias sean un error o, al menos, que no sea todo tan malo como parece.»

Sin embargo, ella se le encaró.

—¡Me has perdido en una partida de cartas!

Él agachó la cabeza y asintió.

—Sí, básicamente eso es lo que ha pasado.

—Me has vendido como... como si fuera una esclava. De todo lo malo que has hecho, esto se lleva la palma.

Saludó a Rourke y luego cruzó la habitación hasta ella, caminando con dificultad como si fuera un anciano, aunque en realidad no pasaba de los cincuenta.

—Todo irá bien. Estas cosas al final se arreglan solas.

«Estas cosas al final se arreglan solas.» ¿Cuántas veces durante todos estos años había oído y se había cansado de escuchar esa excusa?

—El señor O'Rourke ha accedido a liquidar nuestras deudas y a pagarle una dote a tu hermana. Podemos reabrir la casa en Romney, pagar a nuestros acreedores y celebrar la puesta de largo de Bea a lo grande.

A Kate le temblaba el labio inferior. Su falta de arrepentimiento era descorazonadora y exasperante.

—¿Y qué será de mí, papá? ¿Qué gano yo?

Él se le puso delante. Aún le olía el aliento a las copas de la noche anterior.

—Un marido rico que puede darte una buena casa e hijos no hay que rechazarlo tan a la ligera. Ya no eres joven precisamente, cariño.

Extendió una mano temblorosa para darle un golpecito cariñoso en el hombro, pero ella se apartó.

—Por favor, no añadas hipocresía a tu larga lista de pecados fingiendo por un momento que esto tiene que ver conmigo.

Ella se dio la vuelta, asqueada. Miró a Rourke. Esperaba encontrárselo regodeándose, pero no, tenía la vista fija al frente con sus ojos verdes serios y no sonreía.

—Por fin te has vengado de mí. Debes de estar muy satisfecho.

Él no dijo nada. Algo se asomó a su mirada, ¿lástima, tal vez? Pero no, un villano como él no sabía qué era la lástima ni mucho menos el remordimiento.

Ella pasó la vista de un hombre a otro; no sabía a quién odiaba más. Se decantó por su padre porque se suponía que tenía que protegerla. Por otro lado, el señor O'Rourke había expuesto su petición depredadora de la forma más directa posible. Nunca escondió al canalla que llevaba dentro. Más que al canalla, al pirata.

—Muy bien, señor O'Rourke, ya que no me dejas otra opción, supongo que me casaré contigo.

Unas horas más tarde, Kate estaba sentada al borde del canapé con la cabeza entre las manos, mirando con aire triste a Bea, que se paseaba por la alfombra de flores, y a su padre, plantado al lado del mueble bar que había junto a la ventana tomándose una copa de oporto tras otra. Casarse con un hombre que la odiaba y que pretendía hacerle la vida imposible era un mal trago, pero no podía evitarlo. Rourke se había ocupado de las deudas de su padre y sin fondos para pagárselas, o se casaba con él o su padre terminaría en la cárcel, su hermana pequeña sin dote y el nombre de su familia mancillado para siempre.

Bea se volvió hacia su padre.

—No me importa lo de la boda, pero no quiero que Kate se marche a Escocia. La necesito aquí conmigo para que me acompañe en mi puesta de largo.

El conde se apartó de la ventana y le dio unos golpecitos distraídos a su hija.

—No te apures, hija. Te encontraré a una madrina, tu tía Lavinia, tal vez.

—No, papá, esa vieja urraca no, te lo ruego. Me hará llevar un miriñaque y plumas y no podré divertirme.

Kate no podía soportarlo más.

—Dejadlo ya. Bea, estoy aquí, en la habitación, así que no hace falta que hables de mí en tercera persona como si estuviera ya en Escocia. Y papá, ya que estás apurando ese decantador, te agradecería que me sirvieras una copa.

A Bea se le desencajó la mandíbula de repente y miró escandalizada a su hermana.

—¡Kat, por favor! ¡Las señoritas no beben oporto! Ratafía o jerez quizá, y champán, claro, pero nunca oporto.

—A las señoritas, hermana, no se las vende como si fueran una cabeza de ganado o se las intercambia como a los caballos. —Al parecer, no tenía mucho que decir de esta transacción igual que la pobre *Princess*.

Su padre sirvió el oporto en silencio y Bea le pasó la copa con un resoplido.

Haciéndoles caso omiso, Kate se bebió el oporto de un trago, tras lo cual empezó a toser por la quemazón en la garganta.

En serio, ¿cómo conseguía su padre beber así día tras día? Pensó que la delicada piel de dentro de la boca se le estaba pelando y que tendría un agujero en la parte posterior de la lengua.

Bea se le acercó. Bajó la vista a la copa vacía que su hermana llevaba en la mano y luego la miró a la cara como si esperara una transformación como la del doctor Jekyll en Mr. Hyde, o algo parecido, en cualquier momento.

—¿No se supone que debes degustarlo?

—No si lo que pretendes es emborracharte. —Kate le dio la copa vacía—. Ponme otra.

A la mañana siguiente, Rourke estaba a punto de desayunar en su casa de Hanover Square cuando un carraspeo en la puerta medio entornada le llamó la atención. Levantó la vista del plato de arenques ahumados que había estado contemplando sin probar bocado. Solía sentarse a desayunar con un hambre voraz, pero dejar a Kate al borde de las lágrimas la noche anterior le había quitado el apetito.

Ralph Sylvester, su «mayordomo» y antiguo amigo de correrías, asomó su cabeza rubia por la puerta. Rourke le hizo un gesto al antiguo delincuente reconvertido ahora en mayordomo respetable, para que entrara.

Ralph se acercó a la mesa y le entregó el ejemplar bien doblado y aún caliente del *London Times*.

—Hoy ha llegado tarde, pero aún está caliente de la imprenta y acabó de plancharlo tal como le gusta... señor.

—Gracias. —Rourke lo añadió al montón de periódicos que tenía al lado y a los que aún debía echar un vistazo.

Como no había nadie cerca, el mayordomo se sirvió una taza de café y se acercó una silla.

—Tengo algo más para usted, un detalle para la boda. —Pasó un paquete envuelto en papel de embalar por encima de la mesa.

Entre otras habilidades, Ralph Sylvester era un mimo de primera clase, por eso había sido tan valioso para Johnnie Black. Podía imitar cualquier acento, incluso el típico deje afectado de un mayordomo británico. Lo gracioso era que, en realidad, era un mayordomo excelente y un ayuda de cámara maravilloso. No había leído ningún periódico sin planchar ni se había puesto una camisa arrugada desde que contratara a su viejo amigo.

Rourke apartó el plato y alargó el brazo para alcanzar el paquete, que levantó para valorar cuánto pesaba. De pequeño no había recibido nunca ni un solo regalo, pero por el motivo que fuera, los paquetes envueltos siempre le hacían sentir como imaginaba que se sentía un niño la mañana del día de Navidad.

—¿Qué crees que es? —Se llevó el paquete a la oreja para ver si sonaba algo.

Ralph le dio un sorbo al café con un aire informal.

—No tengo ni idea, señor. Tal vez lo mejor sea abrirlo.

Rompió el papel y lo levantó. De repente captó cierto olor a cuero nuevo.

—Es un libro.

—Qué original

Al ver el título, *La fierecilla domada,* Rourke no pudo resistirse.

—Es una obra de teatro.

El criado puso los ojos en blanco.

—Pues más bien parece un manual con consejos matrimoniales.

—¿Un manual con consejos matrimoniales, dices? —Le dio la vuelta al tomo y examinó el lomo, que le resultaba familiar—. Ralph, qué detalle. Si no supiera que no puede ser, diría que este volumen

es de mi propia biblioteca. —Había comprado varios centenares de libros, todos encuadernados con cuero de Marruecos, con lomos ornamentados y páginas doradas, básicamente porque hacían bonito.

Ralph afanó un arenque ahumado del plato y se lo llevó a la boca.

—Bueno, ¿qué se le compra a un hombre que lo tiene todo? —Se lamió la mantequilla del pulgar y añadió—: Ya que está emperrado en ser un cabrón con su esposa y arruinar su matrimonio antes de que haya empezado, he pensado que lo mejor sería que lo hiciera como Dios manda... lo de ser un cabrón, quiero decir.

Ralph no tenía ni idea de lo cabrón que era ahora. La debilidad del padre de Kate por las cartas le había brindado la oportunidad que había estado esperando. Solo había tenido que preguntar qué locales solía frecuentar el conde. Cuando lo localizó en Leicester Square, fue visitando los salones de juego principales. El conde ya había contraído muchas deudas y estaba borracho como una cuba; tenía a una bailarina sentada sobre las rodillas y le estaba introduciendo fichas rojas por el escote del vestido. Rourke le había pagado a la chica para que se fuera, lo suficiente para que se hartara de ginebra las noches siguientes, y se sentó para ver cómo jugaban. Al amanecer, ya tenía el cheque del viejo en el bolsillo.

Contárselo a Kate tendría que haber sido el súmmum de la venganza, pero al final no lo había disfrutado siquiera. De hecho, no había disfrutado nada. Hubo un momento en el que pensó que iba a empezar a llorar y estuvo tentado de correr a consolarla. Al recoger el sombrero y salir de la casa, se sintió tan sucio como la nieve de la calle, manchada por las ruedas de los carruajes.

Pero entonces se acordó de que la pequeña bruja le había hecho la cama aquella noche hacía dos años en el jardín y había jurado por Dios que se lo pagaría. La metería en su cama. Lo único que le preocupaba ahora era que ella insistiera en acostarse sola. El objetivo del matrimonio era tener descendencia, si no, su legado moriría con él.

Rourke abrió el libro y le echó un vistazo. A primera vista los nombres en italiano le parecieron un poquito chocantes, pero las variaciones del nombre de la protagonista —Katherina, Katerina, Katherine y, por supuesto, Kate— eran fáciles de localizar. El mal bicho de la obra de teatro de Shakespeare tenía el mismo nombre que su esposa.

Intrigado, fue a por las gafas de leer. Sus preferencias lectoras iban de los periódicos a los informes de bolsa de las compañías ferroviarias pero no solía leer literatura y, menos aún, a Shakespeare y sin embargo... a pesar de lo que le había dicho a Gavin después del incidente del jardín, no le importaría pasarse el resto de su vida a malas con su esposa. La confianza por ambas partes había resultado dañada y mucho. No sabía cómo una obra escrita siglos atrás podía remediar todo eso, pero leer solo le suponía una pequeña inversión de tiempo.

¿Un «manual con consejos matrimoniales» enmascarado como obra de teatro podría ser justo lo que necesitaba para encauzar su relación con Kate? Aunque se mostraba escéptico por los consejos que pudiera ofrecer un libro, imaginó que por echarle un vistazo no pasaría nada.

Rourke se puso las gafas, abrió el libro y empezó a leer. Absorto en la lectura, ni siquiera levantó la vista cuando Ralph se fue y cerró la puerta tras él.

Una semana después

Kate se despertó el día de su boda y se encontró una llovizna gris al otro lado de la ventana. Qué adecuado. Le habían bajado del ático el baúl de viaje; el vestido de novia y el atuendo para el viaje iban

cuidadosamente doblados en su interior. Estaba en un rincón de su habitación, listo para que lo bajaran cuando llegara la hora de irse. Hacer la maleta había hecho que se diera cuenta de lo poco que tenía. Su ropa, sus libros y diarios, unos cuantos recuerdos y los pendientes de su madre eran sus escasas pertenencias. Para la edad que tenía, no disponía de gran cosa que enseñar. Evidentemente no tenía ningún «legado» ni un ferrocarril ni nada parecido, a diferencia de su prometido.

Hattie llegó temprano para peinarla y ayudar a que se vistiera, cosas que Kate solía hacer ella misma, pero como le dijo la criada, era el día de su boda. Pequeñita, rubia y de aspecto mucho más joven a sus casi cuarenta años, llevaba en la familia desde que nació Bea. Kate la consideraba más un miembro de la familia que una criada.

—No quiero meterme donde no me llaman, pero me parece que esto de irse a Escocia no es tan malo. —Se colocó detrás de ella para atarle el corsé—. Lo único que lamento es no haber tenido el tiempo suficiente para conseguir un vestido de boda más adecuado. Eres una buena chica y te mereces ir de blanco.

Si el enlace fuera por amor, Kate hubiera estado de acuerdo, pero no había escogido a Rourke por marido, por muy rico que fuera. Él no la quería por ser cómo era, sino por el estatus social que le daría su sangre azul. La había chantajeado para casarse con ella, se le había impuesto de la más vil de las maneras. Kate se dijo que, fuera cual fuese la inoportuna chispa de atracción que antaño hubiera podido sentir por él, había muerto en el momento en que el hombre sacó el cheque de su padre del bolsillo. Hasta que volviera a verle, en la iglesia, no tenía forma de comprobar si eso era del todo cierto o no.

Se encogió de hombros.

—La seda marrón bastará. No está tan pasada de moda, y el sombrerito con las rosas de seda le quedará bien.

Por insistencia de Hattie, se miró en el espejo. Le devolvió la mirada una mujer de rostro pálido y unos ojos marrones enormes. Le habían aparecido unas sombras violáceas bajo los ojos y unas ligeras patas de gallo. De repente se dio cuenta de que su padre llevaba razón: ya no era tan joven.

La primera persona que vio al bajar las escaleras fue a su padre. Él, desde los pies de la escalera y con una copa de oporto en la mano, levantó la vista.

—Estás muy hermosa, Kat. —Se inclinó hacia delante para darle un beso en la mejilla.

Ella se apartó antes de que lo consiguiera.

—Le he dado a Bea las llaves de casa y a Hattie las instrucciones sobre lavado y algunas recetas. —Le hubiera gustado poder llevarse a Hattie, al menos así se aseguraría de que la mujer cobrara a tiempo, pero la puesta de largo de Bea estaba al caer y su hermana necesitaba ayuda.

Él abrió la boca como si fuera a decir algo, pero la cerró y asintió.

—Nos las apañaremos.

Kate tenía sus dudas, pero optó por callarse esta vez.

Bea bajó los escalones de dos en dos detrás de ella, guapa y resplandeciente con uno de los vestidos nuevos que se había comprado gracias a la generosidad de Rourke.

—¿Nos vamos?

Rourke había enviado un carruaje privado con conductor para que les llevara a la iglesia. Aunque Kate sentía que la secuestraban, y no que la llevaban a un sitio, apreciaba su consideración. El carruaje llegó a las diez menos cuarto exactamente. Miró por la ventana delantera y vio que el vehículo era de los modelos más elegantes, de los que la gente se queda mirando al pasar: una bestia brillante y lacada en negro con adornos dorados.

El joven conductor, que vestía con elegancia, fue a buscarlos a la puerta con un paraguas negro abierto.

—El señor O'Rourke ha insistido mucho en que no llegaran tarde. —Les hizo una reverencia. Al incorporarse, su mirada se posó en Bea, que justo apareció en el umbral.

Al ver el rubor en las mejillas de su hermana, Kate la hizo pasar adentro otra vez.

—En ese caso, no nos demoremos.

Al cabo de una hora, Kate, Bea, su padre y Hattie estaban en el primer banco de esa gélida iglesia dando golpecitos con los pies en el suelo marcado. Pasaron unos minutos hasta que entraron Hadrian y Callie.

Callie miró a Kate.

—Katherine, me alegro de volver a verte. Tenía miedo de llegar tarde. —Callie repasó rápidamente los demás bancos y volvió a mirarla—. ¿Dónde está Rourke?

—Eso me pregunto yo —repuso ella con los brazos cruzados.

Al parecer, él les había pedido a sus amigos que fueran los testigos de la boda. Callie le explicó que sus otros dos amigos de la infancia, Daisy y Gavin, estaban ocupados con la apertura de su teatro recién restaurado. La pareja se había casado la primavera anterior.

Los recién llegados se sentaron a esperar. Empezaron a entablar conversación sin ganas, básicamente sobre el mal tiempo que estaba haciendo y las ganas que tenían de que llegara la primavera. Hadrian se separó del grupo para montar la cámara y el trípode que había traído, al parecer, porque Rourke se lo había pedido. Pasaron varios minutos. Al cabo de un rato, el párroco se incorporó, se estiró y les dijo que iba a la sacristía a tomarse un té. A Hattie se le cayó el sombrerito marrón y acabó rozándole los hombros con la mejilla. El cochero, Ralph Sylvester, se rascaba la cabeza mientras recorría el pasillo de la iglesia y,

de vez en cuando, se deshacía en disculpas por el retraso de su señor y en halagos por su buena voluntad. Kate se fijó en las veces que los ojos avellana del cochero buscaban los azules de su hermana y cuántas veces Bea, con las mejillas encendidas, le devolvían la mirada. Si su novio —que tan deseoso estaba de casarse— no llegaba pronto, tal vez sí hubiera una boda, solo que no sería la suya.

Era evidente que Rourke no había terminado de humillarla todavía. Esta última broma le hacía echar humo por las orejas. Estaba a punto de levantarse cuando la puerta del vestíbulo se abrió de repente y el ruido reverberó hasta en las vigas. Todo el mundo volvió la cabeza a la vez hacia el fondo de la iglesia.

Rourke entró y empezó a recorrer el pasillo entre los bancos con el tintineo de unos cascabeles. La gente se quedó boquiabierta y puso unos ojos como platos. Hattie se incorporó de un salto y murmuró: «Virgen santísima». Al lado de Kate, a Bea le entró un ataque de risa que quiso disimular tapándose la boca con la mano.

Sin embargo, a Kate no le hacía ninguna gracia. Se incorporó, salió al pasillo y le examinó de pies a cabeza. Su futuro marido llevaba un sombrero de bufón en la cabeza y unas babuchas enormes en punta en los pies como los que llevaría un payaso. El traje olía ligeramente a moho y estaba compuesto por un popurrí de materiales: desde tela de gabardina a seda carmesí. Seguramente había conseguido el disfraz en un ropavejero o lo había encontrado en un hospicio. Un pendiente de aro enorme le colgaba de una oreja.

—¿Qué diantres pretendes vestido de esta forma tan rara? Quieres hacerme parecer tonta y no pienso consentirlo —dijo ella en voz alta y en un tono demasiado estridente, aunque le daba igual porque estaba demasiado enfadada.

A su rostro marcado se asomó una sonrisa.

—Todos hacemos locuras por amor, *milady*. —Alargó el brazo para acariciarle la mano, pero ella la apartó.

—Algunos están más locos que otros. —Sabiéndose observada por la gente, cruzó los brazos sobre el pecho y se quedó allí inmóvil—. Si quieres casarte conmigo, primero tendrás que ponerte algo decente. Quítate esa ropa y esos zapatos ridículos.

Miró a Hadrian y a Callie en una especie de súplica silenciosa. A diferencia del novio, el fotógrafo iba de punta en blanco con un traje de franela gris. Callie iba muy elegante con un vestido tipo princesa de lana verde oscura con apliques de encaje que también adornaban los manguitos a juego. Ninguno de los dos le devolvía la mirada. Le quedó claro entonces que no obtendría ayuda por esa parte.

Volvió a centrarse en Rourke, que se quedó mirándola durante un buen rato. Tenía las cejas pelirrojas arqueadas.

—¿El hábito hace al monje, *milady*? En cuanto a los cascabeles de las babuchas, ya te lo dije. La celebración del matrimonio es una ocasión jubilosa, ¿no cree, reverendo?

El párroco había vuelto en mitad del revuelo. Se acercaba por el pasillo apretando los dientes y con la Biblia debajo del brazo, con una sustancia que parecía azúcar glas en la comisura de los labios.

Se acercó hasta donde estaba la pareja.

—¿Tiene la dispensa especial? —preguntó, dirigiéndose a Rourke.

—Claro. —Se introdujo la mano en el bolsillo y se la entregó. A Kate no le hubiera extrañado nada que hubieran salido polillas volando de dentro.

El párroco le echó un vistazo.

—Tengo un bautizo dentro de una hora. ¿Empezamos? —Les señaló la parte del fondo de la iglesia.

Kate se plantó.

—No.

Rourke la asió por el brazo y dio un paso al frente.

—Sí. —Se volvió hacia ella, se dio unos toquecitos en el bolsillo parcheado y articuló la palabra «deuda».

Kate se ruborizó. A pesar de la corriente que entraba por el vestíbulo, notó que se le ponía el vello de punta. Se burlaba de ella con el motivo de su perdición, ¡el día de su boda, ni más ni menos! ¿Con qué clase de monstruo iba a casarse? Patrick O'Rourke no solo era un grosero malcriado. Era el mismo diablo.

—Te odio —le susurró ella con los dientes apretados.

Tirándole del codo, él la fue llevando por el pasillo central hasta el altar.

—Kate, mi amor, no podía ser de otro modo.

Capítulo 7

«He aquí la consecuencia de obligarme a dar mi mano a un insensato, en contra de mi corazón. A un maleducado que, tras hacerme la corte a todo galope, luego no tiene prisa cuando llega el momento de casarse.»

WILLIAM SHAKESPEARE, Catalina,
La fierecilla domada.

—¿Tú, Katherine Elizabeth Lindsay, tomas a este hombre, Patrick Donald O'Rourke, para que sea tu legítimo esposo, para amarle, honrarle y obedecerle...?

De pie en el altar de esa iglesia pequeña y anodina, a Kate le costaba creer que aquel fuera el día de su boda. Se le antojaba más una pesadilla que una celebración o, en el caso de que no fuera una pesadilla, una farsa. De pie a su lado, Rourke pasó el peso del cuerpo de un pie al otro, con lo que le sonaron los cascabeles. Kate sospechaba que lo había hecho adrede para distraerla. Repitió los votos con los dientes apretados y la mandíbula tan tensa que corría el riesgo de que se le saltara la dentadura entera. Al mirarlo de reojo, reparó en el destello malvado en sus ojos cuando tuvo que llamarle por su nombre.

—Yo os declaro marido y mujer. —Con aire aliviado, el rector cerró la Biblia de un golpe. Levantó la pálida mirada hacia Rourke—: Puede besar a la novia.

Consciente de los ojos que los observaban desde los bancos, Kate se puso tensa cuando Rourke se volvió hacia ella para reclamar su ósculo. Ella quería darle solamente un beso rápido y apartarse, pero él le sujetó la cara entre las palmas callosas y la besó con fuerza. La acometida fue tan diferente a ese primer beso en Hyde Park como podía serlo un abrazo y, a pesar de todo, Kate se sintió atraída por él, como si su cuerpo se mezclara con el suyo, y abrió la boca para recibir su insistente lengua. Él le rozó el paladar con su lengua y ella notó un calor líquido entre los muslos; en el interior del ajustado corpiño de su vestido percibió cómo se le endurecían los pezones.

Los aplausos rompieron el hechizo. Él la soltó y Kate dio un tembloroso paso atrás. Abrió los ojos y vio una amplia sonrisa en su rostro.

—No hace falta que seas tímida ahora, cariño. Ya estamos casados a los ojos de Dios y del hombre.

Sintió la necesidad de abofetearlo para quitarle esa petulante sonrisa de la cara y reemplazarla por la marca de la mano, pero al fin y al cabo estaban en una iglesia. Consciente de lo que tenía alrededor, dejó que la guiara mientras bajaban los pocos escalones que los llevaban hasta el pequeño grupo repartido por el pasillo. Se formó una fila improvisada para recibirlos, dándoles las felicitaciones de rigor por turnos.

—Tenemos que tener una fotografía para recordar este día —anunció Rourke mientras le daba la mano a Hadrian.

Ella, que prefería olvidarlo, sacudió la cabeza.

—No me haré una foto contigo con ese ridículo traje.

Él se alejó del primer banco.

—¿Esa es tu última palabra?

Con ganas de pelea después de lo mal que la había tratado aquella mañana, echó la cabeza hacia atrás.

—Así es.

—¿Te harás una si estamos sentados?

Kate abrió la boca para contestar que no, pero antes de que pudiera pronunciar una sílaba, el brazo de su marido la rodeó por la cintura como un látigo y la empujó hacia abajo. Cayeron sobre el banco; Rourke amortiguó el impacto y ella aterrizó sobre su marido de una forma brusca. Sentada con los pies colgando sobre los muslos musculosos de él, que la rodeó por la cintura con el antebrazo, nunca se había sentido tan humillada, tan incapaz de dirigir su propio destino. Con las faldas amontonadas, los pies colgando y el sombrero que le caía hacia adelante y le tapaba un ojo, imaginaba lo ridícula y cómica que debía de estar.

—Deja que me levante, pedazo de animal. No quiero que me... fotografíen... hecha un desastre. —Intentó incorporarse, pero el brazo de él que le apresaba la cintura se lo impidió.

La acercó más a él y notó su aliento.

—No puedes negarme este recuerdo de nuestras nupcias, querida.

—Puedo y lo haré.

—No. Quiero tener esta imagen de mi ángel en nuestro día especial. Insisto.

—Y yo insisto en que no lo vas a hacer.

—Recuerda, hace solo unos minutos juraste obedecerme en todo. —Su voz era un siseo cálido en la oreja.

—Igual que las normas, algunos votos hay que romperlos —le replicó Kate.

—Ese no. —Volvió la cabeza hacia el fotógrafo—. Haz la foto de una vez, Harry. Queremos tener un recuerdo de este momento sagrado para vernos durante los cincuenta y tantos años de bendición que tenemos por delante.

Cincuenta y tantos años; casi parecía una sentencia.

—¡Señor St. Claire, no se atreva a poner ni un dedo en ese cordón! —gritó Kate, con los nervios a flor de piel.

Visiblemente indeciso, Hadrian titubeó. Paseó la mirada del novio a la novia y después a su mujer.

—¿Callie?

Ella se encogió de hombros.

—Creo que vas listo de cualquiera de las maneras, querido.

—Eso también creo yo.

Hadrian bajó la cabeza tras la cámara. Su cabello rubio ceniza desapareció bajo la tela negra. Un momento después, saló el flash cegador y Kate vio puntitos negros frente a sus ojos.

El fotógrafo levantó la tela y les miró.

—Es posible que esa salga un poco movida por todas esas... patadas. ¿Hago otra?

—¡Sí!

—¡No! —Kate se las arregló para liberar un brazo. Ayudándose del codo, le propinó a su nuevo marido un buen golpe.

A sus espaldas, él reprimió un gruñido.

—A mi ruborizada esposa le da vergüenza que le hagan fotos.

—No seas absurdo. He posado para el señor St. Claire un montón de veces. —Se paró, pero no lo suficientemente rápido.

La risita de su marido resonando en sus oídos confirmó dónde quería llegar.

—Y volverás a hacerlo, mi amor.

Kate se quedó quieta. Someterse a que tomaran una segunda fotografía en esa pose ridícula era un duro golpe a su orgullo ya herido. Esperaba que el golpe le hubiera dolido, al menos un poco. Mejor aún, esperaba que le dejara un morado grande y doloroso. Le encantaría descubrirlo más tarde, por la noche, a no ser que durmiera con camisón, cosa que dudaba. En cuestión de horas, le vería el pecho desnudo,

junto con el resto de su cuerpo, también desnudo. La previsión le hizo sentir un deseo primario y algo doloroso incluso.

«Dios mío, soy poco más que una ramera.»

Había hecho falta ese momento, esa reveladora epifanía, para que Kate aprendiera algo nuevo sobre sí misma, algo vergonzoso y oscuro; algo que, hasta ese momento, ignoraba incluso ella. Por lo que a su marido concernía, era lasciva y libidinosa. ¿Qué otra explicación podía haber para querer acostarse con un hombre que la había tratado tan mal?

Las cosas empeoraron a medida que transcurría la mañana. Casi no habían cruzado el umbral de la casa donde se servía el almuerzo de la boda cuando Rourke anunció que ellos debían irse después del primer brindis.

—Mi muy querida, paciente, virtuosa y dulce esposa, es hora de que nos vayamos.

—No seas absurdo —le contestó—. Escocia no se moverá de ahí, aunque la esperanza es lo último que se pierde. Por ahora pienso disfrutar de este precioso almuerzo con nuestros invitados, aunque solo sea porque ha costado un buen pellizco.

Podía calcular el coste de su almuerzo de boda de cabo a rabo, hasta una simple tostada con cangrejo, básicamente porque, como todo lo demás, había sido ella quien organizó el menú. Se felicitaba por haber alcanzado el equilibrio perfecto entre mantener las apariencias y evitar mandarlos al hospicio. Llevarlos a la bancarrota era competencia de su padre, no suya.

Al entrar en el comedor donde se había colocado la comida, Kate casi ni le dirigió una mirada por encima del hombro. El surtido de tortitas de langosta, pastelillos y fresas con nata montada hizo que se le hiciera la boca agua y que le rugiera el estómago. Durante la pasada semana, había subsistido a base de preocupación, té aguado y obleas. Ahora que estaba todo hecho y su destino sellado, se dio cuenta de que estaba famélica.

Todos los platos le parecían y olían de un modo increíblemente apetecible; menos el pastel de boda. Colocado a un lado, sobre una mesa cubierta con un mantel, los tres pisos llevaban un glaseado de crema de almendra adornado con frutas confitadas con forma de flores de naranjo; lo habían traído la noche anterior. El piso de arriba servía de escenario para dos figuras, un novio y una novia en miniatura. La cara de la novia, en porcelana pintada, aparecía sonriente y contenta, el novio igual de dichoso.

—Hay un vagón restaurante en el tren, vamos —oyó decir a Rourke a su lado.

Tomó un plato del montón y agitó la mano para que se fuera.

—Vete tú si quieres. Tomaré un tren más tarde y nos veremos allí.

Para que lo entendiera mejor, echó mano de un par de pinzas de plata para servirse una tartaleta de crema de limón de la fuente de pastas y se la puso en el plato.

—¿Consentirías en que pasáramos separados nuestra noche de bodas? —Le gustó que sonara como si eso le hiriese.

Ella procuró no mostrar su indecisión. Por mucho que temiera estar a solas con su nuevo marido «de ese modo», la perspectiva de irse a la cama de matrimonio completamente sola le hizo sentir una aguda punzada de decepción.

Ocultó este último sentimiento bajo un encogimiento de hombros, como si la cosa no fuera con ella.

—Si tiene que ser así, que así sea. Como tú has dicho, tenemos cincuenta y tantos años por delante.

—Mi amada Kate, soy yo quien dice si debemos pasar esta noche separados o no, y digo que no. Ten la certeza de que no pegaré ojo sin mi palomita bajo el ala. —Se abalanzó sobre ella para rodearla por la cintura con los brazos.

—Déjame. —El plato le resbaló de los dedos y rebotó en el suelo enmoquetado. Intentó zafarse de él, pero no hubo manera. Era inamo-

vible como una roca—. Hemos pasado separados todas las noches de nuestras vidas hasta ahora. Seguramente una más no nos hará daño. Y, desde luego, yo no soy tu palomita. ¿Por qué demonios hablas de esta forma tan rara y cursi?

Se la colgó del hombro.

—Ven, mi amor, nos tenemos que ir. Nuestro nido de amor nos espera y pienso dormir bajo mi propio techo esta noche.

La cabeza de Kate colgaba como un ancla bocabajo; con el trasero señalando el norte y las piernas colgando como si no pesaran nada, se le cayó una zapatilla de satén que acabó en el suelo. Le daba patadas en las piernas y lo golpeaba en la espalda con los puños, pero todo era en vano.

Se dirigió con ella hacia la puerta, mientras la familia y los invitados les dejaban paso en el pasillo hacia la salida. De camino se detuvo para estrechar las manos y recibir algún guiño o algunas palmaditas en la espalda de alguno de los asistentes masculinos.

—Señor St. Claire, pídale que me baje. —Con los labios fruncidos, Hadrian miró hacia otro lado.

La mirada de Kate se iluminó al ver a la mujer sufragista. Por fin una aliada, quizás incluso una defensora.

—Callie, ayúdame. Seguro que tú, de entre toda esta gente, no puedes consentir lo que viene a ser un secuestro.

—Puede que te sorprendas —murmuró Rourke. Aunque estaba colgada del hombro como si fuera un saco de patatas, intentaba ignorarlo con todas sus fuerzas.

Callie sacudió su morena cabeza.

—Pero no puedo pararle los pies. Ahora estás casada y las leyes vigentes le dan a Rourke el dominio sobre ti. Le estamos pidiendo al Parlamento que cambien las injustas leyes que rigen sobre el matrimonio por esa razón en particular.

—Pero yo no tengo tiempo para hacer una petición al Parlamento. Necesito ayuda... ¡Ahora!

Callie se encogió de hombros para mostrar su impotencia.

—Por ahora, no hay mucho que se pueda hacer.

Colgada bocabajo como estaba, Kate no podía estar segura pero le pareció ver una pequeña sonrisa de *Mona Lisa* en la cara de la morena.

—¡Y tú te haces llamar feminista!

En el presente dilema, el de mantener la propia dignidad, estaba perdiendo la batalla. Volvió la cabeza para mirar a Rourke.

—Bájame, zopenco. ¿Es que has perdido el juicio?

Le dio un apretujón no demasiado delicado en el trasero.

—Quizá sí, *milady*, pero como ya he dicho en alguna ocasión, todos hacemos locuras por amor.

Se subieron a un tren de la línea del norte que partía hacia Escocia desde la estación de King's Cross. En el trayecto hacia la estación, Rourke se detuvo en su casa de Hanover Square y se cambió el atuendo de boda por uno más normal. No le habían molestado demasiado los cascabeles, pero las zapatillas puntiagudas empezaban a apretarle.

Kate le esperó en el carruaje. No le había dicho ni una palabra desde que la llevara a cuestas desde la casa de su padre y la depositara en el asiento de piel roja del carruaje. Por fortuna, la pequeña sirvienta había corrido tras de ellos con la bolsa de tela que contenía las cosas de primera necesidad que ella precisaba, y Ralph, con la ayuda de Harry, había cargado el baúl en el maletero del carruaje.

De pie en el andén, deseó que fueran amantes que se dirigían a una verdadera luna de miel. Para romper el hielo, él le contó la historia de la estación.

—Dice la leyenda que King's Cross está edificada en el sitio exacto en que tuvo lugar la batalla final de la reina Boudica y que su cadáver está enterrado debajo los andenes. Dicen que su fantasma se aparece en los pasadizos que hay bajo la estación.

—Fascinante. —Y le dio la espalda.

Y así empezó su primer día como marido y mujer.

De vez en cuando, alguno de los trabajadores con uniforme que pasaban por donde estaban reconocía a Rourke, pero él se tocaba una aleta de la nariz para indicarles que no dijeran nada. Antes de entrar en el vagón de primera clase, se volvió hacia un mozo y le dio unas instrucciones muy especiales sobre sus baúles de viaje.

Se acomodaron en su compartimento de primera clase. El silencio cayó sobre ellos. Apoyado en el asiento de piel, Rourke miró a su mujer. Sentada enfrente, tenía los nudillos blancos de asir con fuerza el asa de la bolsa de tela que yacía sobre su regazo; una bolsa que parecía difícil de manejar. Estaba callada como una estatua. Aunque el tren aún no tenía que salir de la estación, había fijado la mirada en el exterior desde el momento en que se sentaron.

Normalmente, no le habría importado. En su opinión, la mayoría de la gente cotorreaba demasiado. El ritual de oración silenciosa en Roxbury House le había llegado al alma de un modo que las misas tradicionales de la iglesia no consiguieron. Si hubiera nacido en una época anterior, habría sido un buen monje, no porque fuera especialmente religioso y aún menos porque estuviera interesado en el celibato, sino porque le gustaba la idea de vivir en una comunidad en la que la gente reservaba el hablar para aquellas ocasiones en las que realmente tuviera algo que decir.

Pero en ese caso, el silencio más que aligerarlo le pesaba; era un peso aburrido que hacía que el tiempo de espera se hiciera más largo. A Rourke le parecía que llevaban horas parados en las vías, aunque, por supuesto, no era así. Preguntándose qué hora era, sacó su reloj y entonces, recordó que se había dejado las gafas en el bolsillo del traje de «boda» que se había quitado. Eso iba a ser un problema.

Se lo extendió a su mujer.

—¿Puedes decirme qué hora es?

Ella apartó la vista de la ventana.

—Por supuesto, pues claro que puedo. ¿Acaso te parezco tonta?

Rourke cogió aire. Aunque le habían divertido las salidas de tono en la iglesia y también durante el almuerzo, empezaba a darse cuenta de que este trabajo de doma se estaba convirtiendo en una tarea muy dura, en un trabajo de... amor.

—Te he preguntado si podrías decirme que hora es. No llevo las gafas encima.

—Ah. —Le echó al reloj una mirada rápida como la gente con la vista perfecta haría—. Casi la una menos cuarto.

—¿Cuánto falta, exactamente?

Los ojos ámbar de ella brillaban al mirarle.

—Uno o dos minutos, ¿más o menos? ¿Por qué? ¿Acaso tienes prisa? ¿Alguien nos persigue?

En realidad, Ralph Sylvester estaba escondido en una de las cabinas de segunda clase. En el momento en que bajaran en la estación de destino de Linlithgow, Rourke tenía la intención de pedirle a Ralph, su mayordomo, ayuda de cámara y chófer, que se les adelantara. Esto último era crucial para montar el siguiente acto de su obra personal.

Pero más allá de cualquier maquinación a escondidas, Rourke era un hombre que comía, dormía y se levantaba siguiendo un horario. Tomó con orgullo considerable el hecho que, según el último informe de horarios, sus trenes nunca se desviaban del horario más de un minuto. Quizás eso era consecuencia de haber vivido sin ningún esquema, ningún horario, cuando era niño. Vivir según una rutina rigurosa le había dado más libertad y menos imposiciones y restricciones. Cuando salió de Roxbury House, echó de menos las campanas que regulaban las comidas, las clases, el tiempo libre, la hora de dormir y de levantarse, e incluso la oración.

Miró a Kate, que había vuelto la cabeza de nuevo para mirar el andén. Rourke no se dejaba engañar. No dudaba ni por un momento que le controlaba tanto como él a ella. Desafortunadamente, también era igual de testaruda que él.

Apoyándose en el respaldo del asiento, se encontró estudiando a la mujer con quien no solo compartiría la cama, sino con la que también compartiría su vida durante los próximos cincuenta años como mínimo. Por los pocos abrazos que se habían dado, sabía que su piel era suave como los pétalos; su cabello tenía un olor muy dulce; y sus labios y su lengua eran tan jugosos como un melocotón maduro. Si las circunstancias hubieran sido diferentes y el suyo fuera un matrimonio normal, podría aprovechar el momento y correr las cortinas de terciopelo del compartimento para acercarse a ella. Nunca había hecho el amor en un tren en marcha o, en ese caso, en uno parado. Dado que él poseía la compañía cuyos servicios estaban utilizando, el hecho lo sacudió con ironía y vergüenza. Sentía la necesidad de acercarse a su esposa y levantarla para colocársela en el regazo, sentada a horcajadas, meterle una mano bajo las faldas y tocarla con los dedos, con la miel de su sexo goteándole como melaza en la mano, tapándole la boca con la suya para acallar los primeros gemidos suaves y los gritos guturales que vendrían después. La fantasía, que casi parecía real, le provocó una erección de campeonato.

Él se movió en su asiento, inquieto. Sin querer, le golpeó la pierna con la rodilla.

Ella lo fulminó con la mirada.

—¿No puedes estarte quieto?

Estarse quieto, Dios, si ella supiera.

Agarró la bolsa marrón de papel con comida que le había comprado al vendedor del carrito en King's Cross.

—¿Una manzana?

—No, gracias.

—Si prefieres comer algo caliente, hay un vagón restaurante unos compartimentos más adelante.

Él lo sabía bien. La línea del norte en la que había reservado los asientos era una de las suyas, la locomotora de vapor negra y roja la más bonita de su flota. Al pensar en ella, el plano de su interior le apareció en la cabeza.

Ella negó con la cabeza.

—¿Estás segura? No bajaremos hasta Linlithgow. Recuerda que eso son casi ocho horas de viaje.

—Sí, señor O'Rourke, eso es lo que había impreso en el billete.

—Tengo nombre de pila, lo sabes. Es Patrick. —Fuera cual fuese el motivo, tenía unas ganas tremendas de oírla llamarlo por su nombre.

—Lo sé muy bien. Y un segundo nombre, también. ¿Era Donald? —Retorció los labios.

—Donald era el nombre de mi abuelo materno.

Ella ladeó la cabeza.

—Quizá te llame Donald. Puede que parezcas un Donald.

Le estaba tomando el pelo, pero al menos le hablaba de nuevo.

—No te atreverás. Si no vas a llamarme por mi nombre de pila, entonces llámame Rourke como hacen todos mis amigos.

Ella arqueó las cejas.

—Ah, sí. Porque tú y yo somos muy buenos amigos, ¿verdad?

El sarcasmo no le pasaba desapercibido; de ese momento en adelante haría un gran esfuerzo para ignorarlo.

—Como estamos casados, espero que no seamos enemigos.

Mientras tanto, en Londres, los dos antiguos amigos, convertidos en amantes y ahora casados, de Roxbury House estaban de pie en el abarrotado camerino del teatro recién remodelado. Le daban sorbitos al champán y sacudían la cabeza al leer las extraordinarias noticias que les había telegrafiado su amigo Rourke.

> *Kate y yo nos hemos casado. STOP.*
> *Tomamos tren al castillo de Escocia. STOP.*
> *Venid por el cumpleaños de Gav el mes que viene. STOP.*

El telegrama había llegado antes de que Daisy saliera a escena como Hermia en *El sueño de una noche de verano*. Afortunadamente, Hadrian y Callie, ambos testigos de la presurosa boda y comprometidos a mantener silencio hasta ese momento, habían llegado antes del acto final para completar los detalles que se habían pasado por alto. Al parecer, su descarado amigo no solo había coaccionado a *lady* Katherine para que se casara con él, sino que también la había acorralado y se la había llevado a cuestas, literalmente.

Gavin tomó un sorbo de la copa de champán de Daisy y después se la devolvió.

—Rourke se ha casado con una fierecilla de sangre azul; aquí hay una obra en marcha, así como una amplia justicia poética. Si no le hubiera ayudado a conseguir la licencia especial, me decantaría por pensar que nos estaba gastando una broma.

—Ay, cariño, esa cabecita tuya solo es brillante para los asuntos legales... —Al observar su expresión de incomprensión, se explicó—: Como Shakespeare diría si aún siguiera con vida, la obra es el asunto principal. En este caso, la obra ya está escrita y lo ha estado desde hace varios cientos de años.

La mirada de Gavin conectó con la suya.

—¿Por casualidad no te referirás a *La fierecilla domada*?

—Por supuesto —asintió ella—. Diría que dadas las circunstancias, debemos hacerle un regalo de boda especial, ¿no crees? Nunca se sabe, pero podría servir como... lectura instructiva.

Gavin puso los ojos en blanco.

—Eso depende de si se lo va a leer. Nunca he visto a Rourke leyendo algo que no fuera un periódico o un informe financiero del ferrocarril.

—Presupones que es *lady* Katherine quien necesita ser domada.

Él le dedicó una sonrisa indulgente.

—En ese caso lo enviaré a primera hora de la mañana.

Ella se acercó a él y le pasó un pulgar por una gota de champán que se le había quedado en su sensual labio inferior. Aunque le gustaban mucho las fiestas, esperaba deseosa la celebración privada que harían cuando los invitados se hubieran ido.

—Perfecto, mi amor, hazlo por favor.

—¿¡Que se han casado?! —Felicity levantó la cabeza del espacio perfumado entre las piernas dobladas de su protector más reciente y le miró a la cara, con cierta tensión—. ¿Por qué no me lo has dicho hasta ahora?

En la cúspide del clímax, lord Haversham levantó la sudorosa cabeza de la almohada.

—Fue esta mañana. Lindsey me ha dicho que O'Rourke no quiso quedarse para el almuerzo nupcial. Se colgó a la pequeña fiera del hombro como si fuera un saco de maíz y se la llevó a la estación de tren. Dios, me encantaría haber visto la cara de esa zorra. Con un poco de suerte, me habré quitado a esa entrometida de encima. ¡Por fin! Esa dichosa chiquilla malcriada se ha convertido en una mujer dócil. No debería suponer ningún problema.

Colocó la pesada mano en la parte de atrás de la cabeza de ella, para que la bajara, pero Felicity se apartó.

—Deberías habérmelo dicho.

Su señoría frunció el ceño.

—¿Qué tiene que ver contigo?

Echó las piernas por un lado de la cama y se encogió de hombros. Ni siquiera sabía que Rourke hubiera vuelto a Londres, claro que ella no frecuentaba tanto los salones del West End.

—Me gusta la información tanto como a los demás. Te he ayudado a conseguir información a ti en un par de ocasiones, ¿no?

Reflexionando sobre el asunto, se acercó al desconchado armario, despacio para que tuviera tiempo para apreciar su trasero rollizo y sus deliciosas curvas. De todos sus amantes, una cantidad considerable teniendo en cuenta que solo tenía veintitrés años, solo había habido un hombre que realmente tenía el poder de satisfacerla y también de esclavizarla. Patrick O'Rourke —Rourke— siempre le había echado los mejores polvos. Felicity no era propensa a la autorreflexión, y aún menos al arrepentimiento, pero esta vez tenía que reconocer que había sido tonta de remate al haberlo dejado escapar. Con el tiempo, habría podido meterle en la cabeza la idea de que se casaran. Incluso si él se hubiera mantenido firme en su postura —y a Felicity se le hacía la boca agua con solo pensar en lo duro que se ponía y todo el tiempo que aguantaba así—, ser su amante le habría dado sus frutos.

Pero más allá de las delicias carnales que él podía proporcionarle, Rourke era un hombre rico y también generoso. Había comprado el antiguo club nocturno, el Palace, para ayudar a un amigo, pero aún tenían que reabrirlo. Antes de su cierre, el popular centro nocturno de Covent Garden había lanzado las carreras de varias estrellas de la escena, incluyendo a la actriz anteriormente conocida como Delilah du Lac. La cantante de *music-hall*, cuyo nombre real era Daisy Lake, había debutado en una obra formal en Drury Lane. Con su nuevo marido, también amigo de Rourke, estaba a punto de abrir su propio teatro en el East End.

La carrera de Felicity sobre el escenario progresaba a un ritmo considerablemente lento. Había cambiado Edimburgo por Londres dos

años atrás y a esas alturas ya debería encontrarse en lo más alto. Sin embargo, se hallaba estancada bailando en el coro del Royal Alhambra Palace en la parte este de Leicester Square. La mayoría de sus compañeras bailarinas no parecían tener ambición más allá de rondar la cantina entre actuaciones y flirtear con los clientes habituales por un par de guantes y unos tragos de ginebra. Ella aspiraba a más, pero empezaba a preguntarse si ese «más» estaba de camino o no. La actual suite raída alquilada donde Haversham la había colocado estaba perdiendo su encanto.

Haversham la llamó desde la cama.

—¿No pretenderás dejarme ahora, de... esta guisa?

En el espejo moteado de herrumbre, le vio la cara torturada y sonrió. A la sádica que había en ella le encantaba dejarlo con dolor de huevos.

Cruzó los brazos sobre los pechos de pezones oscuros y se dio la vuelta para mirarlo.

—Eso depende de cómo de cooperativo te muestres.

Él volvió a fruncir el ceño y se colocó la mano en el pene.

—¿Qué demonios? Me prestaré a lo quieras, pero primero ven aquí y termina esto.

Aunque Felicity disfrutaba enormemente jugando con el látigo y las palas y los pañuelos de seda que guardaba en la mesilla de noche, tenía asuntos mucho más importantes en la cabeza.

—Todo a su tiempo, guapito, pero primero dime todo lo que sepas de la hermana menor de Katherine Lindsey... y quiero decir absolutamente todo.

Kate cabeceaba poco después de haber pasado la frontera con Escocia. Se despertó cuando Rourke le presionó el hombro.

—Kate, despierta, esta es nuestra parada.

Confundida, asintió y se levantó. Recogió la bolsa de tela y siguió a su nuevo marido afuera, al vestíbulo de la estación. Estaba oscuro cuando se apearon en el andén al aire libre.

Kate miró a su alrededor; las luces iluminaban el cielo blancuzco de invierno y su llovizna gris. La estación rural no tenía nada que ver con el esplendor de King's Cross, claro que King's Cross estaba en el centro de Londres mientras que Linlithgow era una ciudad mucho más pequeña. Parecía lógico que un castillo no estuviera en el centro de una ciudad. ¿En qué estaría pensando?

La respuesta obvia era que no había estado pensando. No se había parado a pensar las cosas. Había confiado en Rourke para que se ocupara de los planes del viaje y cuidara de ella. No estaba acostumbrada a poner su destino, su persona, en manos de nadie, y aún menos en las de un hombre. Haberlo hecho, y sin un pensamiento consciente, traía consigo una rara y desconcertante mezcla de sentimientos.

Siguiéndolo a través de la multitud de pasajeros que deambulaban, se encontró a sí misma admirando la manera en que el corte de su abrigo le resaltaba los anchos hombros y se le ajustaba en la cintura. Fueran cuales fuesen sus fallos, no podía negar lo obvio: su nuevo marido era un hombre atractivo.

Que un hombre que siempre vestía de un modo tan meticuloso se hubiera presentado como lo había hecho a una boda, a la suya, la desconcertaba sobremanera. Obviamente, la intención era molestarla, cosa que consiguió, pero por qué lo había hecho vistiéndose como un payaso era algo que no entendía.

La colocó junto a uno de los bancos del andén.

—Espérame aquí, Kate. Iré a buscar el equipaje y luego nos pondremos en camino.

Por una vez, Kate estaba demasiado cansada como para discutir. Además de eso, sentía que estaba en buenas manos. Había ido en tren

muy pocas veces antes, pero su marido poseía compañías de ferrocarril. No se le habían escapado las miradas de respeto del jefe de estación y los mozos de King's Cross. Él sabía muy bien lo que tenía que hacer.

Se sentó en el banco y una ráfaga de viento invernal se abrió paso hasta el interior de su abrigo. Se estremeció y se cerró el cuello. Tan al norte, los inviernos eran mucho más fríos que los que habían dejado en Londres. Si se quedaba allí, tendría que comprarse un abrigo de invierno más grueso que el que llevaba ahora, a la moda pero de lana fina.

Si es que se quedaba. Entendió lo que implicaba tener elección y tembló con un escalofrío de un tipo muy diferente. Ahora estaba casada, con las piernas encadenadas, visto lo visto. Le gustara o no, su lugar estaba junto a su marido.

El sonido de los pasos que se acercaban la trajo de vuelta al presente de golpe. Levantó la vista y reparó en el rostro adusto de Rourke.

—Me temo que nuestro equipaje ha desaparecido.

—¡¿Se ha perdido?! —Se levantó del asiento de un brinco.

—Sí, eso me temo.

—Pero ¿cómo puede ser? Estaba a tu lado en el andén de la estación en Londres cuando se lo entregaste al mozo.

Él asintió con la cabeza, dando a entender que así era.

—Parece ser que en realidad se olvidó de guardarlo en el vagón del equipaje. Es posible que todavía esté en el andén; eso si no nos lo han robado ya.

—¡Robado!

—Tal vez, pero esperemos que no. Si lo recuperan, lo enviarán en el próximo tren dentro de uno o dos días.

Para ser un hombre que también había perdido el equipaje y nada menos que en su propia compañía ferroviaria, parecía muy resignado. Si ella hubiera estado en su lugar, habrían rodado cabezas.

Él ladeó la suya.

—En realidad, es mejor así.

Se lo quedó mirando. Toda esa alegría estaba empezando a irritarla en serio.

—¿Y eso por qué?

—Todos los carruajes se han ido ya.

—¿Y eso qué significa?

Bajo el difuso resplandor de las luces del andén, parecía que su sonrisa se ensanchaba hasta imitar la mueca de una calabaza de Halloween.

—Pues que tendremos que andar.

Miró al otro lado del andén; la llovizna se estaba convirtiendo en un chaparrón en toda regla y sintió que su ánimo se iba apagando al igual que el buen tiempo.

—Pero está lloviendo... mucho.

No tenía nada parecido a una sombrilla encima y aún menos un paraguas. Lo único que tenía en ese momento estaba dentro de la bolsa de tela tapizada que se encontraba en el banco.

Él la abrazó.

—No te preocupes, Kate. Como ninguno de los dos somos de azúcar, no corremos el riesgo de derretirnos.

—¿Cómo de lejos está ese castillo tuyo?

Rourke miró hacia su esposa, que iba detrás, renqueando por el borde de la carretera. Hacía un rato se había dejado el zapato izquierdo enterrado en el lodo y al agacharse para recuperarlo, había resbalado y caído de cabeza en el barro. También había perdido el sombrero. Una ráfaga de viento se lo había arrebatado, se lo llevó hasta un campo cubierto de hielo y lo dejó caer sobre un montón de estiércol. El cabello mojado le caía por la espalda y se le pegaba a las mejillas y al cuello. De vez en cuando, levantaba una mano para peinárselo hacia atrás, pero solo conseguía mancharse más la cara. Pobre chica, si el orgullo precedía a la caída, Kate había caído dos veces y aún se las apañaba para mantener la dignidad. En otras circunstancias, la habría admirado. Maldita sea, la admiraba, aunque no tenía intención alguna de alterar su camino. Cada vez que le tentaba la idea de sentir lástima por ella, se forzaba a recordar la escena en el jardín de su padre. La imagen mental de todas aquellas caras burlonas, la de Kate entre ellas, lo llevó de vuelta a su propósito: domar a la fierecilla que caminaba detrás de él.

Fingió que lo estaba calculando, aunque sabía de sobra a qué distancia estaban.

—Pues otra legua, diría yo.

Respirando con dificultad, se detuvo a su lado.

—Pero eso es otra hora más como mínimo. Y ya llevamos un buen rato andando. ¿Estás seguro de que conoces el camino?

—No te enfades, nena. Conozco estos caminos como la palma de la mano.

Ella se puso una mano sobre los ojos como haciendo visera y miró hacia la carretera bordeada de setos.

—No... si no me enfado. Solamente me preguntaba dónde estábamos. Empezaba a imaginarme que andábamos en círculos.

Rourke ocultó una sonrisa. En realidad habían dado una vuelta o dos. Su castillo se hallaba a menos de una legua de la estación. Algunas veces, en los días en que hacía buen tiempo, caminaba hasta la estación solamente para hacer un poco de ejercicio. Ya tendrían que haber llegado, pero él había escogido a propósito el camino más largo y que daba más vueltas de entre todos los que surcaban los campos.

Del mismo modo, el hecho de que su equipaje hubiera desaparecido no era casualidad. Lo había arreglado con el mozo para que se «perdiera». El hombre lo había mirado de un modo extraño, pero como Rourke era el dueño de la compañía, ¿qué podía hacer sino obedecer? Esto de domarla estaba resultando la mar de arduo. Solo esperaba que

Kate se derrumbara y pronto. Hasta que lo hiciera, no tenía más remedio que sufrir con ella.

Para molestarla y acelerar un poco las cosas, con suerte, exageró el acento. No era un as de la imitación como Ralph, pero utilizó todos los coloquialismos escoceses que se le ocurrieron. Ella todavía no le había dicho nada sobre el asunto, pero sospechaba que no tardaría mucho en hacerlo.

—¿No había nadie que pudiera venir a recogernos a la estación?

—Sí, aunque no nos esperaban hasta mañana.

Esa noticia tuvo el efecto que esperaba: ella volvió la cabeza de golpe. Aún en semipenumbra, no había duda de que le fulminaba con una mirada asesina.

—¡Mañana! ¿Estás diciendo que podíamos habernos quedado al almuerzo nupcial y subirnos al tren por la mañana?

—Sí, podríamos haberlo hecho, pero me vi cegado por tu dulce temperamento y tus agradables formas en la iglesia, querida Kate, y fui incapaz de esperar un día más para traerte a mi hogar... y a mi cama.

—¿Estás seguro de que no nos hemos pasado algún desvío o...? —dijo ella, sin siquiera comentar lo último que él había dicho.

—¿Tantas ganas tienes de empezar la luna de miel?

Torció el gesto como si el viento hubiera arrastrado algún hedor pestilente hacia donde estaban.

—Si tengo ganas de algo es de tomar un baño y una cena calientes, y de una noche de descanso, de descanso ininterrumpido.

—En ese caso, Katie, vamos allá. Nuestro hogar nos espera.

Capítulo 8

«¡He aquí cómo agobia a una mujer a fuerza de la bondad! Si alguien conoce un medio mejor para domar a una fiera, que hable; haría una verdadera caridad indicándomelo.»

WILLIAM SHAKESPEARE, Petruchio,
La fierecilla domada.

Cuando llegaron al castillo de Rourke, a Kate le castañeteaban los dientes y un escalofrío le recorría la espalda. Se había tragado el orgullo y había aceptado el abrigo de Rourke, aunque en parte lo había hecho para acallar sus persistentes ofrecimientos. No obstante, con la ropa empapada, esa capa adicional no resultaba tampoco de gran ayuda. Emprendió el camino de entrada al castillo —curiosamente sin custodios que lo guardaran— renqueante y demasiado desanimada para detenerse a contemplar las almenas y las torres. Tendría más tiempo para darse una vuelta los días venideros. Entonces, le vinieron a la cabeza esos «cincuenta y pico años». De momento, lo único que quería era entrar y resguardarse en un sitio seco y cálido, o al menos más cálido, darse un baño caliente y cenar algo caliente también, aunque el orden de cómo lo hiciera le daba bastante igual.

Entraron por fin y Kate se vio en el vestíbulo de un gran castillo medieval. Las antorchas ardían en soportes de hierro forjado en las paredes de piedra y emitían una luz parpadeante por doquier. Notó cosquillas en la nariz y alzó la vista. Un tapiz de telarañas colgaba del techo abovedado y a juzgar por el tamaño y la complejidad de las telas, llevaban ahí mucho tiempo; aquello era un auténtico cementerio de moscas y otros insectos, además de el hogar de más arañas de las que quería imaginar.

Las arañas le daban mucho repelús.

Una chimenea enorme al fondo del vestíbulo presidía la estancia. Disfrutando del calorcito, un gran mastín moteado se levantó de una manta y se acercó sin mucha prisa para saludarles; mejor dicho, para saludar a Rourke.

Miró a su marido. Aparte de caballos, no había caído en que él pudiera tener otros animales como mascotas.

—Hola, *Toby*, yo también te he echado de menos. —El can se puso a dos patas y le plantó las delanteras en el pecho.

Kate miró al animal: parecía un caballo en miniatura más que un perro. Así de pie, era casi tan alto como ella.

—Eso no es un perro.

—Pues claro que es un perro. —Rourke le acarició las orejas y el animal le lamió con su larguísima lengua con manchas negras.

Kate se quedó en la puerta. Desde que uno de los perros de caza de su padre la tirara al suelo de cara y le dejara una pequeña cicatriz blanquecina en la mejilla, había mantenido las distancias con los canes, al menos con los más grandes.

—¿Qué...? ¿De qué raza...? Es muy grande, ¿no?

Él se encogió de hombros como si la pregunta no se le hubiera ocurrido nunca hasta entonces.

—Tiene algo de mastín y de perro lobo, tal vez de lobo, incluso. Bueno, *Toby* es mestizo, como yo.

—Ya veo.

El perro volvió a ponerse a cuatro patas y Rourke se limpió las huellas que le había dejado en la ropa.

—Que no te engañe el tamaño. Es dócil como un corderito. No le haría daño ni a una mosca. A un ladrón o a un cazador furtivo, ya es otro cantar. Cuando te tome confianza, será tu mejor amigo. Hasta dormirá a los pies de tu cama.

Viendo que el perro no solo era grande sino también maloliente y llevaba el pelo apelmazado, esperaba no tener que compartir el lecho con él. Sin embargo, si iban a vivir juntos, y parecía que *Toby* tenía un acceso sin restricciones al castillo, lo mejor sería que se hicieran amigos.

Dejó la bolsa de viaje en el suelo poco a poco —nada de movimientos bruscos— y estiró el brazo. *Toby* se le acercó trotando, la olisqueó y le babeó la mano entera en busca de algún premio, seguro. Como todo lo demás que había visto, a él también le hacía falta una buena limpieza.

—La próxima vez te traeré un hueso de la cocina. —Mentalmente se dijo que había que lavar al chucho en los próximos días y apartó la mano, que luego se secó en las faldas manchadas de barro—: ¿Y dónde está la cocina?

Rourke se encogió de hombros.

—Pues no lo sé exactamente. En algún lugar de la planta baja.

Kate esperaba que, dondequiera que estuviera, se encontrara en mejores condiciones que lo que había visto hasta entonces. Se puso a pensar en ese momento en el opíparo almuerzo de boda que se había perdido.

—¿Puedes decirme dónde está la despensa, al menos? —preguntó—. Me lavo las manos e improviso una cena fría en un periquete.

La sobresaltó dando unos pisotones en el suelo.

—¡Mi esposa no tomará una cena fría! Mi Kate tendrá el mejor de los festines: cordero estofado con riñones, oca asada, capón y patatas como guarnición.

No exageraba cuando dijo que el castillo estaba patas arriba. Tal vez fuera una descripción demasiado generosa. Si habían permitido que las estancias principales acabaran en esas condiciones, solo Dios sabía qué le aguardaba en la cocina. Dudaba mucho que hubiera los alimentos necesarios. Y aunque la despensa estuviera llena, se tardaría horas en preparar los platos que había mencionado. Ella necesitaba comer ahora.

—Y de postre habrá pudín de ciruela y pastel nupcial. Es el día de nuestra boda, Kate, tenemos que comer pastel. —Le sujetó las muñecas y le levantó las manos para darle un beso sonoro.

Ella se zafó de él.

—Por si lo has olvidado, teníamos pastel en el almuerzo que te emperraste en dejar.

—Solo tienes que decirme qué te apetece —dijo él suavizando el tono de su voz—. Pide lo que quieras y te lo traerán como por arte de magia.

Como hasta entonces no había visto a ningún criado, tenía sus dudas. Aunque era tarde, alguien —un ama de llaves o un mayordomo— se hubiera levantado para satisfacer sus necesidades.

De repente, él se alejó y se puso a gritar:

—¡Cheevers! ¡Cheevers! ¿Dónde estás, holgazán?

—¿Es necesario que te pongas así?

Antes, él siempre había hablado con una voz muy suave. Incluso cuando se la llevó del almuerzo de la boda nunca había levantado la voz. Ahora que estaba en casa, en Escocia, parecía que su manera de comunicarse era a gritos; otra faceta de la vida de casados que no le hacía mucha gracia.

Se tapó las orejas con las manos y le siguió hasta lo que parecía un comedor. Una larga mesa de madera que se alzaba sobre un caballete dominaba la habitación y a su alrededor se disponían varias sillas torneadas de respaldo alto. Un centro de mesa con velas por encima la decoraba, aunque a algunas de ellas ya casi no les quedaba cera. Por lo que podía ver, no había ni luz eléctrica ni de gas. Era como si hubiera vuelto a la Edad Media.

Un hombre mayor apareció entre las sombras inclinándose hacia delante y arrastrando una pierna, como si fuera el jorobado de Notre Dame.

—Aquí estoy, señor, señora. —Unos ojos marrones, increíblemente claros y vivarachos para un hombre tan decrépito, escudriñaron el rostro de Kate.

Rourke dio un puñetazo en el borde de la mesa.

—Avisa a la cocina de que he llegado con mi esposa y de que se den prisa para preparar el festín.

—¿El... el festín, mi señor?

—Sí, nuestra cena de boda, y que no pierdan el tiempo.

Conociendo los humildes orígenes de Rourke, a Kate le sorprendió que tratara así a un criado, y mucho más a uno tan anciano. Porque sabía que era imposible, si no, pensaría que había estado bebiendo. Intentó razonar con él.

—A esta hora seguro que la cocinera lleva tiempo acostada, igual que las ayudantes.

El tono tan comedido de su voz le sorprendió hasta a ella. Apenas se reconocía. No era propio de ella el medir sus palabras. Virgen santa, ¿se estaba acomodando ya a la vida de la esposa abnegada?

Él la miró con dureza y dio otro puñetazo encima de la mesa con el que tiró un candelabro de peltre.

—Entonces despertaremos a esta panda de gandules.

Kate suspiró. Se daba cuenta de que no valía la pena discutir con él. Dejaría que pidiera la comida y descubriera solito que lo que pedía

era imposible. Tal vez entonces la creyera y se conformara con una cena fría. Llegados a este punto, con un poco de pan y queso ya estaría más que contenta.

Miró a un hombre y a otro, y les dijo:

—Si me indicáis, subiré a lavarme y bajaré a tiempo para cenar. —Viendo las condiciones primitivas de todo lo que había visto hasta entonces, dudaba que los dormitorios estuvieran equipados con la fontanería adecuada, aunque tal vez hubiera un lavabo cerca de la zona principal.

Rourke fue a tomarle la mano. Haciendo caso omiso a la suciedad y a las babas de perro, se la acercó a los labios.

—A mí me parece que estás fresca como una rosa. —Siguió sosteniéndole la mano.

Como una rosa rebozada en barro, tal vez.

—No digas bobadas, no somos animales, por lo menos yo no lo soy. Me sentaré a cenar en cuanto me quite el polvo de la carretera de la cara y de las manos. —Le apartó la mano—. Solo serán unos minutos. Si no puedes mantener a raya el hambre hasta entonces, empieza sin mí.

—¿Estás insinuando que sería capaz de empezar el banquete nupcial sin mi esposa?

Kate resopló; un gesto impropio de una dama al que, dadas las circunstancias, se sentía con todo el derecho.

—Nuestro banquete, tal como lo llamas tú, era el almuerzo de esta mañana que, gracias a ti, me he perdido. Ahora ya es demasiado tarde para profesar los buenos modales de un caballero.

Ya encontraría un sitio para lavarse ella sola. Mostrando toda la dignidad que pudo dadas las circunstancias, se recogió las faldas, en las que el barro ya se estaba secando, y fue renqueando hasta la escalera.

El perro se quedó mirando cómo se iba, abrió la boca y bostezó; el sonido que le salió era entre un suspiro y un gemido. Rourke contuvo

la risa. Con menuda mujer se había casado. Tenía que admirarla a la fuerza. Hasta su perro la admiraba, lo que era mucho decir ya que era tan grande o incluso más que ella.

Por muy diminuta que fuera, su pequeña figura albergaba el corazón de una leona. Desde esa mañana, la había estado poniendo a prueba y sin embargo ella seguía con la cabeza bien alta y la espalda recta; su espíritu permanecía inquebrantable. En circunstancias similares, la mayoría de señoritas londinenses estarían llorando sus penas ahora mismo pero no así su valiente Kate. Su Kate... ¿Cuándo había empezado a pensar en ella como si fuera suya? Era una locura, dado que ella ni siquiera se dirigía a él por su nombre de pila.

Esperó un poco hasta que los pasos de «su Kate» desaparecieran por el pasillo.

—Trae la comida y date prisa. A saber cuándo volverá. Vamos, ¡corre! —le dijo a Ralph.

El criado tuvo que sujetarse la barba blanca que se le desprendía de un lado de la cara. Tendría que haberle echado más pegamento, pero como el cochero que le había recogido en la estación iba tan despacio, no había tenido tiempo.

—Eso intento, señor, pero es difícil hacer nada con la prótesis de la pierna.

Por suerte no tuvo que ir hasta la cocina para recoger la comida. La comida ya preparada aguardaba dispuesta en varias bandejas tapadas encima de un carrito en la sala adyacente.

Rourke frunció el ceño. Solía ser un jefe muy afable, pero Ralph notaba que esto de domar a la fierecilla le estaba crispando los nervios.

—Que cada palo aguante su vela, Sylvester. Además, te pago bastante para que aguantes la tuya, así que, corre.

Mientras se alejaba, Ralph empezaba a arrepentirse de haberle hablado de la obra de teatro a su amigo. No le parecía que su esposa fuera una fierecilla que hubiera que domar, sino una joven con demasiadas

cosas a sus espaldas, propensa al malhumor. La hermana pequeña, Beatrice, era sublime.

—Si me permites que te diga una cosa, jugarle malas pasadas a tu mujer no me parece que sea la manera de celebrar una boda.

Rourke soltó una carcajada.

—¿Y a ti quién te ha dicho que esto es una celebración? Es la guerra.

A punto de perder la esperanza, Kate sacó una de las velas de su soporte y emprendió el camino sola. Al cabo de algunos minutos deambulando perdida, llegó a unas escaleras. Dichas escaleras llevaban a un conjunto de dormitorios que hasta hacía poco debían de haber pertenecido a los criados, aunque no había ropa de cama y estaban vacíos.

Los servicios básicos incluían un retrete y un lavabo con grifo un tanto primitivo. Utilizó las horquillas que le quedaban para recogerse el pelo y luego se lavó la cara y las manos con agua que olía a óxido.

La exploración tardó más de lo que ella esperaba, pero al final encontró la forma de regresar al vestíbulo y desde allí a la puerta que daba al comedor. Viendo lo lento que caminaba el mayordomo, ni siquiera podría haber preparado una cena fría en el poco tiempo que había estado ausente. Esperaba de todo corazón que alguien hubiera pensado en servir algo de beber para aliviar la espera. Una copita de jerez sería fenomenal, igual que una tacita de té.

Entró; el candelabro tenía las velas encendidas, lo que camuflaba el polvo y la suciedad y le daba un toque de calidez al ambiente. Su recién estrenado marido estaba repantigado en una butaca cual rey en su trono y presidía la mesa, con un pañuelo anudado al cuello; ante él, un plato con huesos de pollo.

Al verla, sonrió y le hizo un gesto para que se acercara, aunque no hizo amago de levantarse de la silla o apartarle la suya.

—Ah, Kate, ya estás aquí. Temía que te hubieras perdido.

—Sí, me he perdido y varias veces, además. —Miró el muslo de pollo que tenía en la mano—. Veo que al final has empezado sin mí.

Rourke hizo una pausa para tomar un trozo de carne.

—He empezado y he terminado, de hecho.

—¿Terminado? ¿Me estás diciendo que te lo has comido todo?

Él negó con la cabeza.

—Los escoceses tenemos un apetito voraz, sí, pero no podría haberme comido todo ese manjar por muchos almuerzos que me hubiera perdido.

—¿Y dónde está, entonces? —Con mucho gusto se hubiera sentado a cenar en la cocina, aunque fuera.

—He pedido que se lo llevaran y lo tiraran al cubo de la basura.

—¿Toda la cena?

—Ajá. Hasta el último bocado. El cocido de redondo de ternera estaba como la suela de un zapato y el pollo asado, seco como la mojama. Sin embargo, el salmón no estaba del todo mal, aunque tenía un sabor raro.

—¿Había salmón?

Kate tenía debilidad por el salmón.

—Sí. Y de acompañamiento, judías verdes con mantequilla y frutos secos por encima.

—¿Almendras picadas, tal vez?

A Kate se le hacía la boca agua, tanto que empezaba a babear como el perro.

—Creo que sí. Siendo un hombre sencillo, este tipo de comida me basta, pero no es lo suficientemente buena para mi señora esposa.

—Pero no he comido nada desde la cena de la última noche. ¡Necesito comer ya!

Se dio cuenta de que su voz había subido mucho de tono.

—No te preocupes, te he guardado un poco.

—¿Sí?

Miró el muslo de pollo que tenía en la mano; le quedaba muy poca carne y se le veía casi todo el hueso. Tuvo que contenerse para no echársele encima y quitárselo.

Sin embargo, Rourke le arrancó la carne y se la ofreció al perro.

—Sí, claro.

Se metió la mano en el bolsillo, se sacó una pequeña manzana verde y se la lanzó.

Kate la atrapó con ambas manos.

—Eres la bondad personificada, señor.

Se frotó la manzana en el vestido sucio y le dio un mordisco.

—Cuida esa lengua, Katie, o el desayuno de mañana puede que vaya por el mismo camino que la cena de esta noche.

Con la manzana en la boca, apartó una silla y se sentó.

—No puedes matarme de hambre. —Al menos no por mucho tiempo y a cualquier precio. No había hablado nunca con la boca llena, pero la situación actual era una excepción.

—No te preocupes, Katie, que no te mataré de hambre. Además, ya estás en los huesos. —Se le acercó y le dio una cachetada en el muslo; no lo bastante fuerte para que le doliera, pero sí para que se sobresaltara un poco.

—Si disfrutara de tu sonrisa o me dedicaras palabras dulces de vez en cuando en lugar de las avinagradas a las que me tienes acostumbrado, te agasajaría con lo mejor de mi despensa y mi bodega.

—Prefiero morirme de hambre antes que bailarte el agua.

Rourke se encogió de hombros.

—Allá tú.

Ella apuró la manzana al máximo, dejó el resto en el plato con huesos y se apartó de la mesa.

—No temas, que eso haré. Empezaré por irme a la cama.

Se recogió la falda empapada y se fue hacia la puerta.

—¿Y a qué cama piensas ir?

La pregunta hizo que Kate se detuviera. Lentamente, muy lentamente, se volvió hacia él. Puso los brazos en jarras con los puños apoyados en su esbelta cintura, se plantó y le miró.

—Si piensas acostarte conmigo después de este comportamiento tan grosero estás muy equivocado.

—¿Sí que estamos libidinosos, no? —La repasó de arriba abajo con la mirada.

Como se había visto en el espejo, sabía muy bien lo que veía: llevaba el pelo sucio, tenía la cara sucia y el vestido manchado... todo, así como los ojos pálidos hundidos. No estaba de lo más atractiva en ese momento.

Volvió a mirarla a la cara y sonrió.

—No te preocupes Katie. Creo que seré fuerte y podré resistirme a tus encantos, esta noche al menos.

—Pienso echar la llave de todos modos.

Los ojos de Kate brillaban, desafiantes, como si le retara. Rourke se quitó la ridícula servilleta y se levantó de la mesa. Se le acercó, acortando el espacio entre ellos en solo tres pasos hasta que se plantó delante de ella, tan cerca que tuvo que ir con cuidado para no pisarle los pies, sobre todo el que llevaba descalzo. Una mujer normal y corriente —la mayoría de las mujeres— se hubiera amilanado o, al menos, hubiera retrocedido un paso o dos. Pero Kate no. No movió un músculo ni se movió un solo centímetro. Empapada, mugrienta y hambrienta, seguía manteniéndose firme, echó la cabeza hacia atrás y le miró a los ojos con esa mirada firme e inquebrantable tan suya.

Cautivado muy a su pesar, él le levantó la barbilla con la mano. Con lo mojada que había acabado, esperaba que su piel estuviera fría como el mármol, pero en lugar de eso estaba cálida, resplandeciente

y era increíblemente suave. No pudo resistirse. Se aferró a sus antebrazos, delgados pero fuertes, y se inclinó para rozarle los labios con los suyos.

Se apartó.

—No te equivoques, muchacha, cuando decida ejercer mis derechos matrimoniales ningún cerrojo podrá mantenerme apartado de ti.

Ella le fulminó con la mirada.

—¿Es una amenaza?

Él dejo de tocarla y retrocedió.

—No, cariño. Es una promesa.

Después de ese beso espontáneo, Kate no se quedó a comprobar la promesa de Rourke de que la dejaría en paz esa noche. Tomó la vela y salió del comedor en busca de una cama. En un castillo de este tamaño, tarde o temprano al ir abriendo puertas encontraría un dormitorio que estuviera en condiciones.

En algún momento, el perro, *Toby*, se unió a ella. Igual que su amo, tenía la barriga llena y, al parecer, nada mejor que hacer que molestarla. Después de abrir más puertas de las que podía contar, incluso armarios, encontró un cuchitril. Igual que las otras habitaciones que había visto, la cama estaba desprovista de sábanas y colchón, pero al menos había un pesado baúl en un rincón. Sostuvo la vela en alto para examinar el techo. Aparte de una telaraña en una esquina, no vio que hubiera arañas. Y la puerta tenía pestillo.

Algo más animada, cruzó la habitación. Dejó la vela en un candelabro vacío y se arrodilló para abrir el baúl. La tapa pesaba mucho y tuvo que utilizar ambas manos. Al levantarla, las bisagras chirriaron y una nube de polvo se levantó del interior. Con los ojos irritados, empezó a

rebuscar en su interior. Sacó un cubrecama muy pesado que había visto mejores días y una manta más pequeña y fina. Acercó el cubrecama a la chimenea y lo extendió, luego enrolló la manta como si fuera una almohada. De repente oyó un chirrido en la puerta, que aún no había cerrado con pestillo. El perro había empujado la puerta con la nariz y ya se acercaba a ella lentamente. Kate intentó sacarlo asiéndolo del collar, pero el chucho se plantó y no había manera de moverlo. Y ella, por su lado, estaba demasiado cansada para forcejear.

—De acuerdo, está bien, puedes quedarte, pero no en mi cama. Puedes dormir en ese rincón. —Ella le señaló el rincón en el que no había telarañas.

El perro empezó a mover la cola, la miró con sus ojazos marrones y se tendió en el cubrecama igualmente.

Kate suspiró. Fue hasta la puerta y corrió el pestillo.

«Cuando decida ejercer mis derechos matrimoniales ningún cerrojo podrá mantenerme apartado de ti.»

Entre temblores, se acarició los labios con los dedos y volvió a su cama improvisada. El cubo con el carbón estaba prácticamente vacío. Juntó los últimos pedazos que quedaban y encendió un exiguo fuego que, al parecer, el perro agradeció enormemente. Se tumbó sobre el lomo con las cuatro patas en el aire, dejando al descubierto un vientre y un cuello blancos que contrastaban con su pelaje pardo.

—Menudo mestizo estás hecho.

Con cautela, le dio unos golpecitos en la barriga y luego intentó que se apartara a un lado; una vez más, fracasó. Para una mujer acostumbrada a estar al mando de todo, hoy parecía que nadie le hacía caso. Se sentó en el trozo que le quedaba del cubrecama y acercó las manos al fuego. El calor le desentumeció las manos, en cuyos dedos empezó a notar un ligero hormigueo. Sin embargo, aún tenía las uñas azules y eso la inquietó.

«¿Y si me muero aquí?»

Se quitó el único zapato que llevaba junto con ese pensamiento tan morboso. Y se tumbó de lado. «¡Qué bien!» El suelo estaba tan frío como una tumba de mármol e igual de duro, pero el perro que estaba su espalda le proporcionaba calor y cierta sensación de docilidad, aunque apestaba. Bueno, en realidad, seguro que ella también olía mal. Aunque la estancia dejaba mucho que desear, nunca había sentido tanto placer a la hora de acostarse. Se hizo un ovillo encima de la manta, colocó las manos debajo de la cabeza y se concentró en dormirse.

Sin embargo, en cuanto cerró los ojos, ese día de boda tan extraño volvió a reproducirse en su cabeza. Era una suerte que no tuviera ninguna idea preconcebida, ni romántica ni de cualquier otro tipo. La mayoría de las mujeres que conocía esperaban que su boda fuera... bonita. Al pensar en las ridículas nupcias y el almuerzo que se había perdido, no se imaginaba nada que fuera menos bonito. Estaba muy cansada y tenía ganas de llorar. Se tumbó de espaldas y las lágrimas empezaron a brotar deslizándose hasta su sien y perdiéndose por su pelo.

El alboroto la sobresaltó de repente, igual que al perro. Había un aspirante a músico con un instrumento de cuerda en el pasillo justo delante de su puerta. Era Rourke, claro, que tocaba algo que se parecía remotamente a *Greensleeves* y cantaba la letra a grito pelado. Kate se pasó una mano por el pelo alborotado y se secó los ojos en la manga acartonada. Al parecer los tormentos del día de su boda no habían acabado aún. Además de hacer que se congelara y no darle de comer, parecía que quisiera también privarla de sueño y hacerle sangrar los oídos.

Ella gritó en dirección a la puerta cerrada:

—¿Estás loco? Es más de medianoche.

Los gritos cesaron de inmediato.

—Todos hacemos locuras por amor.

Eso había dicho varias veces antes. Era una cita bastante famosa. Estaba exhausta, pero empezó a darle vueltas a la cabeza en busca de

su autor. Fuera verso o prosa, que citara una fuente literaria era muy raro. No le daba la impresión de que Rourke fuera de los que leen poesía. ¿Quién sería el autor? ¿Dryden? ¿Poe? ¿Swift? En circunstancias normales lo hubiera sabido al momento —ella sí era de las que leían poesía—, pero estaba muerta del cansancio, por no decir enferma del hambre y del frío que tenía.

El malhumor de Kate aumentó igual que su voz. Mirando la puerta, que por suerte estaba cerrada, gritó:

—¡Estás loco, no estamos enamorados! Y es muy tarde, acuéstate de una vez.

—No, la música es el alimento del amor y creo que seguiré tocando un rato. Además, no he olvidado lo mucho que te gusta que te canten.

Así que de eso iba el asunto. Todavía no la había perdonado por ponerle en ridículo aquella noche en el jardín. Por muy descabellado que hubiera sido su plan, era agua pasada y debería olvidarlo ya. Estaba a punto de decírselo cuando el alboroto volvió a empezar.

—¿Qué diantres estás tocando? —Aparte de la gaita, no se imaginaba un instrumento más ofensivo.

—El organillo —contestó él, alzando la voz por encima de la música—. ¿Sabes tocarlo?

—No.

Él se detuvo, como si estuviera procesando la información.

—¿Con eso quieres decir que no tocas el organillo o que no tocas ningún instrumento?

—Toco un poco el piano. —¿En serio estaban manteniendo esa conversación a esas horas?

—Podría enseñarte a tocar el organillo y el arpa, también. —Del entusiasmo, su tono se había vuelto algo infantil.

—No, gracias. —Empezaba a preguntarse si su marido no estaba un poco, bueno... chalado.

—¿Me complacerás con una canción, entonces?

—¡No! —Se dio la vuelta y le dio un puñetazo a la almohada. Solo le complacería con algo si lo que le pidiera fuera que le diese un puñetazo en la nariz.

Kate volvió a tumbarse. La extraña serenata le recordó los aullidos que le dedicó aquella noche en el jardín y, sin motivo aparente, sonrió. Tenía la voz más horrorosa que hubiera oído nunca, pero al pensar en el esfuerzo que había hecho por complacerla en ese momento, le dio un vuelco el corazón y se le escapó un suspiro nostálgico.

—Kate, ¿estás durmiendo?

No estaba segura de por qué, pero imaginarle al otro lado de la puerta hacía que se sintiera protegida y no amenazada. Y pensar que había estado a punto de quedarse dormida llorando hacía tan solo unos minutos...

—Si te digo que sí, ¿te irás? —Le sonrió a la «almohada» y cerró los ojos.

Hubo una pausa larga.

—Entonces, te desearé que pases una buena noche —repuso. Eran imaginaciones suyas o su tono parecía tener un deje de arrepentimiento... y esperanza.

Por un momento, Kate pensó en levantarse, descorrer el pestillo de la puerta y hacerle entrar para compartir la cama improvisada y que su cuerpo, grande y fuerte, aliviara su soledad y el frío del suelo. Pero eso no era solamente una locura sino que también era muy poco práctico. Estaba muerta del hambre y muy sucia, así que más que consuelo, lo que necesitaba era dormir.

Bostezó y volvió a colocar las manos bajo la cabeza. Por el motivo que fuera, cedió a la tentación de decir:

—Buenas noches, Rourke.

Como no respondió, supuso que se había ido a su cama.

Al otro lado de la habitación de Kate, Rourke bajó el instrumento diabólico, que alguien había dejado en el ático para que se pudriera, y apoyó la espalda en la pared. «Buenas noches, mi dulce Kate.»

Y lo era o, por lo menos, podía serlo. La semana anterior había visto retazos de esa generosidad y cariño, e incluso antes, siempre para los demás, aunque nunca para él. Al fin y al cabo solo se había casado con él para salvar al bribón de su padre y a la mimada de su hermana pequeña. De momento no había pedido nada para sí, aunque de buena gana la colmaría de riquezas o las compartiría con ella, al menos.

¡Y qué estoica era! Se había pasado el día poniendo a prueba su entereza y, sin embargo, ella lo había aguantado todo como una jabata. Hermosa y valiente, había resistido la pesada caminata entre el barro y el frío desde la estación como una soldado experimentada en lugar de lo que era: una mujercita con el vestido empapado, una muchacha tan menuda que podía abarcarle la cintura con sus dos manazas. «Ay, Kate...»

Antes había tenido un momento de debilidad; bueno, algo más que un momento. Cuando llegaron al castillo y la tuvo delante, con los dientes que le castañeteaban y los hombros que le temblaban, estuvo a punto de no llevar a cabo el resto de su plan. Ojalá no hubiera pillado un resfriado o algo peor. Tal vez Petruchio quisiera matar a su Kate con amabilidad, pero Rourke no. Él solo quería darle una lección a su esposa y suavizar su mal humor para así tener una vida más feliz, pero no quería hacerle daño. Eso nunca.

«¿Qué estarás soñando, Kate?»

Teniendo en cuenta las vicisitudes que le había hecho pasar, sospechaba que en sus sueños abundarían la comida, las camas mullidas y las bañeras sin fondo con agua caliente que nunca se enfriaba. Al imaginarla en una bañera de cobre, desnuda, con el agua que le perlaba esa piel pálida como la luna, notó que se le aceleraba el pulso y se endurecía. «Ay, Kate...»

No tuvo que darle muchas vueltas para saber qué, o mejor dicho con quién, soñaría. Kate. Ese breve beso de antes le había dejado con ganas de más. Si su cuerpo inquieto le permitía el lujo de dormir, soñaría con su bella esposa y la noche de bodas que deberían haber tenido. Aunque pareciera una gata rescatada del fondo de un pantano, conseguía cortarle la respiración y acariciar su alma. De repente, Rourke se dio cuenta de que domarla no sería suficiente.

«Algún día, Katie de mi corazón, quiero que sueñes conmigo.»

Kate se despertó temprano a la mañana siguiente porque *Toby* estaba arañando la puerta. Al abrirle para que saliera, notó hasta el último hueso y músculo del cuerpo. De vuelta a la «cama» estornudó tres veces seguidas.

«Encima me he resfriado... ¡lo que me faltaba!»

Después de la caminata del día anterior no le sorprendería terminar con neumonía, aunque lo más probable es que el estornudo tuviera que ver con el polvo. La luz del sol se filtraba por los cristales emplomados de la ventana y vio que una gruesa capa blanca lo cubría todo; al menos todo lo que alcanzaba su vista. En lugar de cubrir los muebles con sábanas o bien dejarlos guardados, al parecer los habían dejado al descubierto durante un período de tiempo indefinido. El polvo cubría todas las superficies y llenaba hasta el último recoveco; las motas de polvo flotaban como hadas en el aire cerrado y las pelusas se reproducían exponencialmente debajo de cada mueble. A saber cuánto hacía que las cosas estaban así, pero la situación iba a cambiar.

Aparte del anciano Cheevers al que había visto la noche anterior, no había coincidido con ningún otro criado. Su marido podría ser un magnate de la industria como el gran Andrew Carnegie, estadounidense de adopción y escocés de nacimiento, pero estaba claro que no tenía ni idea de cómo llevar una casa. Por suerte, ella sí. Aunque hacía mucho tiempo que no había tenido la oportunidad de poner a prueba ese talento a gran escala, esperaba que fuera como montar en bicicleta: una vez aprendes ya no se te olvida. Y si te caes, te levantas, te sacudes el polvo un poco y vuelves a intentarlo.

Ya fuera montar en bicicleta con bombachos o llevar un hogar con un presupuesto limitado, en comparación con el matrimonio, esas cosas eran pan comido.

Capítulo 9

«Pues he de deciros, mi querido padre, que si vuestra hija es imperiosa, yo autoritario. Y cuando dos fuegos violentos se encuentran, consumen el objeto que alimenta su furor.»

WILLIAM SHAKESPEARE, Petruchio.
La fierecilla domada.

Para la siguiente fase de la doma, Rourke tenía que despertar a su esposa antes de que cantara el gallo. Desafortunadamente, Kate no era la única persona a la que había cansado el día anterior. Se levantó del catre con los ojos hinchados y dolor en el cuello. Además, era más tarde de lo habitual. Privar a Kate de las comodidades suponía quitárselas él también. Pensó que pedirle a Ralph —Cheevers— que escondiera todos los colchones y la ropa de cama no había sido una buena idea.

Se puso la ropa acartonada del día anterior y se afeitó con la cuchilla roma que había encontrado en el cajón de debajo del lavabo. Se cortó y sangró como un cerdo, tras lo cual se peinó con los dedos.

¿Dónde diantres estaba Ralph? Esperaba que hubiera ido a la estación de trenes para gestionar lo del equipaje perdido. Estaba claro que estos últimos años de periódicos sin arrugar, trajes bien cuidados y criados que le atendían le habían vuelto un flojo. Se preguntaba si su esposa no era mucho más dura que él. Para ser la hija de un conde, era muy autosuficiente.

Se fue derecho a la pequeña habitación de la torre sur que Kate se había agenciado. La puerta estaba abierta.

—¿Kate?

Dio un paso al frente en el umbral, con timidez, como si le diera apuro entrar.

Una sirvienta de dientes salientes levantó la vista de la cama que estaba haciendo. A la estructura de cuatro postes le había salido un colchón de repente.

—¿Dónde está mi esposa?

—Se ha levantado y se ha ido.

¿Se ha levantado y se ha ido? Le entró el pánico. ¿Acaso había encontrado el camino de vuelta a la estación y le había abandonado? No estaba familiarizada con la zona; sin embargo, sabía que era una mujer de recursos. Llevaban casados solamente un día, pero aún no habían consumado su unión. No le costaría mucho obtener la anulación si se presentaba con al menos una criada, como esa sirvienta tan poco agraciada, que diera testimonio de ese hecho tan poco halagador. La encerrona del jardín no sería nada en comparación con el hazmerreír que sería cuando se supiera que Patrick O'Rourke no se había acostado con su esposa. Pero aparte de cualquier daño que pudiera sufrir su reputación, era el sentimiento de fracaso, de haber sido abandonado otra vez, lo que hacía que el sudor le empapara la frente.

—Está en el vestíbulo principal examinando al personal. —Siguió trabajando.

Como un globo al que pinchan con un alfiler, el pánico y la respiración que había estado conteniendo se desinflaron de golpe.

—En ese caso, ¿por qué no estás tú allí?

—No formo parte del personal de forma regular. De vez en cuando vengo a ayudar a mi madre.

—Entiendo.

A mitad de las escaleras, oyó la voz de Kate en el vestíbulo de la planta inferior.

—Cuando se gestiona una casa, ya sea grande o pequeña, hay que tener una idea clara de las prioridades de cada uno.

Intrigado, se detuvo en el rellano. Apoyó las manos en la barandilla polvorienta y se quedó mirando hacia abajo. Kate se dirigía a sus criados, que estaban dispuestos en una hilera enfrente de las escaleras. Mientras hablaba, caminaba hacia un extremo y hacia el otro de la hilera que, desde donde él estaba, se parecía más a un semicírculo de gente apretujada. Erguida y con las manos entrelazadas a la espalda, le recordaba más bien a un general que estuviera pasando revista a sus tropas.

Un rápido vistazo le confirmó que las tropas no eran tales: solo algunos lacayos, tres sirvientas y una mujer fornida y de rostro enrojecido cuyo delantal manchado la delataba como la cocinera. Su jefe de cuadra, Hamish Campbell, también se encontraba allí, con las botas llenas de barro y paja pegada en las suelas. Ni siquiera se había afeitado todavía y se le veía un poco despistado. Había un hombre bajito con cara de simio detrás de Kate, que tomaba notas sin parar en un librito negro de bolsillo. Rourke supuso que se trataba de su administrador.

Ese personal tan dispar había venido más o menos con la propiedad, como si fueran la herencia del propietario anterior. Exceptuando al jefe de cuadra, Rourke no sabía quiénes eran ni qué hacían los demás exactamente. Desde que adquiriera esta propiedad como parte de una ejecución hipotecaria algunos años antes, había concentrado todas sus

energías en mejorar las tierras y en comprar ganado de cría para su establo de caballos de carreras. No le había prestado ninguna atención al castillo. A juzgar por la conversación que mantenían, Kate estaba decidida a cambiar eso; empeñada, mejor dicho.

En lugar de seguir bajando, se quedó donde estaba. Le daba la sensación de que estaba viendo una obra de teatro. La vestimenta de Kate no había cambiado mucho respecto a la noche anterior, aunque parecía que se había limpiado el barro del vestido con un cepillo. Seguramente también encontró quien le trajera agua para bañarse, porque estaba claro que iba mucho más limpia que tras el rápido lavado de la noche anterior. Llevaba su precioso pelo brillante apartado de la cara y recogido con un lazo, y las mangas de la camisa arremangadas por encima de los codos; así no parecía la señorita de alta sociedad con la que había bailado hacía casi dos años.

Rourke miró embelesado sus esbeltos brazos y notó que se le secaba la boca. Hasta ahora, nunca había creído que los antebrazos y codos de una mujer fueran especialmente eróticos, pero fue verla a ella y excitarse. Tal vez el hecho de desearla durante casi dos años hacía que anhelara ahora ver cualquier trozo de piel desnuda; eso y no haberse acostado con ella todavía.

Además, parecía más hogareña y cómoda en la casa, al menos, mucho más cómoda que él en este mausoleo, a decir verdad. El título de propiedad llevaba en su poder varios años, pero seguía sin acostumbrarse al sitio. Aún se perdía en su laberinto de pasillos fríos y poco iluminados, tentado de vez en cuando de bajar a su acogedora cocina —sí, sabía dónde estaba— y descansar un rato entre la gente que no hace mucho tiempo hubieran sido sus amigos. Ser un intruso en su propia casa era una sensación bastante rara e incómoda. No era el amo de su casa. Y sin embargo, a la mañana siguiente de su llegada, su esposa no solo se sentía como en casa sino que parecía estar conquistándola.

—Sirvientas, vuestra primera tarea del día, sobre todo en los meses de invierno, es abrir los postigos de todas las habitaciones de la planta inferior y subir las alfombras de las chimeneas para atizarlas. —Kate se detuvo frente a dos criadas pelirrojas, que evidentemente eran gemelas—. Barreréis las cenizas de las rejillas y las depositaréis en los cubos pertinentes para su posterior filtrado. Dos veces al mes puliréis los muebles con mi mezcla especial de aceite de linaza, vinagre y sales, cuyas proporciones exactas os anotaré después. Empezaremos con el vestíbulo principal e iremos subiendo. —A la primera gemela le dijo—: Jenny, te proclamo capitana de lo que llamaremos el equipo de la torre este. —Se volvió hacia la segunda gemela—: Millie, tú encabezarás el equipo de la torre oeste. ¿Entendido?

Con los ojos como platos porque esta debía de ser la primera vez que tenían algo de autoridad, las chicas asintieron al unísono.

—Ajá, señora. Ay, sí, señora.

—Los miembros del equipo ganador, el que complete su territorio primero y lo haga mejor, claro, ganará medio día extra de paga dependiendo de su antigüedad, ¿de acuerdo?

Esto último llamó la atención de todos. Enderezaron la espalda y levantaron la barbilla. La hilera de empleados pasó de ser un semicírculo a una línea recta.

—¡Medio día extra! ¡Fantástico! —dijo alguien desde atrás.

La tercera criada levantó la mano con indecisión. Kate asintió para darle el turno de palabra.

—¿Y qué hay que hacer con el estudio del señor, *milady*? —preguntó—. No está en ninguna de las dos alas.

Kate titubeó por primera vez desde que Rourke la conociera.

—Yo me ocuparé de la limpieza y el aireado de esa sala. —Con el rostro iluminado, repasó al grupo con la mirada—. Nos reuniremos aquí cada lunes a la misma hora para informar de los progresos, así como para hablar de cualquier dificultad que se nos presente. Ahora

podéis iros, pero si tenéis alguna pregunta, no dudéis en hacérmela. Hasta que encuentre a un ama de llaves adecuada, trabajaré con vosotros.

Rourke esperó hasta que el grupito se dispersara y entonces siguió bajando las escaleras. A punto de llegar abajo, carraspeó para avisarla de que se acercaba.

—Buenos días, Kate.

Con el corazón en vilo, bajó el último escalón.

Ella se sobresaltó igualmente y se dio la vuelta.

—Buenos días. —La mirada que le lanzó insinuaba que su presencia acababa de enturbiar el ambiente.

—Veo que ya te sientes como en casa. —Era una frase algo tonta, pero tenía que decir algo, ¿no?

Ella frunció el ceño.

—Lo intento, al menos, aunque no consigo localizar al señor Cheevers. Cuando pregunté por él, casi todos hicieron como si nunca hubieran oído hablar de él.

Él dudó.

—Estoy seguro de que... no sé, andará renqueando por ahí. —Esperaba que la cojera le hubiera llevado a la estación de trenes a recoger su equipaje.

Kate suspiró.

—Esto está hecho un desastre. —Arrugó la frente mirando al techo—. Anoche había una gotera. Mandé a Jenny que la limpiara. Empiezo a pensar que son las telarañas las que sujetan los techos.

Rourke se metió en el papel otra vez, esbozó una sonrisa alegre y le dio una palmada en la espalda, lo justo para hacer que se moviera de su sitio.

—Claro, el polvo y las telarañas son pan comido para un ama de llaves como tú. Además, ¿crees que esa es manera de hablar de nuestro hogar? Es aquí donde pasaremos nuestros primeros días, y

noches, como marido y mujer. —Bajó la voz y añadió—: Mi madre solía decir que una mujer recuerda toda la vida la cama donde perdió su virginidad.

Ella le acalló con la mirada.

—¿Tienes que ser tan basto a estas horas de la mañana?

Se le acercó, le rodeó la cintura con el brazo, bajó la voz y le acercó los labios, que a punto estuvieron de rozar su deliciosa oreja.

—Ahora estamos casados, Katie. Cuanto antes te acostumbres a mis vulgares costumbres escocesas, mejor será para los dos.

Ella se zafó de él.

—Ya vi demasiadas vulgaridades el otro día; voy a tener para cincuenta años, al menos. Y ya que sacas el asunto a colación, deja de dirigirte a mí con ese apodo tan ridículo. Me llamo Katherine.

Él sonrió entonces, contento por haberle buscado, y encontrado, las cosquillas.

—Pues para mí no lo es.

Kate resopló.

—Eres imposible, pero supongo que ya que estás aquí, querrás desayunar.

Eso le sorprendió.

—¿Hay desayuno? —Como hecho a propósito, le rugió el estómago. Aparte de las alitas de pollo que había comido a toda prisa la noche anterior, no había ingerido gran cosa.

Ella asintió y puso rumbo al comedor sin mirarle; al parecer esperaba que le siguiera.

—Espero poder servir un desayuno completo a finales de semana, pero de momento tendremos que conformarnos con tarta y pastas frías —añadió, de camino. Le acompañó hasta su silla y se dio la vuelta para irse.

Rourke se detuvo, asombrado. Un mantel de lino limpio cubría los tablones que conformaban la mesa de anoche. Alguien había limpiado el polvo del antiguo aparador y habían colocado encima varios hornillos. Sobre la mesa se había dispuesto una jarra con lo que parecía ser café, cubiertos y platos para uno. En la chimenea, que habían barrido, ardía un hermoso fuego.

Entró y volvió la cabeza hacia Kate.

—Vaya, qué generosidad.

—Tendrás que servirte tú mismo —dijo ella, en lugar de hacer caso del halago—. Hasta que contrate a más criados de la ciudad, no puedo prescindir de ningún lacayo que sirva las comidas. —Se dio la vuelta para marcharse.

—¿Te vas? —La idea de sentarse solo a desayunar como solía hacer le pareció de repente algo triste—. ¿No desayunas? ¿Acaso sigues llena de la cena de anoche?

Casi esperaba que le diera un bofetón por decir aquello, pero solamente frunció los labios.

—Yo ya he desayunado, gracias.

Eso explicaba el brillo de sus ojos y el rubor de sus mejillas.

—Entonces quédate y hazme compañía mientras desayuno yo.

Ella dudó y se mordió el labio inferior que él apenas había probado la noche anterior.

—Me quedaré, pero solo un rato.

Satisfecho por haberlo conseguido, se acercó al aparador. Descubrió los hornillos y encontró entonces bizcochitos, un platito con mermelada y otro de crema, y una tarta fría que, según le dijo Kate, llevaba riñón y carne.

Rourke se sentó y le dio un mordisco a un bizcochito mientras Kate le servía el café.

—Qué bueno. La cocinera sabe bien lo que se hace.

Ella dejó la jarra en la mesa.

—En realidad lo he hecho yo.

—¿Cocinas?

Ella asintió y acto seguido se dio la vuelta para colocar los platos en el aparador.

Él la miró por encima del hombro y se encontró al nivel de su hermoso trasero.

—¿Desde cuándo cocina la hija de un conde? —Consiguió preguntarle sin atragantarse.

Ella se encogió de hombros y se dio la vuelta para mirarle.

—Hace mucho tiempo que me apasiona esto de llevar un hogar. Soy una gran discípula de la difunta señora Beeton.

Kate se acercó a la mesa y volvió a levantar la jarra para rellenarle la taza de café. Casi se había acabado el bizcochito y ella aún no se había sentado.

Absorto como estaba mirándola —tenía el cuello más elegante que había visto nunca—, tardó un momento en recuperar el hilo de la conversación.

—Lo siento, pero ¿quién es esa señora... Beeton?

—Quién era, mejor dicho. La pobre murió a los veintiocho años. —Aunque ella no lo dijo, notó que estaba pensando que esa era su edad—. Isabella Beeton es la autora de *El libro de la señora Beeton sobre gestión del hogar*. Se publicó hace décadas y está descatalogado. Es un libro maravilloso, lleno de todo tipo de información y recetas muy útiles para cualquier menester, ya sea limpiar unas botas o hacer un bizcocho. Por desgracia, llevaba un ejemplar en el baúl extraviado.

Tuvo que reprimirse para no acariciarle la mano.

—Tengo la sensación de que pronto nos devolverán el equipaje, tal vez hoy mismo. Pero, por favor, ¿no quieres sentarte un ratito?

A diferencia de la noche anterior, cuando se esforzaba por ser grosero, esta vez se levantó y le apartó la silla junto a la suya.

Ella dudó un momento y luego se sentó, tras lo cual él volvió a su asiento. Kate le miró un buen rato.

—Sé que posees alguna línea de ferrocarril, al menos una muy larga, pero más allá de eso no sé a qué te dedicas —empezó a decir—. Para bien o para mal, ahora estamos casados. Quiero entender tu trabajo de verdad. Si fueras un hacendado, un terrateniente de algún tipo con arrendatarios que criasen ovejas y cultivasen maíz, tendría una ligera idea, pero del comercio no sé mucho.

Él abrió la boca para asegurarle que no era un caballero ni nada de eso, pero volvió a cerrarla. El sarcasmo era lo último que necesitaba ahora, y menos viendo que ella estaba dispuesta a poner de su parte. Y más que eso, porque dudaba que a muchas mujeres de su posición les preocupara demasiado de dónde salía el dinero que pagaba sus vestidos, sus joyas y sus criados, siempre y cuando no dejara de llegar.

—En general, las empresas ferroviarias más grandes buscan hacerse con las más pequeñas e independientes —empezó a explicarle, alentado por su interés—. Para la empresa compradora, es un buen negocio ya que resulta en mayores beneficios y dividendos para el accionista. Para el viajero, depende. En algunos casos, un monopolio puede hacer que los billetes suban de precio y el servicio sea de menor calidad. Sin embargo, en nuestro caso, me gusta que los usuarios también se beneficien. La adquisición de líneas más pequeñas nos ha permitido ampliar los servicios como empresa. Por ejemplo, de no haber comprado la línea Edimburgo-Glasgow, ayer hubiéramos tenido que bajar y cambiar de tren, que es una incomodidad, sobre todo en los meses de invierno. Pero de esa manera pudimos estar cómodos, calentitos y secos en nuestros asientos las ocho horas que duró el viaje.

Esperaba que ella le dijera que no habían estado precisamente calientes y secos al llegar a su destino. Pero no fue así.

—¿El tren en el que viajamos ayer era uno de los tuyos? —preguntó ella entonces.

—Sí, así es.

La locomotora con su vanguardista motor de vapor y sus vagones brillantes de color negro y rojo era todo un orgullo para él.

—Cuando asumí el control de... cuando compré el paquete de acciones de la Edimburgo-Glasgow, lo primero que hice fue deshacerme de los trenes viejos y equipar los nuevos con vagones restaurante, lavabos... —Se calló por miedo a aburrirla.

No obstante, Kate no parecía aburrida en lo más mínimo. Tenía la vista clavada en el diamante que llevaba en la oreja izquierda.

—¿Entonces sí eres un pirata?

El brillo de sus ojos le confirmó que estaba de broma. Sin embargo, creyó conveniente darle una respuesta seria:

—Sí, supongo que lo soy. Es el mundo de los ricos, Kate. Para los que no hemos nacido con este privilegio, saquear y desvalijar son frecuentemente las únicas formas de mejorar las condiciones de vida de nuestra gente.

Sorprendentemente, ella no le rebatió el argumento y asintió con un leve movimiento de cabeza.

—Mi padre no ha hecho otra cosa que despilfarrar la fortuna con la que nació. Si la casa no estuviera protegida de tal modo que solo pudiera transmitirse a los herederos, ya no quedaría nada de nada. Tal vez tengamos sangre azul, pero está envenenada por la ludopatía. Hay que ingeniárselas mucho para seguir manteniendo las apariencias. En algún momento, hace falta ganarse ese dinero. —Se mordió el labio y bajó la mirada; arrancó un hilo suelto del mantel de lino.

Rourke sintió una punzada de culpa, ya que se había aprovechado de la adicción al juego de su padre para que ella se casara con él. Entonces fue como si le cayera un rayo encima. Qué imbécil había sido por no haberse dado cuenta antes.

—Ese es el motivo de que te prestes a que Hadrian te haga fotos para esas postales, ¿verdad? Hacer de modelo no era un pasatiempo sino una forma de ganar dinero. Porque te pagaba, ¿no?

Hasta ahora había pensado que lo de hacer de modelo para Harry era una afición, un pasatiempo para satisfacer su vanidad. Menuda tontería. Y vaya hipocresía. Resulta que él, que tanto criticaba a los que juzgaban a los demás por las apariencias, no hacía otra cosa que aparentar.

A ella se le encendió la mirada y se apartó de la mesa.

—Sea cual fuere el acuerdo que tuviera con el señor St. Claire, es un asunto privado.

Rourke alargó el brazo y le tomó la mano, no para agarrarla si no para consolarla.

—Si te sirve de algo, Harry nunca ha dicho nada. Pero no me equivoco, ¿verdad?

Ella suspiró y volvió a sentarse bien; no le apartó la mano.

—No me pagaba un salario, si eso es lo que quieres decir. Las modelos no aceptamos dinero, pero en mi caso llegamos a un acuerdo. En contrapartida por posar para él en exclusiva, me daba la mitad de las ganancias de cada postal que llevara mi imagen y se vendiera en su tienda. No era mucho dinero, pero sí lo suficiente para cubrir las cuentas de la casa y tener tranquilos, que no contentos, a los acreedores. O al menos no tenerlos muy enfadados para que no llevaran a papá a los tribunales. Era un acuerdo estrictamente comercial —añadió mientras levantaba la vista como si le leyera la mente.

Era absurdo, pero le dolía que Harry hubiera sido el que la ayudara y no él. No obstante, cuando empezó a hacer de modelo, Rourke aún no la conocía. Y aunque lo hubiera hecho, ella proyectaba tanta confianza y serenidad que dudaba que se le hubiera ocurrido buscar un poco bajo la superficie para descubrir su situación real. La mujer con la que había bailado en el baile benéfico de *lady* Stonevale no parecía necesitar que la rescataran.

Él escondió los insidiosos celos tras una sonrisa.

—Quería casarme con una dama, pero hacerlo con una que además es modelo, bueno, es... mucho.

Ella negó con la cabeza y volvió a bajar la vista.

—Las damas que posan para reproducir su imagen en postales que luego se venden no son nada solo por eso. No soy nadie especial. Cuando la gente corriente nos ve, se imagina que nuestras vidas son fantásticas. Si supieran la verdad...

Se le apagó la voz. Se le enrojecieron las mejillas y bajó la vista. En otra mujer de su edad, un gesto así sería interpretado como falsa modestia, pero en su Kate —había empezado a pensar en ella como suya— era de verdad. El efecto físico resultaba increíblemente atractivo. El rubor de sus mejillas hacía que sus ojos marrones y ámbar parecieran más oscuros y brillantes.

—Ah, Katie, tus delgados hombros soportan una carga muy grande.

«Kate, Katie, deja que yo cargue con ella. Deja que comparta tu vida.»

Ella esbozó una rápida sonrisa, pero su mirada parecía triste.

—Por eso me conocen como Kate, «la que todo lo puede», por motivos que son evidentes. —Como si supiera qué iba a preguntarle, añadió—: Mi madre murió al dar a luz a Bea. Hasta que me casé contigo, yo hacía de ama de casa para mi padre y de madre para mi hermana. Los dos me llaman así. Llevo con ese sambenito desde que tenía diez años. Entonces lo odiaba, porque yo me veía a mí misma como una princesa, pero con los años me he acostumbrado. Tienes que reconocer que me queda bien.

Así pues, eso explicaba su laboriosidad casi febril. Kate creció creyendo que se la valoraba solo por lo que podía hacer por los demás en lugar de sentirse amada y querida por ser ella misma. Hasta ahora, él siempre había pensado que ser huérfano era lo peor que te podía pasar, pero por lo que le acababa de oír, ya no estaba tan seguro. A diferencia de él, Kate no había tenido a ningún Harry, Gavin o Daisy que le enseñaran lo contrario.

—¿Hay algo que quieras para ti? —preguntó él, suavizando el tono. Aún no le había quitado la mano de encima y ella tampoco la había apartado.

Negó con la cabeza.

—No creas que soy tan altruista, porque no lo soy. —Tragó saliva y, al hacerlo, ese gesto se marcó en su hermosa garganta—. Quería muchas cosas para mí: independencia, tiempo para escribir una novela y tal vez algún día encontrar a un editor que quisiera hacer algo con ella; chocolate y un caballo.

Reparó en que había utilizado el pasado; no había dicho «quiero» sino «quería», como si pensara que por el hecho de casarse todos sus sueños quedaban anulados. En lugar de abordar el asunto en ese momento, él dijo:

—No sabía que escribías. —Con una curiosidad genuina, añadió—: ¿Y qué clase de cosas escribes? Si no te importa contármelo, claro.

Las aspiraciones literarias eran una novedad, pero se le antojaba una persona tan reservada que no quería entrometerse y molestar.

Ella se encogió de hombros y él dejó de apretarle la mano.

—En su mayoría, historias breves, y algún poema que otro. Algún día me gustaría probar con una novela. Tal vez fueran unos sueños pequeños, una frivolidad por mi parte, pero eran míos, me hacían ilusión y ahora ninguno de ellos se hará realidad.

Él pensó que habían vuelto al cuadrilátero de boxeo y que había caído porque su oponente acababa de propinarle un puñetazo en la boca del estómago.

—¿Y crees que casarte conmigo significa que tienes que renunciar a ellos? —¿Tan cazurro le consideraba?

Solo obtuvo su silencio por respuesta.

Rourke sacudió la cabeza.

—Tengo un establo lleno de caballos, varios árabes, e incluso una yegua a punto de parir. No hay motivo por el cual no puedas montar

en el que quieras, bueno, en todos salvo en uno. —Su adquisición más reciente, un semental espléndido, *Zeus,* al que aún no habían podido ensillar—. Y puedes escribir tus poemas o lo que quieras escribir, y que te los publique quien quieras. Yo no sé mucho de esas cosas, pero echaré abajo las puertas de las editoriales con los puños desnudos si hace falta para que lean tu trabajo.

—¿Y no te importa?

Él negó con la cabeza; se sintió algo avergonzado al ver que a ella le sorprendía tanto que fuera razonable e incluso generoso.

—¿Por qué iba a importarme? Igual que yo me dedico a mis negocios durante el día, tú también puedes dedicarte a lo tuyo. En cuanto al chocolate, puedes comer todo el que te apetezca. Hay una tienda de dulces en High Street con montones de chocolate. Incluso lo importan de Bélgica.

Ese pensamiento le hizo saltar a otro. Ralph aún no había aparecido y empezaba a pensar que tal vez había surgido algún imprevisto al recuperar el equipaje. Hasta que no lo recuperaran, su esposa solo tendría un vestido: ese saco sin forma que le colgaba de los hombros. Tendría que acercarse un momento a la estación.

Al final, él apartó la mano de la suya.

—Voy a la ciudad... a hacer unas gestiones. ¿Y si me acompañas? Podemos comprar una de las cajas más grandes de bombones que tengan... y al menos un vestido.

Rourke examinaba los dos vestidos que la propietaria de la tienda le mostraba y sacudía la cabeza.

—El verde es muy llamativo y el rosa es demasiado infantil. Mi esposa es una dama y aunque su figura es pequeña, es una mujer hecha y derecha.

Kate, con la combinación y una bata que había tomado prestada del probador, pensaba que, para un hombre que decía no saber nada de moda femenina, tenía opinión para todo. En cuanto a lo de comentar su estatura, es verdad que era pequeñita, pero eso tampoco era tan extraño. Seguro que él estaba más acostumbrado a las escocesas corpulentas y duras que podían arar un campo y parir el mismo día.

La modista local, la señora MacBride, respondió con un resoplido.

—Le aseguro, señor, que estos colores son la última moda, de París, ni más ni menos.

Kate tenía serias dudas de que el vestido verde de cuello alto con las enaguas de tartán fuera importado, pero por esa vez se abstuvo de decir lo que pensaba. Hasta que llegara su equipaje, si es que aparecía, solo podía llevar el vestido de viaje que ahora estaba hecho unos zorros. El dobladillo seguía manchado a pesar de que esa misma mañana lo había frotado con fuerza.

Impaciente por salir de la tienda, le dio un toquecito en el brazo. Solamente accedió a acompañarle cuando le dijo que podría llevarla a las oficinas de la gaceta local para poner un anuncio en busca de un ama de llaves.

—Tal vez podríamos comprar una pieza de tela y uno de esos libros de patrones que tienen ahí. —Le señaló una pared donde había varias publicaciones de moda en un expositor de madera.

—¿También coses?

Ella asintió.

—Un poco.

De hecho, cosía mucho y no como un pasatiempo sino por necesidad. Si él supiera cuántos de los vestidos, tanto suyos como de su hermana Bea, había confeccionado a partir de patrones que ella misma había dibujado tras ver las ilustraciones en *The Queen Magazine*,

Sylvia's Home Journal y *Harper's Bazaar*, no la tacharía de esnob tan a la ligera.

—¿Que mi esposa se va a coser su propia ropa como si fuera una vulgar costurera? ¡Ni hablar!

Ya estaban otra vez; pasaba de la razón a la locura en un abrir y cerrar de ojos. Kate suspiró hondo y apretó los dientes.

—Por favor.

Y «por favor» debía de ser la palabra mágica porque, de repente, su expresión huraña se suavizó y en sus ojos se apagó el destello de locura. Se volvió hacia ella y al mirarla se le cortó la respiración.

—Muy bien, si eso es lo que quieres.

Con las compras hechas y cargadas en el carruaje —parecía que tenía también un almacén de carruajes además de establos—, salieron a la calle.

—Lo siguiente es la tienda de dulces, creo —dijo Rourke.

Desde la conversación que mantuvieron por la mañana, él se había mostrado sospechosamente complaciente y generoso. Vaya, vaya. Decidida a aprovecharse de su buen humor, durara lo que durase, le peguntó:

—¿Crees que la propietaria me dejará colgar un cartel de estos en su escaparate, igual que la señora MacBride?

Miró el montón de carteles que llevaba en los brazos y que había hecho a toda prisa. Si quería volver a escribir, tenía que encontrar a un ama de llaves lo antes posible.

Él se detuvo en seco y le sonrió tanto con los labios como con la mirada.

—Si la miras como me estás mirando ahora, creo que no tendrá más remedio que decirte que sí.

Algo cohibida, se tocó el sombrerito que acababan de comprar para asegurarse de que lo llevaba bien puesto.

—¿Cómo estoy?

Rourke le tomó la mano y se la acercó a los labios, esos labios tan cálidos y húmedos que tanto le apetecía besar.

—Adorable y encantadora, esa boca tuya es más dulce que cualquier cosa que haya en esa confitería.

El destello salvaje había vuelto a su mirada, pero esta vez vio que no era de locura sino de... pasión.

—¡Rourke!

Dio un paso al frente y ambos cuerpos se rozaron.

—Bésame, Kate.

Ella se apartó y miró a la calle que había detrás de él y de sus anchas espaldas. Algunos transeúntes pasaban por ahí cargados con bolsas, como una chica con los ojos desorbitados y risilla nerviosa. Kate miró a su marido.

—Estamos en mitad de la calle.

Él abarcó su cintura con ambas manos y muy a su pesar, ella se fundió con la calidez de sus grandes palmas.

—Sí, lo estamos, pero ahora estamos casados. Bésame. Bésame como lo haría una amante, como si lo sintieras de verdad.

Se quedó inmóvil. El corazón le había dado un vuelco y tenía la respiración entrecortada. Y entre los muslos, notaba un calor dulzón cada vez más intenso.

—¿Acaso te da vergüenza que te vean conmigo? —A pesar del brillo de su mirada, tenía la sensación de que esta vez se lo preguntaba en serio.

Negó con la cabeza.

—No es eso.

—¿Entonces de qué se trata? Ya no estamos en Londres. Lo único que verán los transeúntes es a una pareja de recién casados que se muestran un poquito de cariño en la calle.

—¿Un poquito de cariño? ¿Así es como lo llamas? Ya te he dejado que me engatusases dos veces para besarte en público y mira cómo ha acabado todo.

—Como tenía que ser. —La atrajo hacia sí y se inclinó, prácticamente rozándole los labios con los suyos.

—Vaya, menuda coincidencia.

Se separaron. Rourke, que trataba de recuperar el aliento, soltó la cintura de Kate y se dio la vuelta. Un cabriolé se había detenido a su lado.

Su criado de Londres, Ralph o como fuera que se llamara, se asomó por la ventanilla abierta del carruaje.

—¿Vienes de la estación de trenes? —le preguntó Kate, volviendo a la realidad—. Nosotros íbamos allí ahora para preguntar por el equipaje extraviado. Si hubiéramos sabido que venías, hubiésemos ido juntos.

Algo asombrada por la cantidad de veces que había hablado en plural en esa breve interacción, miró a Rourke, preguntándose si se habría dado cuenta. Sin embargo, su marido tenía el ceño fruncido y la mandíbula apretada.

—Sí, señor Sylvester, si hubiera tenido a bien compartir sus planes con nosotros, hubiéramos ido todos juntos.

—No hace falta, *milady*. Lo tengo todo aquí. —Señaló el maletero del carruaje.

—¡Tienes mi baúl! —Dio una palmada y añadió—: En ese caso supongo que podemos volver a casa juntos.

—Sí, claro.

Más tarde, Rourke, apoyado en el lavamanos, asió la cuchilla recién afilada y se dio la primera pasada por el rostro enjabonado.

—Podrías haberte abstenido de parar.

Ralph le pasó una toalla —que acababan de lavar— y se encogió de hombros.

—Es que era ahora o nunca. Ese carruaje iba por High Street a toda máquina. Además, pensé que le alegraría saber que había recuperado el equipaje. Me ha parecido que *lady* Kate o, mejor dicho, la señora O'Rourke se ponía muy contenta. —Le guiñó un ojo, pero él no estaba para bromas.

Mirándose en el espejo, enfurruñado, se echó la toalla por encima del hombro y secó la cuchilla en la tela.

—¿Te las das de *dandy* y no se te ha ocurrido que tal vez estuviera en mitad de algo importante, por decirlo de algún modo?

Ralph dejó la botella de ron en el lavamanos, junto a la jarra y la palangana. Sus ojos marrones se clavaron en los de Rourke en el espejo.

—Es tu esposa. Puedes besarla en cualquier momento... ¿o no?

No tenía respuesta para eso, al menos todavía no. Como marido suyo que era, estaba en su derecho de hacer más que besarla. Pero por muchas ganas que tuviera de acostarse con ella, de hacerle el amor de todas las maneras a las que ella accediera, se dio cuenta de que quería más que sexo. Templar su terquedad era una cosa, seducirla por la fuerza era otra completamente distinta. Allí en High Street, con sus labios rozándose, entendió que lo físico ya no bastaba.

Además de sexo, quería hacerse hueco en su alma, de cuya belleza empezaba a darse cuenta ahora.

Ralph se acercó al baúl. Le oyó decir junto a la cama:

—Por cierto, el equipaje no es lo único que he recogido en la estación.

Desde que abriera el «manual con consejos matrimoniales» de Ralph, recelaba de cualquier regalo inesperado.

—¿Me lo abres? —Se volvió hacia el espejo y terminó de afeitarse.

Acababa de enjuagarse la poca espuma que le quedaba en las mejillas cuando oyó una carcajada seguida de una exclamación:

—¡Esto sí que es bueno!

Rojo como un tomate, Ralph se le acercó con un libro encuadernado en piel en las manos.

—No va a creerse lo que sus amigos Daisy y Gavin le han enviado como regalo de boda.

No hizo falta que se pusiera las gafas para leer el título en la cubierta desgastada. Sea como fuere, lo sabía.

—¿No será un ejemplar de *La fierecilla domada* por casualidad?

Ralph asintió.

—Tal como la escribió el Bardo. Parece que la obra es la sensación del momento.

Capítulo 10

«No se había visto nunca un matrimonio tan alocado.»

WILLIAM SHAKESPEARE, Gremio.
La fierecilla domada.

Una semana después

La semana siguiente fue un no parar; Kate trabajaba incansable para que en la casa empezara a verse algún atisbo de orden. Aunque la esperada ama de llaves seguía sin aparecer, había contratado a un par de muchachas de la aldea para que le echaran una mano. Los criados de siempre, sobre todo las gemelas, parecían tener un corazón de oro y una predisposición genuina para aprender. Al final de la semana, todos funcionaban como un reloj. El aspecto de las estancias principales de ambas torres había mejorado notablemente; habían barrido las chimeneas, habían sacudido las alfombras y las cortinas y habían abrillantado los muebles además de la plata. Como le habían devuelto el baúl, volvía a tener el libro de la señora Beeton consigo. Igual que *Toby*, que no la perdía de vista, el tomo desgastado y ajado, era su fiel compañero mientras hacía las rondas diarias.

Su otro «compañero», su marido, era más complicado de tratar. Intentaba ser una contendiente digna en esa guerra dialéctica, pero inventarse insultos empezaba a requerirle mucho esfuerzo. Le daba la sensación de que se estaban haciendo amigos. En el transcurso de sus desayunos y sus cenas habían empezado a salir las confidencias. Cuando ella reconoció que no había montado en años porque, de pequeña, su padre había perdido su poni a las cartas, él le secó con la mano la lágrima que se le resbalaba por la mejilla. De igual modo, Rourke le habló de su orfandad y de cómo había acabado metiéndose en líos con la ley hasta que le enviaron a un orfanato en Kent, Roxbury House. Allí había conocido a sus tres mejores amigos: Harry, Daisy y Gavin. Se hacían llamar el Club de los huérfanos de Roxbury House. Ese nombre hizo sonreír a Kate; le había tocado la fibra sensible. Por las historias que él le había contado hasta entonces sobre sus reuniones secretas en el ático y sus aventuras varias, parecía que habían sido una panda de pillos y que, más que amigos, formaban una familia. Que su marido se hubiera sobrepuesto a tanta miseria y hubiera llegado a amasar su actual riqueza era toda una cura de humildad y una sorpresa enorme para ella.

Empezaba a encariñarse con su marido escocés, tan grandote como campechano. Al principio le veía como un rufián alocado, un trepa y un bravucón, pero el hombre trabajador y agradable al que estaba empezando a conocer, y que le gustaba, no encajaba con ninguno de sus prejuicios. Ya fuera asistiendo en el parto de un potrillo con las manos desnudas o reflexionando con unos informes de inversión en las manos y las gafas con montura de metal que se le resbalaban por su nariz rota, lo último que quería en ese momento era regañarle.

Lo que de verdad deseaba era hacerle el amor.

Desde aquella primera noche, no había habido más «serenatas» a medianoche, ni visitas nocturnas de ningún tipo. Su matrimonio seguía siendo una incógnita. Sabía que se había casado con ella por su sangre azul y su capacidad de darle hijos —como el caballo árabe que acababa de comprar para sus establos, vaya—, pero dormir en habitaciones separadas no era la mejor manera de engendrarlos. Cansada de esperar a que se lo pidiera, hizo que recogieran las cosas de su cuchitril y las llevaran al dormitorio que había junto al de él. Desconocía si eso le gustaría o le molestaría. De momento ni siquiera se había dado cuenta. La puerta del vestidor adyacente seguía cerrada, aunque no con llave, al menos por su parte.

En pleno trajín, llegó una visita sorpresa de Londres. Kate estaba en el salón principal tratando de decidir si cambiaba las cortinas de terciopelo en ese momento o esperaba a la primavera —momento en que las sustituirían por unas de una tela más ligera—, cuando alguien carraspeó para llamar su atención desde el umbral.

—Tiene una visita, *milady*. —Jenny, la criada, le hizo una reverencia y retrocedió a la espera de su respuesta.

Kate la miró con aprobación; se sentía muy satisfecha consigo misma. Llevaba el pelo peinado, las uñas limpias y los ojos le brillaban como dos botones; igual que el castillo, ella también mostraba signos de mejora. Aunque aún no habían llegado los uniformes elegantes que le había pedido a la señora MacBride, los criados realizaban sus tareas con una dignidad renovada.

Cuando Jenny le reveló la identidad de su misteriosa visita, Kate esbozó una sonrisa.

—Dile que suba, por favor.

Tras un par de minutos, su amiga y anterior criada, Hattie, apareció en la puerta. La mujer iba muy elegante con un sombrero de plumas y un vestido de algodón, claro que no debía sorprenderle ya que había sido ella quien le había enseñado a coser.

—¡Hattie! —Cruzó la sala corriendo y la abrazó con fuerza.

Su amiga le devolvió el abrazo y, al cabo de un rato, se apartó. Sin soltarla, examinó su rostro.

—Señorita Kathy... digo, *milady*... señora O'Rourke... Ay, no sé cómo llamarla, lo único que sé es que me alegro de ver a mi niña.

—Yo también me alegro de verte. ¿Quieres sentarte?

Hattie dudó un momento, pero luego se sentó en un sofá de terciopelo y durante los minutos siguientes, estuvo contándole las novedades de su casa.

—¿Cómo van los preparativos de la puesta de largo de Bea? —la interrumpió Kate.

La criada hizo una mueca.

—Su tía Lavinia se ha traído a una francesita moderna para que le haga de criada. Es evidente que la chiquilla sabe más de peinados y de moda que yo. —Bajó la vista y se miró las manos, entrelazadas en el regazo—. Por eso he pensado en venir a ver si necesitaba ayuda en su nuevo hogar, pero tendría que haber sabido que ya tendría criada. —Aun con la cabeza gacha, vio cómo se le borraba la sonrisa y sacudió la cabeza—. Tal vez tendría que haber enviado un telegrama antes, pero... La verdad sea dicha, *milady*, necesitaba salir de Londres una temporada.

—Pues claro que sí, puedes quedarte todo el tiempo que quieras —le dijo. Entonces, se le pasó algo por la cabeza y aunque había sido de repente, se dio cuenta de que era lo más lógico—. ¿Te gustaría asumir el cargo de ama de llaves?

La mujer levantó la cabeza de repente. Se quedó con la boca abierta.

—Pasar de chica para todo a ama de llaves... Eso sí es un ascenso —añadió.

Su amiga estaba de acuerdo.

—No obstante, tiene sentido, ¿no crees? Después de haber llevado a cabo tantas tareas distintas en una casa, estás perfectamente capaci-

tada para supervisar a los demás. Y además me harías un favor. —Aunque le encantaba el trabajo, porque hacer de ama de llaves era arte y ciencia a partes iguales, tenía muchas ganas de volver a escribir.

—De acuerdo, lo haré.

En los días sucesivos, siguieron una agradable rutina de trabajo, empezando por la taza de té de primera hora de la mañana que se tomaban en la habitación de Hattie. Tenían una relación muy estrecha, pero desde la primera mañana intuía que algo no andaba bien. Fuera lo que fuese lo que hubiera empujado a Hattie a marcharse de Londres, debía de ser algo más que el simple deseo de cambiar de aires. Al tercer día, cuando Kate llamó a la puerta a la hora de siempre, ella tardó en responder. Cuando lo hizo, vio que su delgado rostro tenía un color ligeramente verdoso.

—Ay, Hattie, estás enferma. Vendré en otro momento. ¿Quieres que te traiga algo?

Ella negó con la cabeza y le hizo un gesto para que entrara.

—No se preocupe, *milady*. Lo que tengo no es contagioso. —Soltó una débil carcajada. La mirada apagada de los ojos de su amiga la preocupó mucho más que la palidez de su semblante.

—No estás bien. ¿Quieres que llame a un médico de la ciudad? En el despacho de mi marido tenemos un teléfono.

—Estoy embarazada, *milady*.

Kate tardó un minuto entero en asimilar la noticia. A pesar de su aspecto juvenil, Hattie debía de tener ya los cuarenta.

—Sé lo que está pensando, *milady*, una mujer de mi edad. Pero ese hombre tenía los ojos más brillantes y la sonrisa más hermosa que he visto nunca y... Bueno, muchas noches cuando todo el mundo está acostado y las labores de la casa ya están hechas, una mujer se siente sola.

Aunque Kate no dijo nada, la entendía perfectamente. Cuántas noches había pasado ella en su cama con dosel, sola, imaginándose lo que sería sentir el fuerte cuerpo de su marido en el colchón, con sus

manos curtidas acariciándola, su bonita boca besándola en lugares que nunca antes pensó que dejaría que la besaran.

Se espabiló para volver a centrarse en el aprieto que les ocupaba.

—Haré todo lo que esté en mi mano para ayudarte —dijo—. Mantengo lo que te dije el otro día. Puedes quedarte todo el tiempo que quieras.

Hattie sacudió la cabeza y la luz del sol que entraba por la ventana se reflejó en las hebras plateadas escondidas en su melena rubia.

—Un ama de llaves embarazada no sirve de nada. Volveré a casa antes de que se me empiece a notar.

Kate le rodeó los hombros con un brazo.

—Nada de eso. Te quedarás aquí donde pueda cuidarte como es debido.

Hattie esbozó una sonrisa.

—Eso es lo que dice ahora, pero puede que su marido piense de otro modo.

Kate estaba tan acostumbrada a tomar las decisiones sola que, hasta entonces, ni siquiera había contemplado que Rourke tuviera una opinión al respecto. A muchas amas de llaves las habían despedido sin darles referencias siquiera en cuanto se les empezaba a notar el embarazo. Kate estaba resuelta a evitar que le ocurriera eso a Hattie. De momento su marido no se había entrometido en la gestión de las labores del hogar y estaba decidida a que eso no cambiara. Mientras, si no lo sabía, tampoco podría hacerle daño, ni a él ni a los demás, por decirlo de algún modo.

—No te preocupes, Hattie. Al final las cosas se arreglan solas.

Eso último solía decirlo su padre. Se lo repitió la mañana de su boda. A regañadientes, Kate reconoció que estaba en lo cierto. Hasta la fecha, el matrimonio no había resultado ser el yugo que imaginaba antaño. De hecho, deseaba poder pasar más tiempo con su marido y no menos.

Hattie se recostó en el sofá.

—Mire que lo intento, pero en realidad no lamento lo que ha pasado. No espero que lo entienda, *milady*. Usted es muy joven y encantadora, y está acostumbrada a que los hombres la sigan como perritos. Y ahora está el señor, que bebe los vientos por usted y no puede siquiera perderla de vista.

¿Rourke bebía los vientos por ella? Le dio un vuelco el corazón, que después empezó a latirle descontrolado. ¿Era posible que Hattie, con el poco tiempo que llevaba con ellos, hubiera visto algo que a ella se le había escapado?

Con el corazón en un puño, se acercó al borde de la butaca; esperaba que las ansias no se le reflejaran en la cara.

—¿Qué has dicho?

—Que solía...

—No, después de eso. Lo que has dicho de mi marido. —«Mi marido.» La fluidez con la que esas palabras salieron de su boca era pasmosa—. ¿Qué te hace pensar que me quiere?

Hattie se sonrojó.

—No he debido decir nada, *milady*. He hablado a destiempo. No es cosa mía meterme en ese asunto, pero no he podido evitarlo. He visto cómo la sigue con la mirada cuando está ocupada haciendo sus cosas. Estoy convencida de que la quiere, que la ama con todo su corazón, aunque es demasiado orgulloso y receloso para decírselo.

Kate recordó entonces la conversación que mantuvieron el otro día durante el desayuno. Se levantó de la silla para servirle más café y él le pidió, enfadado, que volviera a sentarse.

«—¿Por qué siempre tienes que tener cosas que hacer? ¿Temes que si pasas mucho rato sentada alguien te descubra?

Kate, que de repente se puso nerviosa, levantó el vaso de agua para asegurarse de que no tuviera ninguna mancha.

—¿Que me descubra? No sé a qué te refieres.

—Yo creo que sí. —Sus ojos color esmeralda no se apartaban de los suyos—. Que eres humana al fin y al cabo, tan humana como los demás.»

«Tan humana como los demás.»

En aquel momento no le dio más importancia, pero ahora cayó en la cuenta de que su brusquedad podría indicar que a él tampoco le gustaba dormir solo, igual que a ella. Al menos, eso esperaba.

Se volvió hacia la criada.

—¿En serio crees que el señor Rourke se preocupa por mí? —Sabía que era sonsacarle información de una forma descarada, pero si aún quedaba esperanza, tenía que saberlo.

La mujer puso los ojos en blanco como si creyera que acababa de hacerle una pregunta tonta.

—Ese hombre removería cielo y tierra si le dedicara una sonrisa de vez en cuando. Ya sabe lo que dicen: se atrapan más moscas con miel... que con vinagre.

Después de la tortuosa última semana y media, Kate estaba dispuesta a dejar que la miel fluyera. Solo esperaba no quedar atrapada en ese mejunje pegajoso.

Más tarde ese mismo día, Kate se bebió una copita de jerez para que le diera fuerzas antes de salir del dormitorio a buscar a su marido. El silencio al otro lado de la puerta del vestidor le confirmó que él no se había ido aún a dormir. No era infrecuente. Solía quedarse hasta tarde en la biblioteca, no bebiendo como su padre, sino revisando detenidamente los informes de los ferrocarriles y las carteras de valores de los inversores.

Antes de salir, se miró en el espejo para ponerse el batín de seda. Eso y el camisón a juego que llevaba debajo eran las únicas prendas que había comprado como «ajuar». El escote recto y pronunciado del camisón llevaba perlitas y brillantes, y la parte de la falda se le ajustaba a las caderas y los muslos. La seda era de un tono rosa pálido casi transparente. Se había dejado el pelo suelto y se había pasado el último cuarto de hora cepillándose las ondas para darles más brillo. Con el suave fulgor de las lámparas, tenía los ojos muy brillantes y los labios de un delicioso tono rosa; aunque si esto último se debía al jerez, a la emoción o a ambas cosas, no lo sabía. A diferencia del día de su boda, tenía más aspecto de novia que de solterona, o eso esperaba. Rezaba para que su marido la viera hermosa.

Bajó las escaleras en zapatillas, sin hacer ruido, con una vela en la mano, diciéndose que este alejamiento nocturno resultaba absurdo y casi pueril. Era una tontería seguir así. Estaban casados, al fin y al cabo. Tal vez la boda tuvo el carácter de un sainete, sí, pero los trámites fueron legales. Ahora que estaban casados, lo mejor sería que lo aprovechara al máximo, «fueran fecundos y se multiplicaran», como aconsejaba la Biblia. Rourke no negaba haberse casado para tener descendencia, herederos de sangre azul. Y aunque ella no lo había reconocido nunca, le gustaría tener un hijo, bueno, hijos. Hasta entonces se decía a sí misma que le bastaría con ser la tía solterona que adoraría a los hijos de su hermana Bea, pero ya no se creía esa mentira.

Bajó del descansillo y echó un rápido vistazo a su alrededor. Todos en la casa estaban acostados ya, aunque eran solo las once. Se ciñó el cinturón del batín y puso rumbo a la biblioteca, en la parte trasera de la casa. Para ser un castillo, no era muy grande, pero hasta con el personal adicional, solamente usaban una pequeña parte de las habitaciones.

Se detuvo frente a la puerta de la biblioteca y llamó con suavidad. Lo hizo con tanto cuidado que era apenas audible, sobre todo por el pitido de los oídos y los latidos del corazón. Como no oyó que le diera permiso para entrar, pensó que había salido, pero no, la franja de luz

que se veía bajo la puerta le confirmaba que había estado allí, aunque ahora ya no estuviera. Sin embargo, allí había alguien ahora, seguro, porque les había insistido mucho a los criados en que apagaran el fuego de las chimeneas o las lámparas antes de retirarse a dormir.

Cuando no respondió nadie al segundo toque —esta vez más fuerte—, abrió la puerta y entró. Unos ronquidos atrajeron su mirada hasta la mesa. Rourke estaba desparramado en su butaca de piel; su pañuelo estaba hecho un ovillo encima del papel secante que tenía frente a él. Llevaba algunos botones de la camisa desabrochados y el cuello almidonado abierto, con lo que se le apreciaban los músculos del cuello. También llevaba la camisa arremangada, con lo que se le veían los fuertes antebrazos de vello dorado y rojizo. Le miró la cara. Tenía el pelo cobrizo revuelto, como si se hubiera peinado con los dedos, no una sino varias veces, y las gafas de metal se le habían caído hasta la punta de la nariz. Los ojos tras el cristal estaban cerrados. Al acercarse, Kate suspiró. ¿Cómo no se había dado cuenta de lo increíblemente atractivo que era?

Dejó la vela al borde del escritorio, con la esperanza de que el ruido le despertara, pero no lo hizo. Entonces se fijó en el pañuelo que se había quitado y el libro boca abajo que había a su lado. A diferencia de los libros inmaculados que copaban las estanterías de la biblioteca, este no era nuevo. De hecho, la encuadernación de piel estaba ajada y la estampación a mano del lomo había perdido parte de dorado. Igual que su admirada Isabella Beeton, Kate respetaba mucho los libros y tenía una opinión muy concreta sobre cómo había que cuidarlos. Dejar un libro abierto así significaba correr el riesgo de romper el lomo. Si resbalara y cayera al suelo, las delicadas páginas de vitela quedarían irremediablemente dobladas.

Como de costumbre, se fijó en el título del lomo del volumen. Las letras grabadas a mano en la piel habían perdido el tono dorado, pero aún eran legibles. *La fierecilla domada*. Qué raro. Nunca hubiera dicho que Rourke fuera lector de Shakespeare o de obras de teatro. Por

lo que le había contado, hasta que su amiga Daisy, esposa de Gavin, había debutado en Drury Lane como Rosalinda en *Como gustéis* la primavera anterior, nunca había pisado un teatro de verdad. Resuelta a no despertarle, se inclinó, levantó el libro y lo cerró bien. Al hacerlo, una nota de vitela cayó de entre las páginas.

La recogió y miró la caligrafía, clara y precisa. Quienquiera que hubiera escrito la nota tenía buena letra y lo más seguro es que fuera un hombre.

> *¿Qué regalarle a un hombre que lo tiene todo? Daisy y yo estuvimos pensando en ese dilema y al final nos decantamos por esto. Léelo como una obra de teatro o úsalo como un manual con consejos matrimoniales, como tú creas conveniente. Sea como fuere, espero que disculpes este regalo de boda tan poco convencional. Solo queremos contribuir un poco a allanar el camino del amor verdadero.*
> *Muchas felicidades.*
>
> *Gavin y Daisy.*

¿Un manual con consejos matrimoniales? Hacía años que no había leído el clásico y no tenía muy buena memoria. Al pasar rápidamente las páginas, algo mohosas, sin preocuparse entonces por lo antiguo que era el libro, sintió que las piezas de un puzle extraño empezaban a encajar. Qué vergüenza. La ropa ridícula que Rourke había llevado a la iglesia, el modo en que la sacó arrastrando del almuerzo nupcial, el equipaje extraviado, la penosa caminata desde la estación al castillo, la cena del día de la boda que no era lo bastante sabrosa para compartir con ella... todas estas escenas las había sacado de la obra del dramaturgo para doblegar su ánimo, para domarla. ¡Pues menudo manual con consejos matrimoniales! Su marido no solo estaba leyendo la obra de

Shakespeare, sino que la estaba adaptando para... tomarla por tonta.

«Todos hacemos locuras por amor.»

La otra noche estaba demasiado aturdida para recordar al autor de esta cita, pero ahora ya se acordaba: era de Shakespeare, claro.

Se fijó en su cara —qué inocente parecía mientras dormía— y le entraron ganas de darle con el libro en la cabeza. Pero no, con un cogote tan duro como el suyo, lo único que acabaría abollado sería el libro. La señora Beeton se revolvería en su tumba.

Kate volvió a insertar la nota entre las páginas y dejó el libro cerrado en el estante. Estaba furiosa y no menos herida. En su interior —un pequeño resto de la muchacha romántica e ingenua que solía ser—, había llegado a creerse que a Rourke le importaba de verdad. Las palabras de Hattie habían alimentado las llamas de su esperanza. Al encontrar la obra y la nota confirmó que no era muy distinto de Dutton o de los demás supuestos caballeros de los que huía en Londres. Igual que ellos, Rourke solo la veía como una conquista que ganar y que acabó ganando. No, ganando no... rompiendo.

Retrocedió hacia la puerta mientras el dolor iba transformándose en una firme determinación. Ganaría a Rourke con su propio juego, se volvería tan desagradable y tan desobediente que al final acabaría alegrándose de cargarla en el primer tren a Londres. Siguiendo los pasos de otras parejas modernas, no haría falta que se vieran más de una o dos veces al año. De hecho, no hacía falta que se vieran siquiera.

Salió al pasillo. Contuvo las ganas de dar un portazo y cerró la puerta sin hacer ruido. Había bajado con la esperanza de que su marido y ella pudieran empezar el siguiente capítulo de sus vidas como amigos, amantes y, algún día, padres. Pero ahora sabía que eso no ocurriría nunca. Rourke y ella eran un libro cerrado. Decidió que esta vez ni Shakespeare ni unos amigos entrometidos escribirían la escena final.

Rourke se levantó sobresaltado y casi se cayó de la silla. Había estado soñando con Kate, aunque eso no era una novedad. Sin embargo, el sueño de esta noche parecía diferente de algún modo, demasiado real. Incluso despierto, el recuerdo seguía presente. Era una locura, pero juraría que había estado en el despacho con él. Siempre había pensado que las alucinaciones eran jugarretas de la mente que afectaban la vista, pero estaba convencido que había captado el olor a naranja de su pelo.

No obstante, viendo el ritmo vertiginoso que llevaba durante el día, seguro que su esposa se había acostado hacía ya un buen rato. Kate era la mujer más hacendosa que hubiera conocido nunca. Encontrarla sola durante el día le estaba resultando imposible. La mujer funcionaba como una máquina industrial: sus delicadas manos siempre estaban ocupadas en alguna tarea de vital importancia. En poco más de una semana, había transformado su castillo de unas ruinas destartaladas en un hogar elegante, se había ganado a los criados, a los aparceros y a los vecinos por igual. Qué equivocado estaba al pensar que se había casado con una bruja malcriada y egoísta. Ya fuera repitiéndole una receta a la cocinera medio sorda con suma paciencia, entregándole una cesta de comida a un arrendatario postrado en la cama o supervisando la mezcla de un remedio natural para aliviar a su anciano vecino, que padecía de gota, Kate era la persona más generosa y menos egoísta que conocía. Al parecer, la lengua viperina la reservaba solo para él, si bien sus arrebatos dialécticos le resultaban más divertidos que molestos.

Reparó en la obra de teatro que tenía encima de la mesa. Lo raro era que no recordaba haber cerrado aquel libro. Tal vez lo hiciera en sueños. Se había vuelto a quedar dormido mientras leía, o mejor dicho, mientras lo releía, en busca de los párrafos con recomendaciones o pistas sobre cómo seguir enamorando a su esposa. Desafortunadamente, en la obra, la seducción de Petruchio y la rendición de su amada ocurrían entre bambalinas. Además, Shakespeare tampoco se había dignado a explicar cómo esa mujer se había convertido en una arpía.

En cuanto a la suya, pensaba que ya lo había averiguado. Al verla como una persona y no como una conquista, tenía la sensación de que sus comentarios sarcásticos y sus estallidos de mal humor no eran los de una mujer pérfida, sino los mecanismos de defensa de una que está sola y se siente vulnerable. Cuando el otro día le contó que su padre y su hermana la llamaban Kate «la que todo lo puede», notó el dolor que se escondía bajo el orgullo que demostraba. Al pensarlo ahora le sobrevino el sentimiento de culpa porque pensó que tal vez él no era tan distinto al inútil de su padre, a la mimada de su hermana o a los mamarrachos de Londres que la habían cortejado. Igual que ellos, él la había utilizado, en este caso para impulsar sus ambiciones sociales y reafirmar su orgullo. No le extrañaba que no le quisiera cerca de su cama por las noches. Desde que se mudara a la habitación contigua, dormía con una oreja atenta, pero hasta entonces no la había oído llamar a la puerta que conectaba ambos dormitorios ni una sola vez.

Rourke se levantó y rodeó el escritorio. Se acercó a las primeras estanterías, dejó el libro que le habían regalado Daisy y Gavin en una. Quería a su esposa en la cama, pero más que nada en el mundo, la quería en su vida.

Hasta ahora se había convencido de que domarla era una especie de rehabilitación parecida a la transformación que él y sus otros amigos huérfanos habían sufrido en Roxbury House. Dedicar sus esfuerzos a esa noble empresa le había parecido que le haría tanto bien a ella como a él. Cuando dejara de tener ese temperamento y se tranquilizara, podrían ser felices, estaba convencido. Pero por primera vez desde que se la llevara a rastras de la iglesia y la subiera al tren, empezaba a dudar de la pureza de sus motivos. La había acosado como si fuera una presa y atrapado en un matrimonio que ella rechazó desde el primer momento. Nunca había tenido en consideración su felicidad. De hecho, ni siquiera había considerado ese aspecto... ni a ella.

Ahora que se daba cuenta, vio que ya no le importaba eso de domarla. De repente, cambiar a Kate se le antojaba como de un orgullo desmedido. No obstante, quería ganársela.

Y para eso, estaba claro que la obra no servía.

A la mañana siguiente, Kate entró en la sala del desayuno tan radiante y hermosa con su vestido nuevo de color verde botella que a Rourke le dio un vuelco el corazón nada más verla.

—¿Salimos a montar, eh?

—¿Salimos? No sé tú, pero yo sí voy a dar un paseo. —Sacó un platillo de porcelana del aparador y se dispuso a llenarlo, sin dignarse a mirarle siquiera. Cuando se sentó a su lado, a él le pareció notar como si un vendaval de aire gélido hubiera entrado en el salón.

Alargó la mano para acariciarle el brazo.

—¿Puedo acompañarte?

Ella se apartó como si la hubiera tocado con un brasero en lugar de hacerlo con la mano.

—No. —Bajo el fino velo de su sombrero de montar, ella le fulminó con la mirada—. Y te agradecería que no me manosearas en la mesa.

Su desprecio le recordó ese día de hacía casi dos años cuando la había llevado a montar a Hyde Park. Entonces ella también le acusó de manosearla. ¿Tanto terreno había perdido de la noche a la mañana?

Precisamente el otro día le había dado una vuelta por sus establos y le había enseñado todos sus caballos, incluyendo a *Zeus,* su mejor corcel árabe. Rourke había mandado llamar a un domador de Derby. Hasta que ese hombre llegara, al caballo no lo podía tocar nadie que no fuera él o el encargado del establo. Kate miró al semental que piafaba en su compartimento y le dijo que le bastaría con montar a *Buttercup* o a otro caballo más dócil.

Seguramente se había levantado con el pie izquierdo. O eso o es que estaba en esos días del mes. La verdad es que no tenía manera de saberlo. Antes de acostarse la noche anterior, pensó en llamar a la puerta, pero al poner la oreja en la madera, no oyó absolutamente nada en la otra habitación.

El perro se le acercó lentamente. Entre palabras de cariño, Kate se inclinó y le rascó detrás de las orejas. Al ver la elegancia y la gracilidad de sus dedos, dedos que aún tenía que notar en su piel desnuda, Rourke supo que estaba celoso... celoso de un perro.

Ella dejó el platillo en el suelo y apartó la silla para levantarse.

—Me marcho.

Rourke se incorporó.

—¿Estás segura de que no quieres compañía?

Ella dudó un momento y luego le lanzó su mirada aristocrática, esa mirada que le traspasaba como diciéndole que era invisible para los de su clase. Y luego aspiró, era ese gesto con la nariz como indicándole que estaba sucio y que no olía tan bien como ella. Al final esbozó una sonrisa burlona —la típica sonrisa desdeñosa— para hacerle saber que por mucho dinero que ganara, nunca sería digno de ella. Y entonces le cortó, le cortó como un diamante corta un cristal de lo más común.

—Estoy muy segura de que no quiero la tuya.

Su propia esposa le había despreciado de la peor manera posible.

Estupefacto, Rourke se fue al despacho a trabajar, pero no podía hacer otra cosa que mirar el libro mayor con indiferencia. En ese momento, las filas y columnas de números podrían ser jeroglíficos egipcios porque no los entendía. Siempre tuvo un don para el cálculo, pero

ahora no sabía si uno más uno eran dos.

No había manera. Cerró el libro de cuentas y repasó mentalmente el extraño episodio del desayuno. La irritabilidad de Kate le recordó a esa vez en Roxbury House, de niño, cuando se dejó engañar por Harry y Gavin para tocar un nido de avispas con la punta del pie. El resultado había sido el mismo al abrirle el corazón a Kate, algo que en aquel momento le pareció una buena idea: había acabado con picaduras por todas partes.

Y él que pensaba que estaban estrechando lazos o al menos que su relación era un poco más cercana. Durante las últimas semanas, su batalla dialéctica se había convertido en un flirteo velado más que en una declaración de guerra. Una oleada de deseo desenfrenado impregnaba cada gesto, cada mirada y cada caricia. Al igual que los detonadores de explosivos que solía utilizar para abrir túneles donde antes solo había roca, sería cuestión de tiempo antes de que uno o ambos explotaran. Era algo inevitable. La cortejara o no, Rourke acabaría acostándose con su esposa.

Cuando oyó que llamaban a la puerta del despacho, agradeció el momento de distracción. Aunque debería controlar su gratitud, se le ocurrió que podría ser ella.

—Entra.

La puerta se abrió, pero no apareció su esposa sino Hamish Campbell, el responsable del establo. Tratando de acallar su decepción, le hizo un gesto para que entrara. Hamish se quitó la gorra de *tweed* y bajó la mirada.

—¿Qué se te ofrece, Hamish? —le preguntó Rourke impaciente.

El criado levantó la vista de la gorra que retorcía entre las manos y le devolvió una mirada angustiada.

—Pues exactamente no lo sé, señor O'Rourke. No estoy muy seguro de si he hecho bien en venir.

—Mi puerta siempre está abierta para ti, ya lo sabes. Ahora dime,

¿qué te pasa?

Hamish resopló.

—Entrometerse entre un hombre y su esposa, con cuentos e historias, no es lo mío, señor. Ya lo sabe.

—Va, hombre, desembucha —le espetó Rourke con el corazón en un puño.

—Es su esposa, señor. Ha venido al establo hace poco y me ha pedido que le ensillara a *Zeus*. He intentado decirle que sus órdenes son que nadie se acerque a ese caballo sin su permiso, pero... no ha querido escucharme. Ella misma ha ensillado al caballo y ha salido galopando.

Notó un nudo en la boca del estómago. Ese caballo era prometedor, pero de momento era un salvaje. Había perdido la cuenta de las muchas veces que se había escapado del establo y había saltado la valla.

—Has hecho lo correcto al venir a verme. —Ya se había incorporado, rodeó el escritorio y se acercó a la puerta—. ¿Hace mucho que ha salido?

—Pues hará cosa de diez minutos.

Pensó en reprenderle por haber esperado tanto tiempo, pero la verdad es que no tenía tiempo para hacerlo. Kate ya le llevaba diez minutos de ventaja, suponiendo que hubiera conseguido no caerse. Si no, estaría herida o algo peor. Esa idea de «algo peor» le aceleró el pulso y el corazón, que juraría estaba a punto de hacerle un agujero en el pecho.

Encontró el pomo de la puerta, pero se le resbaló. Con un pie en el pasillo, ni siquiera miró atrás.

—Que me ensillen el caballo de inmediato.

«Cuando te ponga las manos encima, Kate...»

Dejó el pensamiento a medias porque le aterrorizaba la alternativa.

«Que te den, Rourke.»

Kate hincó los talones en el costado del semental y el animal salió disparado por la puerta del establo. Se agachó y se aferró al caballo clavándole las rodillas. El sombrero le salió volando, pero en lugar de preocuparse por eso, se regocijó por sentir el sol de invierno en la cara y el viento despeinándole la melena. Pasaron como un zumbido por el potrero, la cochera y muchas otras dependencias. A su izquierda había unas tierras en barbecho. A su derecha estaba el camino que llevaba a la casa del guarda y, más adelante, la carretera principal.

Dirigió al caballo hacia el campo. La valla baja sería un salto fácil; más allá, el terreno era llano, además. Por el mapa de la finca que había visto en el despacho de Rourke, podía montar durante varias leguas y no encontrarse siquiera una colina. Con suerte, *Zeus* acabaría cansándose y dejaría que ella llevara las riendas.

—Kate. ¡Kate!

Oyó el grito de un hombre a sus espaldas. No le hizo falta darse la vuelta para saber quién era: Rourke.

—Detente, Kate. He dicho que te detengas.

Pensó que ya le había demostrado lo que quería decirle y hubiera dado por terminada la lección práctica a su marido, lo que pasaba era que el semental tenía una opinión muy distinta. Puso rumbo a la carretera a galope.

El miedo se apoderó de ella y sustituyó la alegría desmesurada que la había embargado segundos antes. La carretera principal no era lugar para un caballo salvaje. Los carruajes, los setos y los demás conductores suponían un gran riesgo. Tiró de las riendas hacia arriba con fuerza; no le gustaba nada hacerle daño al animal en las encías, pero no tenía otro remedio si quería refrenarlo. El animal chilló y se echó hacia atrás, tras lo cual se puso a dos patas y la zarandeó en un intento de quitársela de encima. Kate se quedó boca abajo. Durante unos segundos aterrado-

res, un pie se le salió del estribo.

El animal volvió a ponerse a cuatro patas. A pesar de ese movimiento que le había revuelto el estómago, había conseguido no caerse de la silla al agarrarse con fuerza con las piernas. Este episodio le daba derecho a jactarse de por vida, siempre y cuando no acabara la mañana desnucándose.

—¡Kate!

Rourke apareció a su lado, montado en su alazán, y llegó a la altura de *Zeus;* la respiración cansada de ambos animales formaba sendas nubes por el frío. Kate se arriesgó a mirar a su marido de soslayo. El sudor le empapaba la cara de frente a mandíbula y le caía por la camisa, que empezaba a estar empapada.

—Haz que se detenga antes de que te partas el cuello o te lo parta yo.

—¡Eso intento! —gritó ella, aunque dudaba que lo hubiera oído.

De repente, apareció ante ella un seto más grande de lo que parecía en la distancia. Rourke estiró el brazo y tiró de sus riendas con fuerza. Se acercó algo más y le hizo colocar las manos en el borrén delantero de la silla.

—¡Sujétate!

Eso estaba intentando. Aunque medio salvaje, *Zeus* aminoró para galopar al ritmo del caballo de Rourke. Hicieron falta unas vueltas más por el campo para conseguir que los caballos dejaran de galopar. En cuanto se despistó, Rourke la agarró por la cintura, la levantó y la sentó en la silla delante de él. Unos segundos más tarde, *Zeus* echó a galopar a sus anchas.

Hamish Campbell entró en el prado por debajo de la valla y se les acercó corriendo.

—¿Se encuentran ustedes bien?

Kate tardó un minuto entero en estar segura del todo.

—Yo... Sí, creo que sí. Pero el caballo...

Se quedó mirando las nubes de polvo que se levantaban del suelo y

se le cayó el alma a los pies. Un caballo desbocado no solo era un peligro para sí mismo sino también para los demás. Lo último que quería era que alguien resultara herido, ya fuera hombre o animal.

El responsable del establo se quitó la gorra y se pasó la mano por el pelo, cada vez más escaso.

—Algunos muchachos han ido tras él. No se preocupe, al final lo recuperaremos.

La voz de Rourke fue más grave y áspera, y el brazo que tenía en su cintura la sujetaba de tal forma que no podía escapar.

—Yo en tu lugar, Katie, me preocuparía más por mí.

Capítulo 11

«Algo de viento basta para transformar en un gran fuego otro pequeño; pero un huracán acaba con un incendio. Pues bien, yo seré para ella el huracán, y preciso será que ceda. Enérgico soy y no de esos enamorados con los que se juega como si fuesen chiquillos.»

WILLIAM SHAKESPEARE, Petruchio.
La fierecilla domada.

Esa misma tarde, Kate salió de la bañera y se envolvió con la toalla. El baño largo y caliente había sido mano de santo para sus músculos doloridos. Ojalá un corazón magullado fuera igual de fácil de aliviar.

La puerta del vestidor se abrió de par en par y golpeó la pared. Rourke apareció en el umbral; su espalda abarcaba todo el espacio. No le sorprendió mucho verle. Había estado dando vueltas por el dormitorio desde que regresaron al castillo y cada uno se fuera a su habitación.

Ella levantó la barbilla y se ciñó la toalla. Estaba empapada, sí, pero él tenía un aspecto aún más salvaje. Llevaba la camisa blanca arrugada y abierta hasta el ombligo como si hubiera empezado a quitársela y luego hubiera cambiado de opinión. Se quedó absorta mirando el vello fino y rojizo que le desaparecía bajo la cinturilla del pantalón, y notó un cosquilleo en el vientre.

Él apoyó una mano en el marco de la puerta y la repasó con la mirada. Kate era muy consciente de que el agua le perlaba la piel y de que tenía los pezones duros debajo de la toalla y las piernas al descubierto de rodillas para abajo. De repente, y a pesar de que la estancia era enorme, le pareció que le faltaba el aire.

—Podrías haber llamado.

Él resopló y eso la hizo pensar en el semental. Ambos eran bestias arrogantes acostumbradas a salirse con la suya.

—Sí, podría haberlo hecho, pero ahora mismo no siento mucha cortesía hacia ti. —Se le acercó—. Tendrías que haberme obedecido. Tu desobediencia ha provocado la pérdida de un animal valioso y ha puesto en peligro la vida de aquellos que han tenido que ir tras él. Además, me has hecho parecer un imbécil delante de mis hombres. Nadie respeta a un hombre que no puede controlar a su mujer. —Llegó a su lado, tan cerca que por un momento Kate pensó que acabaría cayéndose de espaldas en la bañera.

Ella se encogió de hombros y se le resbaló un poco la toalla.

—Entonces creo que has escogido la mujer equivocada.

—Equivocado o no, lo hecho, hecho está. Soy tu marido. Eso me hace responsable de ti.

—Y un cuerno. —Introdujo un brazo en el batín de seda sin dejar de sujetarse la toalla con la otra mano—. Marido, sí, pero amo y señor, no.

Unas palabras muy osadas y, sin embargo, su cercanía era como una droga: la mareaba y la hacía sudar. Su olor almizclado lo llenaba todo.

Quería probar su sabor y seguir el camino del vello que le cruzaba el pecho, con los dedos primero y después con la lengua.

—Los votos que hiciste ante Dios no dicen lo mismo. La obediencia solo era una parte de lo que prometiste. Unos votos que hiciste por voluntad propia, te recuerdo.

—¿Por voluntad propia? ¡Ja! Será que tuve mucho poder de decisión, si ya le habías comprado la deuda a papá.

Él entrecerró sus ojos esmeralda.

—Hicimos un trato. Prometiste obedecerme y yo, por mi parte, juré protegerte y mantenerte, adorarte con mi cuerpo y guardarte fidelidad. A ninguno de los dos se nos ha dado bien cumplir nuestra parte del trato, pero eso, querida esposa, está a punto de cambiar.

Rourke alargó el brazo y se le cayó la toalla. Kate se quedó mirándola en el suelo y luego levantó la vista hacia él.

—¿Qué demonios crees que estás haciendo?

—Darte lo que has estado pidiendo desde que nos conocimos.

Ella trató de taparse con las manos, pero él la atrajo hacia sí y le inmovilizó los brazos. Sus senos acabaron atrapados contra su pecho. Olía a almidón, a sudor, a ron y a hombre. La rigidez de su camisa y la aspereza de los rizos en su torso le rozaban los pezones. Más abajo, notaba su calor y su erección en el vientre.

Su cálido aliento le acariciaba la mejilla y sus ojos verdes le abrasaban la piel. Le hincaba los dedos en el brazo.

—Quiero que te pongas a cuatro patas encima de la cama. Ahora.

Se le cortó la respiración y negó la cabeza. Hiciera lo que le hiciese, no podía perder el control, no podía perderse.

—No pienso hacerlo.

Él la levantó en brazos. La cama estaba a un par de pasos de allí. Presa del pánico, le propinó un arañazo en la cara. Él retrocedió y soltó un improperio.

—Menudas zarpas tienes, Kate. Qué salvaje.

La lanzó al centro del colchón y dio un paso atrás. Kate aterrizó a cuatro patas. Trató de levantarse, pero él era tan rápido y fuerte que no pudo escapar. Se arrodilló en la cama a su lado y el colchón se movió como si fuera una hamaca.

—Ven aquí. —La agarró y se la puso encima de los muslos—. Tú y yo tenemos una cuenta pendiente. Una cuenta que quiero saldar aquí y ahora.

Tenía el rostro encendido, el sexo húmedo y un cosquilleo en el vientre. Con una mejilla contra el colchón, intentó incorporarse de nuevo, pero él le rodeaba la cintura con un brazo e impidió que se levantara.

—Deja que me incorpore.

Él hizo caso omiso.

—Cuando era pequeño, me ataron al poste de los azotes. Me dieron cincuenta azotes con el flagelo, Kate. Seguro que tú puedes soportar la mitad si te los doy con la mano.

¡Veinticinco azotes! Ya suponía que iba a azotarla cuando se la puso encima de las rodillas, pero hasta ese momento no había caído en lo que eso significaba de verdad.

Recibió el primer golpe.

—Uno.

Furiosa, ella intentó levantarse empujando con los brazos, pero no le sirvió de nada.

—Dos. —La mano bajó con más fuerza esta vez. Ella apretó los dientes para no gritar.

—¡Tres!

La humedad se desató entre sus muslos. El leve dolor del principio aumentó de repente.

—Cuatro. Tienes un trasero muy bonito. Es pálido como un rayo de luna y jugoso como un melón. Las marcas de mi mano quedan muy bien pintadas en este lienzo. —Con una mano le acarició la zona que

acababa de azotar y después le recorrió las nalgas con las yemas de los dedos.

Ella se estremeció y contuvo un jadeo. Le vino a la cabeza la imagen de sus manos, esos novillos marcados, las palmas callosas y sus dedos gruesos que sabían dónde presionar, cómo tocar. La estaba azotando como si fuera una niña traviesa, una chica mala, una esclava. La estaba azotando e, inexplicablemente, tenía ganas de más. Hundió el rostro en el colchón y se aferró a las sábanas con fuerza; sus caderas bailaban con el ritmo que marcaba su mano. No solo la estaba azotando, la estaba marcando. La marcaba como suya.

Y lo más vergonzoso, lo más humillante para ella, era que no quería que parase. Veinticinco azotes no le parecían suficientes. Cada golpe la elevaba a un nuevo nivel de placer, como si se diera cuenta de que ceder y dejarse llevar podía ser sublime.

Lo necesitaba.

Como si notara este cambio, él empezó a acariciarla por delante. Una mano tomó posesión de su pubis, que apretó ligeramente.

—Te doy lo que quieres, ¿eh? Ya lo suponía. —Le introdujo un dedo y presionó un punto sensible, pero muy placentero, que no había descubierto hasta entonces.

Kate levantó la cabeza. Gimió y se volvió para mirarle. Ceder el control resultaba sorprendentemente excitante.

—Más... por favor.

—Te daré más, cariño. Te daré todo lo que quieras, todo lo que puedas aguantar.

Se incorporó, llevándosela consigo. No habían llegado a los veinticinco azotes, o eso era lo que le parecía a ella. Esta vez la tumbó de espaldas y se le puso encima. Se le colocó a horcajadas y con los muslos le apresó las caderas. Con sus grandes manos le juntó las muñecas y le inmovilizó los brazos por encima de la cabeza. Notaba la humedad entre los muslos y el pulso casi líquido del sexo. Se notaba el trasero en

carne viva, si es que no le había hecho ya alguna herida. Se cambió un poco de postura, disfrutando del escozor.

Él le acercó la cara. El sudor le perlaba la frente y el hilo de sangre del arañazo que le había hecho le corría por la mandíbula. Ella también le había marcado; lo había marcado como suyo y ver la marca la embargó de orgullo.

—Dime que deseas esto, Kate.

Ella abrió la boca para contestar, pero no pudo hacer otra cosa que gemir. Su cuerpo sabía lo que quería y lo que necesitaba, aunque ella no lo supiera. Al igual que Rourke. Se ayudó de una rodilla para separarle las piernas y le introdujo un segundo dedo entre los labios.

Kate inspiró hondo. Sus dedos se movían como unas tijeras; hacían que se abriera más e intensificaban la sensación. Pensó en lo abierta que estaba, en lo atrapada y a la vez completamente libre que se encontraba, y le salió un sollozo sin querer.

«Lo necesito.»

Cuando él le soltó una muñeca para desabrocharse los pantalones, ella ni siquiera pensó en apartarse. Su vista se posó en su bragueta, donde ya asomaba su largo y grueso pene entre el vello rojizo y rizado que escondía sus testículos. Después, cuando tuviera las dos manos libres, le tocaría y le lamería, le chuparía y le saborearía, pero de momento esas sensaciones eran demasiado abrumadoras, demasiado intensas.

Él se detuvo y la miró a los ojos. Al momento, Kate notó un líquido lechoso en el sexo que empezaba a resbalarle por el muslo.

—Dime que lo deseas. Dime que me deseas a mí —le pidió en un tono ronco y con una respiración cálida.

Esta vez Kate logró hablar también:

—Lo deseo. —«Te deseo.»

Él acercó la punta a ese lugar palpitante entre sus muslos y empujó; la penetración fue enérgica pero hermosa, dura y profunda. La punzada de dolor confirmó que ya había entrado del todo, y se alegró. Él se detuvo un momento, con la frente empapada de sudor, que le resbalaba incluso por el cuello.

—¿Kate?

Por ahora ya sabía lo que él quería de ella y conocía también el camino a ese lugar dentro de su alma que le permitía rendirse y ceder.

—Por favor.

Rourke se le puso encima, entrando y saliendo, y a través de esa neblina que le nublaba la consciencia, se dio cuenta de que ella también se estaba moviendo. No contra él, apartándose, sino con él. El ritmo que marcaban ambos cuerpos había ido aumentando y se había convertido en algo mágico y terrenal a la vez; algo maravilloso pero aterrador, que prometía llevarla a ese sitio tan extraño y exquisito que tal vez ya había visitado, pero solo en sueños.

En algún momento del que no fue consciente, le había soltado las manos. Le hincó las uñas en los hombros, le rodeó la cintura con las piernas y se aferró a él como si le fuera la vida en ello. Un poquito más arriba, él empezó a rozarle, acariciarle y juguetear con su clítoris. Y entonces notó un dolor de otro tipo que se hacía cada vez más intenso y prometía un fin glorioso. Entregada a la sensación, Kate le acercó las caderas. El trasero le escocía y notaba un calor increíble en la vagina.

—Eres mía. —Gimió y le pasó un brazo por debajo de las caderas para acercársela aún más—. Dilo. —Se retiró y volvió a penetrarla hasta el fondo con fuerza.

Muy cerca del filo de ese placer que la enloquecía, Kate se mordió el labio. Levantó la cabeza, con la esperanza de que, si lo hacía, tal vez él sellara ese bautismo de fuego con un beso.

—Sí, soy tuya.

No la besó pero sonrió con una mirada salvaje, enseñándole los dientes blancos.

—Eso era lo que quería oír.

Entonces volvió a rozarla con el pulgar, o eso pensaba ella, cuya punta notaba rugosa. Empezó a estimular ese botoncito que ella sabía que estaba ahí pero que hasta ahora nunca había visto... acariciándolo una, dos, tres veces...

Kate se dejó caer entre las almohadas y gritó.

Estaban tumbados el uno junto al otro en la cama, con las sábanas revueltas. Las confesiones llegaban con las respiraciones entrecortadas.

Kate fue la primera. Levantó la vista de su pecho, donde le acariciaba trazando círculos con los dedos —y eso que él aún no se había quitado la camisa.

—Lamento mucho lo del caballo. ¿Crees que lo podrás recuperar?

Él volvió la cabeza para mirarla.

—Qué importa el caballo. Te podrías haber hecho daño o quedado lisiada de por vida. Podrías haber muerto, incluso. Por el amor de Dios, Katie, ¿por qué lo has hecho? Si querías desafiarme, podrías haberlo hecho de una forma más segura.

Kate tragó saliva para deshacer ese nudo delator que tenía en la garganta. Esperaba que el dolor se hubiera disuelto para entonces, pero seguía sin desaparecer.

—Anoche bajé... a buscarte. Te encontré dormido en la mesa, pero no fue solamente eso lo que encontré. También encontré la obra de teatro y la nota de Daisy y Gavin. Rourke, ¿cómo pudiste hacerlo?

Él puso los ojos como platos.

—¿Has puesto tu vida en peligro por una obra de teatro? —Soltó un improperio y se pasó una mano por la frente—. No sabía cómo llegar hasta ti, cómo seducirte.

—¡¿Seducirme?! —Recordó que la obra no tenía la culpa sino él y se incorporó ayudándose del codo y llevando la sábana consigo—.

¿Tengo que creerme que hacerme pasar hambre, cansarme y humillarme, tanto en público como en privado, fue todo en pos del amor?

Él se quedó inmóvil.

—Te he azotado, que teniendo en cuenta las circunstancias es mucho menos castigo del que te mereces. Y confiésalo, Katie, te ha gustado lo que ha pasado entre estas cuatro paredes; te ha gustado liberar a Kate «la que todo lo puede» durante un rato y dejarte llevar por mí. Te ha gustado mi mano en tu trasero, el pulgar en el clítoris y que estuviera dentro de ti. Reconócelo o, mejor aún, bésame y deja de preocuparte, yo te domaré, Kate.

Era lo peor que podría haber dicho.

A ella se le encendió el rostro de la vergüenza. No había cambiado nada entre ellos. Él seguía viéndola como un mueble, como una esclava. Había sido un juguete en sus manos y la había humillado de todas las maneras posibles. Le había rogado, le había implorado, que le hiciera esas cosas. La había transformado en una criatura cobarde, una persona en la que ni siquiera se reconocía ya. Y a pesar de eso, se lo había permitido. Más que permitírselo, le había suplicado que lo hiciera, para castigarla, por placer, por él. Por eso podría odiarle toda la vida.

Tiró de la sábana arrugada y se la puso como una capa.

—Puede que te hayas aprovechado de mí esta vez, pero no permitiré que vuelvas a maltratarme.

Nunca se había sentido tan desnuda, tan expuesta. No solo le había dejado el cuerpo marcado: le había desgarrado el alma, despojándola de la superficie civilizada y dejando al descubierto hasta la última fantasía y deseo oscuro.

Él se sentó a su lado. Sus ojos esmeralda se clavaron en los suyos.

—No tengas vergüenza en demostrar que eres una mujer, Katie, con un corazón de mujer y necesidades de mujer. No te avergüences por sentir el deseo ocasional de que te dominen. —Fue a tocarla, pero ella se apartó.

—Vete de aquí.

—¿Katie?

—¿Cuántas veces tengo que decirte que me llamo Katherine?

Kate no bajó a merendar aquella tarde ni a cenar. Rourke comió solo en el gran comedor, aunque básicamente daba vueltas a la comida en el plato. Hasta el perro le rehuía, pues según parecía prefería comer con Kate en su habitación. Por el ruido que había oído a través de la puerta, *Toby* debía de estar degustando un buen manjar.

«Yo te domaré, Kate.»

Si tanto se jactaba de controlar a su mujer, ¿por qué estaba solo en la cama con una erección de campeonato, dolor en los testículos y una herida en la mejilla? Pero esas incomodidades físicas palidecían en comparación con el dolor de corazón.

Se había empecinado en darle una lección, pero resultó que él era un aprendiz igual que ella. Nunca antes se había sentido tan perdido por una mujer, no solo por su cuerpo sino también por su alma. Durante un tiempo, la realidad se había disuelto en una serie de impresiones: su nuca, blanca y fina; su pelo con mechones color miel que caía por el borde de la cama; su peso ligero y sus hermosas curvas cuando la tuvo sobre sus muslos; el sonido del primer azote y después, las estocadas del pene en su vagina. No sabía que una mujer pudiera resultar tan caliente, tan abrasadora, y a la vez estar tan mojada hasta el punto de hacérsele la boca agua. Cuando su simiente acabó en su interior, se notó el pene más duro y largo que nunca.

Habían pasado horas y seguía notando su sabor en la lengua y el olor a su esencia de azahar en la piel. Su pelo olía a cálidos rayos de sol, si eso podía ser posible. Al poco, sacudió la cabeza y pensó en lo idiota que se había vuelto. Estar así de atontado por una mujer, por esta es-

posa suya de lengua afilada, como si fuera un pretendiente enamorado recién salido de una de las páginas de las malditas obras de Shakespeare... ¿qué diantres le había pasado?

«Maldita sea, amo a esa mujer.»

Patrick O'Rourke, que un día fuera carterista, un embaucador de primera y un lince para los negocios, estaba enamorado... enamorado hasta las trancas, de pies a cabeza. ¿Quién hubiera dicho que esa mujer de tamaño bolsillo sería quien le haría entrar en vereda y quien le robaría el corazón igual que él robaba las carteras de los más ricos?

Pensando en el día de su boda, aunque había llegado muy tarde a propósito y se había puesto un disfraz ridículo para vejarla, sintió una deliciosa ligereza en el corazón y estaba muy contento. Por mucho que se dijera a sí mismo que se casaba para vengarse de la humillación en el jardín, ahora tenía que reconocer la verdad: la quería sin más.

Por desgracia, Kate no le quería a él, ya no... si es que alguna vez le había querido. Ella le había rechazado, una más de los seres queridos que le habían rechazado toda la vida. Nunca se había sentido tan deshecho, tan desesperado, tan al borde del precipicio.

Ay, Katie, tengo que derribar tus muros.

La cosa sería evitar que, en ese proceso, su corazón acabara también derribado.

A la mañana siguiente, Rourke estaba solo sentado a la mesa del desayuno, con la taza de café frío en las manos, y dándole vueltas a la comida en el plato. El periódico estaba sin abrir a su lado. A plena luz del día, reconoció que lo de los azotes no era forma de tratar a una esposa virgen. Y, a pesar de todo, había notado que Katie quería y necesitaba la sinceridad brutal del sexo duro, al igual que él. Estas últimas semanas habían estado dando vueltas en círculos, evitándose y bufándose a la cara como gatos callejeros. Lo de *Zeus* le había empujado al límite de la paciencia y la educación. Le helaba la sangre pensar en lo fácilmente que podría haberse partido el cuello, tan fino, tan delicado. Cuando abrió la puerta de su dormitorio, disfrazó su miedo con una rabia virulenta. Y eso que, hasta la noche anterior, nunca le había puesto las manos encima a una mujer, ni siquiera a Felicity. Su pequeña esposa sacaba la bestia que había en él.

Kate entró en el comedor, con el vestido de montar verde y el sombrerito bien calado. Quien no la conociera pensaría que era elegante, serena y muy dueña de sí misma, como si una fotografía del *Harper's Bazaar* hubiera cobrado vida: la imagen perfecta de la feminidad británica de clase alta. Pero a él, su mirada oscura y porte rígido le indicaban lo contrario. Parecía que no era el único que había dormido mal después del tumulto de la noche anterior. Se tocó la herida de la mejilla. ¿No pretendería salir a montar?

Sorprendido y contento de verla, se levantó para retirarle la silla.

—Buenos días, Kate. ¿Has dormido bien? —Él lo había hecho solo a ratos.

Ella le echó un vistazo a la silla y se fue derecha al aparador.

—No te molestes. No me sentaré. —Se sirvió unos huevos con mantequilla en el plato, se volvió y le fulminó con la mirada—. Por desgracia, nunca se me ha dado muy bien dormir boca abajo.

Él abrió la boca para decirle lo bonita que era esa imagen, pero por una vez prevaleció la sensatez. En lugar de eso, dijo:

—No esperaba verte aquí tan temprano. —De hecho, lo que no esperaba era verla.

—Voy a los establos a pedirle perdón al señor Campbell por lo de ayer. —Tapó con fuerza el plato con bacón—. Así que si tu intención era que, además de pegarme, me muriera del hambre otra vez, temo decepcionarte.

—Eso no es lo que... Maldita sea, Katie, ¿por qué no pactamos una tregua? Yo tampoco he salido indemne de todo esto.

—Ya que sacas el tema, ¿cómo llevas la cara? Ese arañazo en la mejilla debe de escocer muchísimo. —Esbozó una dulce sonrisa; la primera desde que entrara.

Rourke se tocó la mejilla que ella le había dejado marcada e hizo una mueca.

—Esta mañana me he afeitado y picaba como mil demonios... y no pongas esa cara de satisfacción.

Ella se acercó a la mesa y dejó caer el plato.

—Pues estoy satisfecha, lo estoy. Estoy contenta del arañazo, al menos. Vuelve a atacarme de esa manera y te arañaré en la otra mejilla para que haga juego.

Exasperado, se pasó una mano por el pelo.

—Por Dios, Kate, ¿por qué me hablas así? Anoche hicimos el amor. Anoche estuve dentro de ti.

Ella miró la puerta abierta.

—Haz el favor de bajar la voz. Los criados, ahora que los tenemos, te oirán.

Cada vez más enfadado, tiró la servilleta encima de la mesa como si fuera un guante.

—Me importa un comino si nos oye el castillo entero.

—Bueno, pues si a ti no te importa, a mi sí. Preferiría olvidar lo que pasó anoche.

De todo lo que le había dicho, los insultos que le había lanzado, este comentario fue el que más le dolió. Entonces, decidió encararse a ella.

—¿Y podrás hacerlo de verdad? ¿Puedes olvidar el roce de mis dedos al jugar con tu botón y mojarse con la crema de tu sexo? ¿Puedes olvidar cómo gemías cuando te introduje los dos dedos y movías ese bonito trasero que tienes como si me pidieras un tercero? ¿Olvidarás cómo te corriste para mí, no solo una sino dos veces seguidas?

Como una yegua pura sangre, el pulso se le marcó en la frente, entre los ojos. Tragó saliva con fuerza y se le marcó en su elegante garganta.

—Un caballero no me echaría en cara un momento tan privado como ese.

—Si por caballero te refieres a esos mariquitas paliduchos que te cortejaban en Londres, no, ninguno hubiera sido lo bastante hombre para ponerte de rodillas. —Alargó el brazo y le levantó la barbilla con sus nudillos marcados—. No, no puedes olvidarlo y no puedes hacer que lo olvide yo tampoco. Te guste o no, me llevas en la sangre y yo te llevo en la mía.

Ese mismo día, algo más tarde, Kate estaba en la habitación de Hattie, sentada sobre un cojín para aliviar el escozor del trasero y su orgullo herido a partes iguales. En verdad, le escocía más por la carrera a lomos de *Zeus* que por los azotes que le había propinado su marido. Por suerte, habían recuperado al semental y los mozos que fueron tras él regresaron tan solo con alguna que otra magulladura.

—Ese hombre, ese hombre exasperante y miserable... ¿Quién se cree que es para tomar una obra, una obra de teatro de Shakespeare, y así devolverme la jugada y domarme? ¡Qué poca vergüenza!

Hattie, frente a ella, tejía lo que parecían unos patucos de bebé y era la imagen misma de la serenidad. Salvo el detalle violento de los azotes, el ama de llaves había oído ya la historia de cómo había descubierto la jugarreta de su marido no una vez sino varias.

Levantó la vista del último punto que había dado.

—Hay quien lo encontraría romántico. Y tienes que reconocer que, durante un tiempo, funcionó. Nunca te he visto más feliz.

Kate le dio otro sorbo al té; la taza humeaba y, muy seguramente, también le salía humo de la cabeza.

—¡Ja! Me arrepiento del día que accedí a bailar ese vals con él. Mi vida se ha venido abajo desde entonces.

Hattie asintió.

—Normal. Te sacó del mismo paraíso. Entre las borracheras y la adicción al juego de tu padre y las pataletas y quejas de tu hermana, me imagino la de momentos felices que te estás perdiendo por estar aquí... en tu castillo, con tu marido, que resulta estar loquito por ti. Te ha tocado la china con tu familia y no te culpo por estar enfadada con ella.

Kate no pasó por alto la ironía. De repente, se sintió triste y sola y harta de todo. Hasta ahora no había hecho más que quejarse del cúmulo de cosas que acabaron poniéndola en esta situación insostenible: la ludopatía de su padre, el egoísmo de su hermana, la promesa que ella misma le hizo a su madre de que se ocuparía de que todo y de que todos estuvieran bien cuidados... todo tenía la culpa, salvo ella.

Ahí mismo, en el dormitorio de Hattie, pensando en los lujos y la seguridad de que disfrutaba ahora y que su ama de llaves no tenía, se planteó qué era eso que presuntamente le habían arrebatado al casarse con Rourke. ¿Servir a su padre, tenerle a cuerpo de rey hasta que fuera un anciano y a ella se le hubiera pasado el arroz? ¿Leer novelas románticas y atiborrarse de chocolate porque en su vida no había amor ni dulzura?

Gracias a Rourke, ya no tenía que preocuparse por su familia. Por ahora se había acabado el agobiarse por que su padre perdiera o ganara jugando o por la dote para su hermana pequeña. Su marido no solo era rico sino muy sensato. A diferencia de su progenitor, no perdería la casa en una partida a las cartas ni se la jugaría como si fuera una sirvienta cualquiera en una apuesta absurda. Su gran «crimen» desde que se conocieron fue apostar que le robaría un beso en público. Llegados a este punto, dejaría que la besara donde fuera.

Se relamió el labio inferior. Así era Patrick: puro control por fuera, pero caos controlado por dentro. Kate quería que perdiera el control; quería perder el suyo con él. Quería perderse en el caos de sus senti-

mientos, perderse en él y ser uno. Quería que se acercaran de la mano al ojo de la tormenta sin miedo, sin reproches y sin mirar atrás.

Sin embargo, aún estaban lejos de ese nivel de confianza. La confianza había que ganársela y no es que no se fiara de su marido, sino que no lo hacía de ella misma. Hasta que le conoció, su existencia se había fundamentado en mantener el control. Al vivir con un borracho, las cosas podían descontrolarse en un abrir y cerrar de ojos. Su función principal había sido la de anticipar los problemas que pudieran surgir y luego tomar medidas para que no pasaran. Se le daba muy bien, pero las semanas de libertad, de estar lejos de esa casa, le habían demostrado lo agotador que resultaba hacer de niñera de su padre. Durante todos esos años había perdido algo valiosísimo, algo menos tangible que *Princess*, su poni. Se había perdido a sí misma. Tenía veintiocho años y no estaba segura de saber quién era, pero fuera quien fuese su auténtico yo, parecía salir, parecía brillar, cuando estaba con Patrick.

No la había domado. La había rescatado.

Aquella noche, Kate inspiró hondo y llamó a la puerta de la habitación adyacente, la de su marido. No le había visto desde la hora del desayuno. Sabía que estaba dentro porque le había oído subir antes. Con el corazón en un puño, esperaba oír sus pasos acercándose a la puerta. Sin embargo, visto el silencio, se preguntó si estaría dormido.

La puerta se abrió un poco y él apareció. Solo llevaba la camisa y el chaleco, ambos abotonados. Sin embargo, su mirada parecía cansada, o eso pensó ella.

Se fijó en lo que esperaba que fuera una sonrisa.

—He venido a invitarte a cenar, a una cena privada en mi habitación —añadió, y se apartó para que él la viera mejor, no la habitación sino a ella.

Había cambiado su conjunto de blusa y falda habitual por un vestido elegante. El satén color burdeos brillaba a la luz de las velas y hacía un frufrú delicioso cuando se movía. Según Hattie, también le resaltaba el color de sus ojos y del pelo. El escote atrevido era más propio de una cena formal que de una familiar. Claro que, si el propósito era reconciliarse con el marido, era perfecto, o eso esperaba.

Él la repasó con la mirada y ella pensó que recelaba. Después de lo acontecido esa misma mañana, tampoco podía culparle.

—¿A qué debo este honor sin precedentes? —dijo él al fin.

Ella se encogió de hombros, pero se le aceleró el pulso. Ya suponía que no se lo pondría fácil.

—Considéralo una tregua, una ramita de olivo. Si dejas de intentar domarme, yo dejaré de buscar maneras de vejarte. ¿Trato hecho?

Él resopló y luego asintió.

—Trato hecho. —Alargó el brazo para darle la mano.

Ella se quedó inmóvil. Esperaba algo más que un apretón de manos para sellar el trato.

—¿Y no me vas... a besar?

—Me lo he planteado, pero sé lo poco que te gustan mis vulgares maneras de escocés.

Kate hubiera dado lo que fuera por ser la destinataria de sus «vulgares maneras de escocés», pero se recordó que aún era temprano. Aceptó su mano, no para darle un apretón sino para hacerle pasar antes de que pudiera echarse atrás.

No se la soltó hasta que llegaron a la mesita redonda que Hattie le había ayudado a preparar. Siguiendo el consejo de su cómplice, había comprado una rosa roja de la única floristería del pueblo y la puso en el centro. En lugar de lamparitas de gas, había encendido varias velas por toda la estancia.

Habían dispuesto varios platos tapados encima de un pequeño aparador.

—Es una cena sencilla. No quería tener que trinchar nada. Espero que no te importe.

Ahora que había llegado tan lejos, estaba nerviosa. Miró el vino, un burdeos que le pidió al señor Sylvester que fuera a buscar a la bodega y que había decantado unos minutos antes.

Él levantó las tapas de los platos y les echó un vistazo.

—No será sopa de rabo de buey, ¿no? —Inspiró hondo.

—Sí, lo es. También hay ternera con salsa, judías con almendras y mantequilla, patatas al horno y crema de jengibre de postre. —Esperaba que en lugar de la crema, quisiera tomarla a ella de postre.

Él la miró a los ojos.

—Son mis platos favoritos.

—Lo sé.

Sirvió la sopa mientras él llenaba las copas de vino. La acomodó en su silla y luego tomó asiento a su lado.

Tomó la cuchara y se detuvo.

—No lo habrás preparado tú, ¿verdad?

—No seas ridículo.

—Entonces, ¿le has echado un vomitivo?

—Nada de eso.

—¿Y veneno? Tengo entendido que el arsénico resulta difícil de detectar.

Ella sonrió.

—De acuerdo, me lo apuntaré, pero de momento, no. —Mientras siguiera bromeando, había esperanza—. Tendrás que probarlo y averiguarlo por ti mismo.

Comieron en silencio durante los minutos siguientes; Rourke, al menos. Ella bebía vino y removía la sopa con la cuchara. Cuando se terminó la copa, fue a por el decantador para rellenar la de su marido y luego la suya.

Él levantó la vista.

—Si no te conociera, Katie, pensaría, qué sé yo, que quieres emborracharme.

Esta vez ella no puso reparos al apodo. De hecho, empezaba a gustarle, al menos por la forma en que sonaba con su acento escocés.

—¿Y si lo hago, qué? —preguntó resueltamente mientras notaba una cierta languidez en las extremidades, cortesía del vino—. ¿Te importaría mucho?

—Tal vez te importe a ti.

Kate lo dudaba. Veía que no era la única a la que le gustaba aferrarse al autocontrol.

—Parece que no quieras demostrar la reputación de los escoceses.

Él dejó a un lado el plato de sopa.

—Me contengo para no tener que ir arrastrándome luego. Como esposa, pensaba que me lo agradecerías y que no te quejarías.

—No me quejo, solo... me parecía curioso.

Eran casi las ocho. Fuera de una cosecha buena o no, su padre estaría como una cuba ahora mismo. No, la moderación de su marido no le molestaba. En realidad le daba un motivo más para respetarle, para quererle... para amarle. A pesar de haber empezado el matrimonio con mal pie —varios malos pies, de hecho— sabía que siempre estaría a salvo con él.

Rourke vaciló, pero no la miraba a ella: tenía la mirada perdida en la copa.

—El trabajo en los ferrocarriles es muy duro para un hombre, para su cuerpo y aún más para su espíritu. Mi padre sentía predilección por el *whisky* y la ginebra. Bueno, devoción, mejor dicho.

Entonces su padre también era un borracho; vaya, otra coincidencia más en sus vidas. Para dos personas que en apariencia no podían ser más opuestas, sobre todo en estatus y educación, era increíble lo mucho que tenían en común y lo mucho que se parecían.

—¿Se volvía violento cuando bebía? —preguntó, estupefacta.

Su padre nunca le había levantado la mano, al menos tenía que ser justa en ese aspecto. No obstante, había otras maneras de hacer daño. No todas las cicatrices se llevaban en la piel.

Él dudó y luego se encogió de hombros como si el hecho de que le pegaran no tuviera importancia, y entonces cayó en la cuenta de que le estaba haciendo recordar cosas que tal vez quisiera olvidar.

—Mi padre tenía la mano muy larga, pero en el fondo era un bonachón. Nunca se lo reproché, no mucho al menos, aunque juré que, cuando fuera mayor, por muy mal que fueran las cosas, no sería como él. Mi esposa y mis hijos nunca tendrían motivos para tenerme miedo o huir de mí. —La miró—. En cambio anoche contigo rompí esa regla. Lo siento.

—Yo también lo siento. —Sin pensarlo, le agarró la mano sobre la mesa—. Sé que nunca me harías daño de verdad. —Aunque aún no estaba preparada para reconocerlo en voz alta, que le dominara y, sí, notar su palma abierta en el trasero la había excitado... muchísimo.

Se incorporó para vaciar los platos hondos y servir los segundos. Aunque sus maneras resultaran toscas y era tajante al hablar, la trataba con delicadeza.

Aprovechó la ocasión para cambiar de conversación y abordar un asunto menos comprometido.

—¿Y por qué un castillo?

—¿A qué te refieres?

Dejó los platos en la mesa y se sentó.

—Me parece que es demasiado espacio y requiere mucho mantenimiento para una sola persona.

Él también tomó asiento.

—Somos dos... de momento.

Ella se preguntó si ese «de momento» implicaba que algún día serían más de dos, y el corazón le dio un vuelco. Quería un bebé... su bebé.

—Me viene a la cabeza *sir* Walter Scott cuando ensalzaba la Edad Media en la novela *Ivanhoe*. —Él la miró sin comprender; ella dudó y luego se lo aclaró—: ¿Has leído algo de Scott?

—No, pero seguro que tengo sus libros en los estantes de la biblioteca. No leo mucho.

No pudo evitarlo.

—Obras de teatro, sí. Tal vez quieras variar un poco y pasarte a otras formas de ficción.

No tendría que haberle dicho nada. La mirada de Rourke se apagó y se concentró en pinchar la comida con el tenedor.

Ella tomó otro sorbo de vino y se inclinó lo justo para que le viera el escote.

—Imagino que te gusta estar aquí, la mística de ser el amo de tus dominios medievales. —El uso de la palabra «amo» fue algo deliberado—. ¿Hay mazmorras? Seguro que sí. ¿Qué sería de un castillo sin una mazmorra?

Él levantó la mirada, que posó de inmediato en sus pechos antes de volver a su cara.

—Sí, claro. En este caso, lo que eran las antiguas mazmorras es ahora la bodega.

Ella le apartó un mechón de pelo que le había caído sobre la pequeña cicatriz blanca de la frente. Tenía muchas más y, sin embargo, no recordaba haber visto a un hombre más apuesto que él.

—¿Crees que tal vez los demás terratenientes que vivieron antes aquí llevaron a sus esposas a las mazmorras cuando se portaban mal?

Estaba flirteando de una forma muy escandalosa, pero no le importaba porque ya iba entonada y con ganas de él. Solo esperaba estar haciéndolo bien. En el pasado, se había limitado a rechazar a los pretendientes siendo todo lo desagradable y mordaz que podía. Ser cortante de una manera innovadora, ya fuera directa o indirecta, siempre había sido un motivo de especial orgullo. Hasta ahora nunca le había dado

mucha importancia a su capacidad de flirteo, claro que nunca había habido tanto en juego.

—Pues no lo sé.

Depositó los cubiertos junto al plato y la miró. El calor de su mirada la abrasaba, hacía que se le erizara el vello y sintiera un cosquilleo en el sexo.

—A las esposas que se portan mal me las llevo a la cama.

Capítulo 12

«Y créeme, Kate, que yo soy el marido que te hace falta. Pues por esta luz que se recrea alumbrando tu hermosura, que no te casarás con otro hombre que conmigo.»

WILLIAM SHAKESPEARE, Petruchio.
La fierecilla domada.

Cuando Rourke la levantó en brazos, Kate no forcejeó, ni pataleó, ni intentó arañarle. Le apoyó la cabeza en el hombro y le pasó un brazo por el cuello, saboreando la deliciosa sensación de saberse amada y protegida. Suponía que la llevaría a la cama, pero en lugar de eso cruzó la habitación y la sentó frente al espejo del vestidor.

Se colocó detrás y, a continuación, se acercó hasta que su torso estuvo en contacto con la espalda de ella y le puso las manos en el regazo.

—Mi hermosa, Kate, mi Kate, eres tan bonita que a veces me duele mirarte. —Le besó en el cuello y le acarició el vientre con la palma rugosa, lo que le hizo sentir un cosquilleo embriagador.

Le dio un mordisquito en la oreja, en el cuello, en la clavícula; mientras, notaba su erección en la espalda. Kate se recostó en él, en su torso musculoso, en su calor abrasador. Sintió escalofríos al pensar en tenerle cerca, en tenerle dentro.

Él le pasó una mano por la nuca y dejó que sus dedos se perdieran entre su pelo.

—Kate, mi dulce Kate, eres tan tentadora, eres un ángel.

Ella miraba embelesada cómo movía los dedos en el espejo.

—Creo que nunca me habían acusado de ser ninguna de esas dos cosas, la verdad.

Capa a capa, la fue despojando de la ropa hasta que el corsé y su ropa interior terminaron en el mismo montón que el resto. Ver cómo la desnudaba poquito a poco era una sensación curiosa a la par que erótica. Y él ni siquiera se había quitado una prenda. Viendo el reflejo de ambos en el espejo, a ella le entró la impaciencia de repente. También quería verle desnudo. Quería verle ya.

La rodeó con los brazos. Le rozó los pechos y luego jugueteó con sus pezones.

—Tienes unos pezones largos y hermosos, cielo, y tiernecitos como las bayas. —Eran muy sensibles, sobre todo bajo sus manos expertas. Al verle acariciarlos con el pulgar y el índice, se le antojó que estaba tocando un instrumento.

—Rourke, yo...

Sus labios hallaron el punto sensible en su nuca y lo lamió.

—Calla, Katie.

—Pero... no sé cuánto más podré resistirlo. No sé cuánto más aguantaré.

Era la pura verdad. Se sentía como si no tuviera huesos y estuvieran a punto de fallarle las piernas.

Su leve risa fue como una brisa cálida en la oreja.

—No te preocupes. Si te caes, estoy aquí para recogerte.

«Si te caes, estoy aquí para recogerte.»

Bajó aún más la mano que tenía en su vientre y con los dedos le acarició el triángulo de rizos, lo que le despertó una sensación que se fue intensificando poco a poco.

—Tranquila, cariño, esta vez seré dulce. Iremos tan despacio como quieras.

Durante un momento ella perdió hasta la voz y asintió con la cabeza. Al parecer a él le gustó la respuesta porque no se detuvo. Le introdujo un dedo, despertándole un deseo que hasta la noche anterior le era tan desconocido como intenso. Se sobresaltó, pero él seguía apresándole la cintura con un brazo. No hacía falta porque, de todos modos, no pensaba ir a ningún sitio. La embargaba la excitación, cada vez más fuerte, que le nublaba el juicio y le hacía sentir cosas deliciosas por todo el cuerpo. Quería a Rourke. Quería hacer el amor con su marido. Tal vez fuera el enemigo, el hombre empecinado en domarla, pero en esto estaban juntos. Ella le quería en un sentido muy físico, y la erección que notaba en la espalda le decía que él también la deseaba a ella.

Kate volvió la cabeza y le dio un beso algo torpe. Le oyó un ruido en la garganta, medio risa y medio gemido. Dentro de su boca, la lengua de Rourke giraba y bailaba, y ella se preguntó cómo debería de ser que la besara así en ese punto tan sensible que tenía entre las piernas. Él le dio la vuelta y la acogió entre sus brazos; ella se le aferró como si fuera un salvavidas, como si su mirada verde esmeralda fuera la estrella del norte en un mundo en el que, de repente, iba a la deriva. Él le acarició las nalgas con sus manos grandes, cálidas y seguras. De repente se sentía amada, excitada y libre. Gimió y acercó las caderas a la mano que tenía en su ingle: quería más, lo quería todo.

Su voz era como un cálido murmullo en su mejilla encendida.

—Dulce Kate, mi Kate. No temas, yo te aliviaré. Haré todo lo que quieras. Solo tienes que pedírmelo. —Le pasó las rugosas yemas de los pulgares por los pezones; ella notó un escalofrío y un dolor casi líquido.

A su vez, ella le acarició el pecho, recorriéndole los pectorales con las palmas de las manos.

—Lo que más me gustaría es verte a ti también. Entero —añadió, para que no quedara duda alguna.

—¿Tantas ganas me tienes? —Sonrió, pero su expresión se volvió algo recelosa.

Kate se ruborizó, pero no apartó la mirada.

—Nunca te he visto sin camisa. Empiezo a pensar que escondes algo, no sé, como unas escamas de dragón o algo así.

Había estado suficientes veces entre sus brazos para imaginar que bajo la camisa tenía unos músculos bien puestos y donde correspondía. Pero ya no le bastaba con imaginar; quería el contacto de piel con piel. Quería lamerle y notar sus huesos.

Él la miró con un aire serio.

—Algunas cosas es mejor dejarlas para la imaginación.

—Eres mi marido. Quiero verte... verte entero. —Y luego le dijo lo que a él le gustaba oír por encima de todas las cosas—: Por favor.

La luz de las velas danzaba en su rostro; su expresión resignada le indicaba que no seguiría negándose.

—Muy bien, pero después recuerda que has insistido tú, no yo.

Mirándola fijamente a los ojos, empezó a desabrocharse los botones de la camisa. Aunque bien podría ser un efecto de la luz y las sombras, le pareció que le temblaban las manos.

Ella se incorporó para ayudarle.

—Déjame a mí.

Él dejó caer los brazos y se lo permitió. Mientras le desabotonaba la camisa notaba el vello de su pecho rozándole los dedos. Desabrochó el último y le quitó la camisa por los hombros, por esos hombros tan anchos y bonitos. Era tan pálido como ella. Unas cuantas pecas le espolvoreaban los hombros y el mismo vello rojizo oscuro que le había visto en la parte superior —cuando se desabrochaba el primer botón de la camisa— le cubría el torso y los pectorales, y se hacía más estrecho hasta llegar a esa tentadora tira que le había visto el otro día. Tenía un tatuaje en el bíceps izquierdo, era una especie de ave rapaz, pero no la veía bien porque estaba muy oscuro. Tenía un vientre plano y musculoso, y los pantalones se le abultaban por la parte de la ingle. Al recordar lo que había ahí, le tocó con la mano.

Él le acercó la ingle también. Sonriendo, ella no la apartó. Ya tendría tiempo después para descubrir su sabor. Por el momento le pasó el dorso de la mano por uno de sus pezones oscuros, se inclinó y lo succionó.

Rourke se sobresaltó como si le hubieran quemado. Ella se apartó y sonrió.

—Eres muy guapo —le dijo, primero porque sospechaba que no lo sabía y segundo porque era una verdad como un templo—. De momento veo que no tienes escamas.

Él negó con la cabeza y sin mover los brazos.

—No, Katie, tenías razón las otras veces. Soy vulgar, áspero, una bestia; no soy el mejor para tocar a alguien tan delicado como tú, aunque seas mi esposa.

—No eres vulgar y ni mucho menos eres una bestia. Lo que pasa es que estás tenso. A ver cómo puedo solucionarlo...

Le pasó las manos por los hombros y la espalda, maravillándose de lo magnífica que era su piel, sobre todo tratándose de un hombre. Nunca le había tocado el pecho a un hombre, pero no imaginaba que todos fueran tan perfectos como él. Con las manos le acarició la nuca. Sí, estaba tenso, lo notaba, y la piel en esa zona no era suave sino más bien rugosa.

«Cuando era pequeño, me ataron al poste de los azotes. Me dieron cincuenta azotes con el flagelo, Kate.»

—Oh, Rourke. —Apartó las manos y retrocedió.

Él hizo una mueca.

—¿Contenta? —Echó mano de la camisa para ponérsela.

—No lo hagas.

Ella se le colocó detrás. La red de gruesas cicatrices blancas le recordaron las telarañas que había visto en las vigas del vestíbulo la noche de la boda. Fue a tocarle una particularmente profunda.

Él se apartó. Se dio la vuelta para mirarla e hizo una mueca.

—No tengo la espalda de un caballero, tampoco las manos. Y a pesar de todo te gustan en la oscuridad, ¿verdad? Puede que sean rugosas, duras e incluso feas, pero son las mismas que juegan contigo hasta que gritas y me pides que deje que te corras.

La rabia de sus palabras la pilló por sorpresa. Mientras la cortejaba, ella había usado el pretexto de los callos de sus manos para burlarse de él. Se le tiró a la yugular con lo que suponía que le dolería más. En realidad, sus manos no le importaban lo más mínimo entonces, pero reparó en que se las metía en el bolsillo y las escondía con guantes y supo que se avergonzaba. Ahora, al ver las cicatrices que le marcaban toda la espalda, le dolió tanto haber hecho aquello que quiso morirse. Su lengua viperina le había cortado tanto como el látigo con el que alguien le había azotado en la espalda, y solo los actos y no las palabras, curarían las cicatrices y aliviarían el dolor.

—No creo que tengas una espalda o unas manos feas.

Para demostrárselo, le dio un beso en el hombro. Rourke inspiró hondo.

—Oh, Kate.

Ella abrió la boca y le lamió una herida muy fea. Tenía la piel ligeramente salada y sabía un poco a ron y a jabón de menta, además de su propia esencia masculina. Fue a besarle el otro hombro, arrimándose a él de modo que le rozaba la espalda con los pezones. Qué sensación más increíble. ¿Quién hubiera dicho que al dar placer podías sentirlo también?

Él se dio la vuelta.

—Creo que debes de ser un hada o algún otro personaje de cuento.

Ella hizo una mueca.

—Porque soy pequeña, ¿no? Ya lo sé.

Él negó con la cabeza.

—No, no hablo de tu tamaño. Tienes magia, Katie. Cuando estoy contigo, es como si todo brillara. Bésame. Bésame como lo haría una esposa que ama a su marido. Finge si es necesario, pero bésame. Bésame como si lo sintieras de verdad. Bésame como si no pudieras resistirte y deja ya de pensar en todo lo demás.

Kate se puso de puntillas, le rodeó el cuello con los brazos y le besó. Sus lenguas se encontraron, se entrelazaron y bailaron juntas. Le mordió el labio inferior, que luego repasó con los dedos y muy suavemente con las uñas. Se besaban en las comisuras y se lamían y chupaban los dedos. Y en su interior, Kate era consciente de la verdad aunque no se atreviera a decirla.

Le amaba. No tenía que fingir.

Rourke la tomó de la cintura y la levantó del suelo. Kate le rodeó el torso con las piernas. Sin dejar de besarse, la llevó a la cama y la dejó en el centro de la colcha.

Patrick se apartó para acabar de desvestirse. Cuando volvió a la cama, apareció desnudo en todo su esplendor. Ella se incorporó un poco ayudándose de los codos y le repasó con la mirada: desde sus hombros anchos a sus fuertes muslos, asombrada al pensar que ese espléndido ejemplar de hombre era su marido y que era todo suyo.

Se le colocó a horcajadas.

—Abre las piernas para mí.

Y las abrió. Negarse era una idea que ni siquiera se le había pasado por la cabeza. Él le separó los labios con los dedos, se sentó sobre sus talones y la miró... ahí.

—Kate, mi hermosa Kate, eres muy bonita así, tal y como estás. En otra ocasión traeré un espejo a la cama para que veas lo bonita que eres,

pero de momento dime qué quieres. Lo que pase en esta cama será solo asunto tuyo y mío, y de nadie más.

Recostada sobre las almohadas, Kate no sabía bien qué contestar. A sus veintiocho años, contaba con los dedos de la mano las veces que le habían preguntado lo que quería.

Él le introdujo un dedo poquito a poco, y luego lo sacó igual de despacio.

—Eres tan pequeña que apenas me creo que pueda caber dentro de ti. —Levantó la mirada de sus muslos—. Y la sensación es tan cálida y aterciopelada... —Con el dedo le rozó los labios lentamente—. Y debo reconocer que eres deliciosa.

Se deslizó por la cama y su cabeza desapareció entre sus piernas al tiempo que le acariciaba las nalgas. Y entonces la encontró con su boca, tocando esa parte que había acariciado con los dedos.

Kate levantó la cabeza de la almohada.

—Ah, Rourke. —Alargó el brazo para acariciarle el pelo y levantó las caderas.

Él la miró con una sonrisa torcida y la mirada encendida.

—Sabes a ostras, saladas por el agua del mar. Podría pasarme la noche lamiéndote y chupándote y no me cansaría de tu textura, tu aroma y tu sabor. Puede que lo haga.

Kate no sabía qué decir o cómo responder. Hasta ahora, el placer —la felicidad— era un producto escaso que debía medir, dosificar y, sobre todo, guardar para cuando llegaran tiempos difíciles. Nunca había conocido tanta abundancia de felicidad, todo un festín de sensaciones. Era casi abrumador. Sí, era abrumador. Y sobrecogedor y estimulante... Y tan maravilloso que no podía expresarlo con palabras.

—Dime qué quieres, Kate.

Kate volvió a levantar la cabeza. Al ver la mirada encendida de Rourke, se armó del valor que hasta entonces había escondido con comentarios irónicos y cortantes.

—Te quiero a ti, Patrick. Quiero que me hagas el amor con la boca, con las manos y, al final, con tu grande y hermoso sexo. Te quiero entero, Patrick O'Rourke y te prometo que haré lo posible por ofrecerme a ti a cambio.

Le había llamado Patrick, no una vez sino varias.

Era tarde. Se habían pasado horas haciendo el amor. Tendría que estar cansado, exhausto, pero no.

Parecía que no podría saciar el apetito que sentía por su preciosa esposa, y eso incluía mirarla.

Estaba tumbada de lado, con la espalda contra su pecho. Tenía los ojos medio cerrados y los labios entreabiertos. Aunque no quisiera, debía dejarla descansar.

Levantó la cabeza de la almohada.

—¿Contenta?

Ella abrió un ojo y asintió con pereza. Hasta con media cara en la almohada, veía su gran sonrisa.

—Mmm, me encanta estar aquí.

Rourke intentó aplacar la decepción de no recibir la respuesta que esperaba.

—Se tarda un poco en acostumbrarse a Escocia, sobre todo a sus inviernos, pero tiene los paisajes más bonitos del planeta. Cuando llegue la primavera, te llevaré al norte, a las Tierras Altas.

Su ojo, el único que veía, se abrió del todo.

—No, me refería a que me gusta estar aquí contigo... entre tus brazos.

—Ah.

Se quedó pensativo un rato, porque no tenía claro cómo contestarle a eso, si es que debía decir algo. Era curioso que, en cuestión de negocios, sus instintos fueran impecables, siempre sabía qué hacer, pero con su esposa, se sentía como un barco a la deriva y sin ancla. Irremediablemente perdido.

Se inclinó y le tocó el hombro. Con la tenue luz de la vela, casi apagada, su piel parecía de alabastro.

—¿Kate?

No respondió.

Se apoyó en un codo y la miró. Un ronroneo, un ronquido de mujer —un ronquido al fin y al cabo— le confirmó que se había quedado dormida.

Sonrió. No pasaba nada. Las declaraciones de amor, o al menos la esperanza de oír que ese sentimiento fuera correspondido, las dejaría para otro día. Lo mejor sería que no la presionara.

Volvió a tumbarse y la abrazó por la cintura para atraerla hacia sí. Su trasero quedó en contacto con su torso, piel con piel, haciendo la cucharita. Incluso ahora después de saberse hasta el último centímetro, se sorprendía al comprobar lo bien que su cuerpo encajaba con el suyo.

Cerró los ojos y pensó que, aunque había estado con otras mujeres, algunas cuyos nombres ni siquiera recordaba, ninguno de estos encuentros podía compararse con el deleite de acostarse con su hermosa mujer. No era propio de él rendirse tan fácilmente —y en ocasiones, ni eso—, pero embriagado por el olor de su pelo, reconoció que domar a su salvaje alma gemela era una causa perdida. Contra todo pronóstico, se había enamorado de su indómita esposa... y sin cambiarla ni un ápice. Bueno, tal vez algo sí...

«Me ha llamado Patrick.»

Se quedó dormido sonriendo.

La semana siguiente fue una luna de miel en toda regla. Se la pasaron recluidos en la habitación con el cerrojo echado. Hicieron el amor de todas las formas que Kate había imaginado, incluso de algunas que ni siquiera se le habían pasado por la cabeza. No sabía si su marido tenía inhibiciones, pero hasta la fecha no las había descubierto. A finales de semana, no había parte de ella que no hubiera tocado, lamido o explorado. Y cuando creía que había probado la fuente entera de delicias carnales, él la sorprendía con una forma nueva de darle placer.

Tumbados en la cama una mañana, Rourke tenía la cabeza apoyada sobre su hombro, mientras ella le trazaba el contorno del pájaro tatuado en su bíceps. A plena luz del día, parecía un grajo.

—¿Qué significa el tatuaje?

Su marido volvió la cabeza de pelo alborotado y la miró con ojos aún medio soñolientos. Le encantaban sus ojos, bueno, le gustaba todo de él: las cicatrices, sus grandes manos que se le antojaban más suaves que bastas y su acento escocés. Pero más allá de lo físico, lo que más le gustaba era el hombre inteligente y de buen corazón que habitaba en su interior.

—Johnnie Black llevaba un cuervo. Yo pertenecía a la colonia de grajos de «Los chicos de Black».

—¿Una colonia de grajos?

—Sí, una banda de ladronzuelos. Birlaba carteras y robaba a los vendedores callejeros todo lo que podía sisar y esconder en los bolsillos. Por aquel entonces, todo lo que no estuviera clavado al suelo era susceptible de ser robado y, además, teníamos unos objetivos que cumplir. Si un chiquillo no robaba su parte recibía un castigo que se decidía en grupo. Era algo muy reñido y yo hacía lo que podía para comer y sobrevivir, pero nunca maté ni le hice daño a nadie porque sí. No me enorgullezco de mi pasado, pero tampoco quiero mentirte.

Ella besó el pico del pájaro porque le encantaba besarle por doquier pero sobre todo porque quería demostrarle que no pasaba nada.

—¿Y cómo evitaste que te pillaran?

—No lo logré. De hecho me llevaron ante el juez tres veces por vagabundeo, hurto y atraco. Atraco es con arma. Esto último hubiera significado la cárcel de no haber sido por el hombre al que robé y que me defendió.

Había sacado el asunto a colación porque le encantaba el sonido de su voz con ese deje escocés y su timbre grave, pero ahora quería conocer el resto de la historia.

—Muy noble por su parte. Pero eso no es muy habitual ¿no? ¿Quién era?

—Si te lo digo no te lo creerás.

—A ver, inténtalo. —«Confía en mí.»

Le pasó una mano por el pelo. Los mechones rojizos de entre sus dedos eran increíblemente suaves.

—William Gladstone.

Ella volvió la cabeza para mirarle, preguntándose si estaba bromeando a pesar de ese tono tan serio.

—¡Le robaste al ex primer ministro!

—Sí, le robé la billetera, pero me pilló y al escaparme, le empujé sin querer y le dejé inconsciente. Hasta se dijo que me condenarían por traición, además de por atraco.

—Y a pesar de eso testificó a tu favor. —Siempre le había caído bien «William, el defensor del pueblo», como solían llamarle. Por lo que había leído de él, le parecía que era un hombre de principios, severo pero justo. Ahora le caía mejor aún.

—Todavía hizo más, depositó una fianza de mil libras y me mandó a Roxbury House en lugar de a la cárcel. Era la primera vez que alguien creía en mí de verdad. Y allí fue donde conocí a Gavin, a Harry —a Hadrian—, y a Daisy.

—Y habéis seguido siendo amigos durante todos estos años.

Es irónico que ella, nacida en una familia que pertenecía a la flor y nata de la sociedad, en una cuna de oro, envidiara a una panda de cuatro pilluelos huérfanos, pero así era. Envidiaba su inteligencia y su facilidad para desenvolverse en la ciudad, pero sobre todo su amistad genuina y sin limitaciones. Por los nueve años de diferencia y por el papel de madre que le había tocado desempeñar, Bea era más una hija que una hermana o una confidente. No había tenido a nadie así en su vida y solo Dios sabía lo mucho que lo anhelaba.

Él asintió.

—No supimos nada de Daisy durante quince años. Volvimos a verla cuando coincidimos con ella en el auditorio, pero los otros tres nunca perdimos el contacto más de un par de años.

Kate le repasó con el dedo una cicatriz en forma de media luna que tenía en la ceja.

—Volviendo a la exploración del terreno, ¿qué me dices de esta marca de aquí?

—Uno de los policías que me pescó se pasó con la porra. El agente Taggert me dio unos buenos palos. Este ojo nunca ha vuelto a ser el mismo desde entonces.

Kate se apartó, indignada.

—Es horrible. ¿Le denunciaste, al menos? ¿Le sancionaron?

Soltó una carcajada.

—Tenía a la ley de su parte y, por otro lado, los chivatos nunca caen bien a nadie.

No le extrañaba que pensara que era una esnob ingenua y superficial.

—¿Y esta? —Le tocó una señal en el hombro; no era de un latigazo, o eso creía. La cicatriz era profunda, pero no muy larga.

A Rourke se le borró la sonrisa.

—La hebilla del cinturón de mi padre.

«Mi padre tenía la mano muy larga.»

Se estremeció y sintió pena por el chiquillo valiente y perdido que fue antaño. Aparte de la pequeña cicatriz que ella lucía en la mejilla, las demás heridas las tenía en su interior.

Él le acarició el brazo del hombro hasta el codo. Ay, Dios, le encantaba cómo la tocaba, con suavidad pero con firmeza.

—Estoy hecho una pena, pero tú, hermosa mía, eres perfecta como la porcelana, solo que más cálida, nada fría.

No, nada fría; de hecho, cada vez notaba más calor y tenía más ganas de hacerle el amor otra vez. Sonrió.

—No estás hecho una pena, como dices tú. Eres muy guapo. —Se inclinó y le besó en el puente de la nariz—. Y me encanta tu nariz. Es una nariz bonita y aristocrática. No imagino nariz más bonita. De hecho, no imagino un hombre más apuesto que tú. Y punto.

Él le acarició el rostro con la palma de la mano.

—¿Apuesto, dices? Creo que mi esposa me ve con demasiados buenos ojos o tal vez necesite gafas. —Sonrió.

—No es cuestión de verte con buenos ojos ni necesito gafas. Digo la verdad tal como la veo y tú, señor Patrick O'Rourke, eres un hombre apuesto. Y por todas partes. —En un arrebato de picardía, metió la mano por debajo de la sábana.

Él contuvo la respiración cuando ella le encontró y tiró. Notó una perla líquida en la mano. Sonrió y él le devolvió la sonrisa.

—Dime, mi bella esposa, ¿a cuántos hombres has visto? Desnudos, me refiero.

Ahí la había pillado. Le acarició en toda su longitud y titubeó.

—Bueno, a ninguno antes de ti. Pero una vez vi una fotografía del *David* de Miguel Ángel. Aunque lo tapaba una hoja de parra, vi lo suficiente para... usar la imaginación y completar el resto. —Su marido excedía sus fantasías más elaboradas en ese aspecto, así como en todos los demás.

Rourke echó la cabeza hacia atrás y se echó a reír a carcajadas.

Kate se ruborizó. Parecía que se había restablecido el orden natural entre ambos porque le ardían las mejillas.

—¿Qué? ¿Qué he dicho?

En lugar de responder, le dio la vuelta, la tumbó de espaldas y se le colocó encima. Apoyó las manos en la almohada y negó con la cabeza.

—Dios, Kate, me das mucho placer. Muchísimo. No solo eres hermosa, inteligente y pícara, sino que además he descubierto que tienes cosquillas... —Se inclinó para hacérselas en la barriga.

—¡Rourke, no! ¡No!

Sin dejar de reír, ella le empujó el pecho, por muy fútil que fuera. Su marido estaba fuerte como una roca y era igual de implacable, aunque en realidad no quería moverle ni un milímetro. Si la última semana de felicidad le había enseñado algo era que no hacía falta que estuviera al mando en todo momento. Se había tomado la semana libre y le había dejado a Hattie las riendas de la casa, que no podría estar en mejores manos. Sorprendentemente, el mundo había seguido girando y el sol había salido y se había puesto cada día sin que ella tuviera nada que ver.

Tal vez estar casada no fuera tan malo después de todo. Estaba muy bien disponer de ayuda, tener a un compañero. Siempre que ese compañero fuera Rourke, no tendría casi nada de lo que quejarse. Miró su sonriente rostro y la oleada de sensaciones, de amor, que sintió, era tan intensa que la sobrecogió. La asustó. La experiencia le había enseñado que querer a alguien era una garantía para que te lo arrebataran.

Además, el amor te absorbe y te exprime. Su padre y su hermana, en menor grado, la habían dejado exhausta y vacía, resentida y a veces enfadada, incluso. ¿Por qué la felicidad y bienestar de ellos siempre se imponía a la suya? ¿Por qué se sentía como si rebañara las sobras de los demás? Por primera vez reparó en que su felicidad y bienestar eran tan importantes como los de los demás. Y ella también.

¿Era posible querer a alguien, amar a Rourke, y no perderse?

El ruido de las ruedas de un carruaje acercándose por el camino de entrada interrumpió ese pensamiento. Ambos se volvieron hacia la ventana.

—¿Esperas visita? —preguntó ella.

Él se apartó un poco.

—No. ¿Y tú?

—No. Escocia en invierno no es un destino muy apetecible para los que no somos escoceses de pura cepa. —Curiosa, alcanzó el batín y se acercó a la ventana pisando la alfombra sin hacer apenas ruido.

A través del cristal emplomado vio al cochero bajar de su asiento y los escalones del carruaje. No le costó reconocer a la muchacha alta y delgada que bajó primero. Era su hermana. Una segunda mujer de altura similar pero algo más rellena salió tras ella. Vio unos bucles pelirrojos bajo un llamativo sombrero de color lila.

Desde la cama, la voz de su marido, todavía ronca por el sueño, preguntó:

—¿Quién es?

Con el corazón en un puño, ella se apartó de la ventana. Sintió que el idilio de su luna de miel había llegado a su fin.

—Mi hermana está abajo y parece que se ha traído a una amiga.

Examinó la habitación. Las sábanas estaban arrugadas y había montones de ropa en el suelo. Había una bandeja con el desayuno abandonada encima de una mesita de noche, con un cruasán de chocolate intacto porque ni siquiera el chocolate se acercaba a la delicia de hacer el amor con su marido. Todo había sido perfecto. ¿Por qué lo bueno duraba siempre tan poco?

—¿Katie?

Rourke se sentó en la cama y la sábana le cayó hasta la cintura. A pesar de que ya no estaba de buen humor, seguía cortándole la respiración ver lo impresionantemente atractivo que era. No era dada a muestras de emoción, pero la sensación de presentimiento que tenía en la barriga era demasiado fuerte para pasarla por alto. Se subió a la cama de un brinco y se tumbó a su lado; necesitaba notar su fuerza y su calor.

Ella hundió la cara en el cálido hueco entre su cuello y su hombro musculoso.

—Abrázame —dijo.

Él la envolvió con los brazos, le dio un beso en la sien y apretó.

—¿Qué pasa, cariño? ¿Qué problema hay?

Ella suspiró.

—Esta última semana ha sido increíble, ¿verdad?

—Sí, lo ha sido, pero, cielo, ¿por qué actúas como si esto hubiera terminado? Tenemos toda la vida por delante, unos cincuenta años o más. Esto solo es el principio. Piensa en esta semana como el inicio del primer acto de una obra de teatro muy larga y feliz.

En este momento, Kate no solo pensaba que le quería. Lo sabía.

—Prométeme que la llegada de mi hermana no cambiará nada. Prométeme que seguiremos como esta última semana.

—Pues claro. ¿Por qué no íbamos a seguir así? Seguro que son unas vacaciones breves y aunque no lo fueran, un castillo es un lugar muy grande.

—Dame el gusto y prométemelo de todos modos.

Él le tomó la mano, se la acercó a la boca y le rozó los nudillos con los labios.

—En ese caso, *milady*, haré más que prometértelo. Te lo juro solemnemente.

Capítulo 13

«Porque es preciso que mi lengua exprese la indignación que llena ya mi corazón o que este estalle a fuerza de cólera.»

WILLIAM SHAKESPEARE, Catalina,
La fierecilla domada.

—Kate, deja de marearme, por favor. De haber sabido que me ibas a calentar la cabeza de este modo, no habría venido. Ojalá no lo hubiera hecho.

Bea estaba frente a Kate de brazos cruzados. Se hallaban en una de las habitaciones recién amuebladas de la torre este. Felicity, la amiga de Bea, estaba en la habitación contigua.

—No te «caliento la cabeza» como dices. Solo intento descubrir qué está pasando. Si no te quieres quedar, puedes irte.

En el transcurso de los años, Kate no solía refutar los faroles de su hermana pequeña. De haberlo hecho, tal vez Bea no habría terminado siendo tan egocéntrica y consentida. Viéndolo en perspectiva, suponía que se había esforzado tanto en compensar el amor de la madre desaparecida y la negligencia del padre, que se había dejado llevar en exceso en el sentido opuesto. Lo hecho, hecho estaba.

Bea dejó caer los hombros y levantó la barbilla. Sacó el labio inferior como cuando era pequeña y hacía pucheros. Daba golpecitos en la alfombra con la punta del zapatito de raso.

—No tienes a dónde ir, ¿a que no? —le preguntó, moderando el tono.

Bea negó con la cabeza.

—La tía Lavinia es horrible. No me compra vestidos si no son de color blanco. Papá no deja de beber… Y de apostar. —Añadió la última parte susurrando, como si no lo supiera ya todo el mundo—: Cuando Hattie se marchó para venir contigo, fue insoportable.

Kate no había pensado ni por un instante que el hecho de que su padre hubiera estado a punto de perder la finca a favor de su marido fuera un catalizador que le permitiría pasar página. El juego era como una enfermedad que le hacía hervir la sangre. Solo era cuestión de tiempo que se metiera en otro embrollo y, cuando llegase ese momento, no le sorprendería que también él acabara llamando a su puerta.

—¿Y tu nueva amiga, la señorita Drummond? Parece… bastante agradable.

En realidad, la joven le hacía sentir algo incómoda. Aunque su conducta había sido bastante decorosa cuando acompañara a Bea y a ella a sus dormitorios, sus ojos verdes sesgados tenían algo que no le gustaba ni un pelo.

—¿Cómo os conocisteis? —se vio impulsada a preguntar por ese motivo.

—Nos presentó lord Haversham, un amigo de papá.

Saltaron todas las alarmas.

—¿Es amiga de lord Haversham?

Bea asintió.

—Felicity es muy divertida, de veras. Sabe un montón de cosas interesantes.

«No me extraña.»

—Tu... amiga y tú os podéis quedar durante las fiestas navideñas, pero tienes que escribir a la tía Lavinia y disculparte por haberte escapado. En cuanto a lo demás, veré si logro convencerla para que te deje ampliar el vestuario con otros colores, además del blanco.

Impaciente por reunirse con Patrick —era extraño cómo se había acostumbrado a usar su nombre de pila sin pensar—, Kate se dirigió a la puerta.

—Os dejaré solas para que os instaléis.

—¿Kate?

Kate se volvió.

—Dime.

—Gracias por ser mi hermana.

Sentada frente al espejo del tocador, Felicity le quitó el tapón al frasco de colonia y se aplicó una dosis generosa detrás de las orejas. Antaño, el aroma del jazmín había vuelto loco a Rourke, o casi. Todavía no le había visto, pero esperaba poder remediar pronto esa situación.

A quien sí había visto era a su más que correcta esposa inglesa. Al valorar a su rival, Felicity no lograba entender qué había visto en ella. Aunque no fuera más que la hija de un hacendado, su aspecto superaba con creces al de su rival. Aquella mujercita castaña no era lo bastante voluptuosa para él. Un escocés grande y corpulento como Rourke necesitaba a una mujer que fuera su igual en todo, pero especialmente en la alcoba. Como a todos los hombres, le gustaban las mujeres que le dijeran lo que deseaba escuchar. Estaba convencida de que la sinceridad descarada de Kate ya habría perdido su encanto. Felicity cubría cuidadosamente con miel cada una de sus palabras. Si no bastaba, sencillamente mentía.

Además de ser raquítica y poseer una lengua viperina, *lady* Kate también era vieja. A juzgar por lo que le había contado Haversham, su estirada «señoría» debía tener treinta años o poco le faltaba. ¿Cómo esperaba poder competir con la dulzura visible de Felicity, su juventud y su radiante atractivo, un aspecto que merecía que lo exhibieran sobre un escenario?

Según los cotilleos que Bea, la hermana, le había contado durante el insufrible trayecto en tren desde el sur, las cosas no terminaban de ir tan bien como deberían entre los recién casados. La información acerca de chantaje, bodas de locura y almuerzos nupciales imposibles la había animado considerablemente. Estaba decidida a explotar cualquier debilidad y aprovechar hasta la más mínima oportunidad para insinuarse a Rourke y volver a su vida. Si lograba desembarazarse de *lady* Katherine, no le importaría casarse con él, pero, por encima de todo, quería que abriera ese teatro para ella.

Había sido una tonta al dejarlo escapar, pero cuando una era joven y estaba ansiosa de aventuras, no siempre resultaba fácil saber qué hacer. Afortunadamente, todo apuntaba a que aquella decisión estúpida tenía remedio. Aquel matrimonio presentaba grietas que, sometidas a la presión adecuada, podrían desembocar en una ruptura irreparable.

Felicity pensaba ejercer presión sobre todas y cada una de ellas.

Cuando Kate regresó tras acomodar a su hermana, Rourke terminaba de vestirse. La puerta adyacente permanecía abierta a propósito. Tenía la esperanza de poder volver a verla fugazmente antes de que ambos iniciaran la jornada. Sus miradas se encontraron y la invitó a entrar.

—En cierto modo, mi hermana se ha escapado de casa. Le he dicho que su acompañante y ella se pueden quedar hasta pasado San Esteban. No tiene a dónde ir.

Le apareció la arruguita en el centro de la frente. A estas alturas, él ya sabía que solo le salía cuando estaba preocupada.

—Por supuesto, pueden quedarse.

Ella le miró y parte de la preocupación abandonó su mirada.

—¿No te importa?

Rourke esbozó una sonrisa.

—Yo no he dicho eso. Como soy un patán egoísta, me hubiera gustado tenerte para mí solo un poco más de tiempo, digamos los próximos cincuenta y pico años. Sin embargo, es tu hermana, sangre de tu sangre, y eso hace que también esté bajo mi responsabilidad.

La gratitud que irradiaron sus hermosos ojos le avergonzó más que cualquier reproche. Acostumbrada a hacerlo todo por los demás y a dar sin recibir nada a cambio más que en contadas ocasiones, era dolorosamente fácil de complacer. Solo esperaba que a ella le gustase el regalo sorpresa que le tenía preparado. Iba a Edimburgo a recoger el «paquete».

Kate sacudió la cabeza con los ojos brillantes.

—Eres muy bueno conmigo, Patrick.

Kate se puso de puntillas, lo abrazó y posó los labios en su cuello en un beso ligero y tierno que le sorprendió. La sonrisa mareante que le dedicó lo dejó sin aliento.

«Patrick.» Había vuelto a decir su nombre. El corazón se le enterneció y se le hinchó el pecho.

—Katie, si soy bueno contigo es solo porque mereces esa bondad. —Estuvo a punto de añadir «porque te quiero», pero calló antes de hacerlo. Ya tendría ocasión de decírselo cuando pudieran estar a solas

sin la distracción de ningún invitado—. Tengo que ir a Edimburgo a atender unos asuntos. Me temo que no me quedará más remedio que pasar la noche allí, pero volveré mañana por la tarde.

La expresión se le entristeció, pero Kate ocultó rápidamente la decepción con una sonrisa.

—Supongo que me había acostumbrado a tenerte siempre cerca y para mí sola. Olvido que tienes responsabilidades y una empresa que debes dirigir.

La atrajo hacia sí, agradecido de que, al parecer, no quisiera que se marchase.

—Katie, esta mañana hablaba en serio. La luna de miel no ha terminado; apenas comienza.

La tarde siguiente, al regresar del viaje, Rourke encontró a Kate en la cocina. Levantó la mirada de la masa que trabajaba sobre la encimera de mármol y vio que él se acercaba. Olvidando la harina del delantal, dejó caer el rodillo y se lanzó a sus brazos.

Tras ellos, una de las nuevas sirvientas de la cocina soltó una risita nerviosa, y la cocinera carraspeó. Kate estaba demasiado contenta para prestarles atención. Desde que conoció a Rourke —Patrick—, las apariencias habían dejado de tener el peso de antaño en su vida.

—Has vuelto —dijo, y se maravilló de lo simplona que la había vuelto el amor. Pese a todo, se apartó de él para mirarlo, como si llevase fuera un año en lugar de un solo día.

—He vuelto, y traigo regalos o, al menos, un regalo.

—No hacía falta que me comprases nada.

Los ojos esmeralda de él centellearon.

—Considéralo un regalo de Navidad anticipado.

—Y tan anticipado. Faltan quince días para Navidad.

Dos semanas no era mucho tiempo. Hattie ya organizaba la decoración del gran salón con lazos de hojas de acebo y abeto. Iba a ser la primera Navidad que pasarían juntos, el primer día de San Esteban y su primera Nochebuena. Quería hacerlo todo como es debido. El cumpleaños de Gavin, amigo de Rourke, también caía en diciembre, y le habían invitado junto a su esposa Daisy, Hadrian y Callie para que lo celebrase junto a ellos. Kate deseaba congeniar más con los amigos de Rourke. Ya conocía a Hadrian y también había visto a Callie, que le había caído bien. Esperaba poder entablar amistad también con la otra pareja. Tal vez la admitieran como quinto miembro, aunque fuera honorario, de lo que denominaban el «Club de Huérfanos de Roxbury House». Así lo esperaba.

Sin embargo, su principal foco de atención era Rourke. Había pasado los últimos días devanándose los sesos pensando qué le podía regalar. ¿Qué se podía regalar a un hombre que parecía poseerlo todo? Lo que de veras quería era regalarle su corazón, por completo, pero todavía no se atrevía a hacerlo. Podía ser valiente para muchas cosas, pero todavía no había reunido el valor suficiente para algo así.

En vista de su dilema, su regalo adelantado era una bendición. Le permitiría tener una pista en función de la cual pensar lo que podía regalarle ella.

—¿Qué es?

Rourke miró hacia el techo.

—Si te lo digo, ya no será una sorpresa, ¿no crees?

—¿Ni siquiera me vas a dar una pista?

Negó con la cabeza.

—Mis labios están sellados. Vas a tener que salir a la calle y verlo por ti misma.

Kate se limpió la harina de las manos en el delantal y se retiró de la encimera. Unas semanas antes, no se le habría ocurrido jamás permitir que algo tan frívolo como un regalo le impidiera terminar una tarea.

Pasar tiempo junto a su marido le afectaba positivamente en varios ámbitos. Rourke no era en modo alguno un haragán y su espíritu trabajador se hacía patente en las largas horas que pasaba por la noche en el estudio inclinado sobre los libros de contabilidad y los informes de la empresa, pero también sabía ser espontáneo y juguetón.

Descolgó el abrigo del perchero de pared. Él la ayudó a ponérselo y, juntos, salieron al jardín vallado de la cocina.

—¿Hacia dónde me llevas?

Rourke sonrió y le estrechó la mano.

—Muy pronto lo verás.

Echaron a andar hacia los establos. Una fina capa de nieve cubría el suelo y el aire le resultaba más fresco que frío. Costaba un tiempo acostumbrarse a los inviernos escoceses, pero a Kate le parecía que la sangre comenzaba a espesársele.

Subieron al cercado y miró a su marido. Al parecer, habían llegado a su destino. Al otro lado de la valla, el señor Campbell guiaba a una pequeña poni hacia la verja. Incluso desde lejos, Kate apreciaba que no era un animal joven. La oscilación del lomo y el paso inseguro eran rastros inequívocos de vejez, pero el pelo irregular y las costillas que le asomaban por los costados denotaban negligencia e, incluso, maltrato.

Rourke apoyó un pie en la cerca y se volvió hacia ella.

—¿Qué te parece?

Kate miró a su marido de reojo. Estaba radiante. ¿No decían que a caballo regalado no le mires el diente? Volvió a mirar a la yegua. El señor Campbell la encaminaba hacia ellos. Cuando el animal se acercó un poco más, lo entendió todo. La marca blanca; los ojos grandes e inteligentes; la crin castaña que antaño había trenzado con lazos de colores dignos de una...

—¡*Princess*! —Los ojos se le llenaron de lágrimas que se derramaron sobre las pestañas y le surcaron las mejillas—. *Princess*, cariño, ¿eres tú de verdad?

Se encaramó a la barra superior de la verja y extendió los brazos hacia el caballo.

Princess abrió bien las fosas nasales y la olisqueó. Relinchó y acarició el cuello y el cabello de Kate con el morro, «acicalándola» como si apenas hubiese pasado un día en lugar de casi diecisiete años.

—Le envié un telegrama a tu padre y le pregunté por el vecino que la había... adquirido —le explicó Rourke—. Resultó ser un hacendado local que poseía tierras justo a las afueras de Romney. A partir de ahí, bastó con seguir el rastro de la serie de ventas a distintos propietarios. Encargué a Sylvester que se ocupara de ello. Terminó en Edimburgo, tirando del carro de un vendedor ambulante.

Kate separó la vista del caballo y miró a su sonriente marido.

—¡No me lo puedo creer! Todos estos años he soñado con... ¿Cómo te lo podré agradecer? No sabes lo que significa para mí haberla recuperado. Es mejor regalo que diamantes o perlas.

Más lágrimas le humedecían las mejillas y se cristalizaban por el frío. Rourke metió la mano en el bolsillo del abrigo y sacó el pañuelo. Se lo tendió.

—Si me lo permitieras, también te cubriría de ambas cosas, pero de momento os dejaré solas para que celebréis vuestro reencuentro —dijo.

Dio media vuelta y se marchó paseando. Mientras le observaba, a Kate se le ocurrió la absurda idea de que estaba casi tan emocionado como ella. Luego se volvió hacia la yegua y le dijo en tono de confidencia:

—Bueno, mi preciosa amiga, si tú has sido hasta ahora una princesa disfrazada de animal de tiro de un vendedor, ese escocés enorme y de modales bruscos que nos acaba de dejar a solas es mi auténtico príncipe azul.

Tras dos horas muy felices, Kate abandonó el establo helada, cubierta de barro y contenta como nunca. Decidida a compensar los años de negligencia y maltrato, había puesto en marcha un protocolo de mimos que había incluido el cepillado del pelo, la crin y la cola de la yegua para limpiarle el polvo y la caspa, y también le había lustrado las herraduras incrustadas con un cepillo metálico. *Princess* no solo era vieja, también estaba en muy mal estado. Los años de maltratos le habían pasado factura. El estado de su dentadura impactó a Kate. Mientras la examinaba, había observado la cicatriz en las sensibles encías del animal. Era evidente que alguno de sus muchos propietarios había utilizado un cruel bridón desmesuradamente. También halló cicatrices blancas en los costados, marcas del campo. La crueldad con la que habían tratado a su adorada *Princess* le volvió a llenar los ojos de lágrimas, y esta vez no eran de felicidad. Sin embargo, para ella se habían acabado los bridones, los latigazos e incluso el peso de una silla de montar sobre su pobre lomo encorvado. Los días de jubilación de *Princess* estarían llenos de terrones de azúcar, cepillados, caricias sobre la valla del cercado y palabras dulces susurradas a su adorable oído.

Mientras se dirigía a buscar a su marido para darle las gracias de nuevo, se cruzó con su invitada. Felicity venía del huerto de árboles frutales. En pleno invierno, el huerto no ofrecía gran cosa que ver, pero Bea había hecho saber a Kate que su nueva amiga se había criado en Escocia. La alta pelirroja todavía llevaba el vestido de viaje y el desenfadado sombrero de plumas púrpura. El color contrastaba notablemente con los rizos de color rojo intenso de la mujer.

Kate no quería detenerse, pero la joven era su invitada y no podía ser grosera.

—¿Ha sido agradable su paseo, señorita Drummond?

La mujer más alta repasó a Kate de pies a cabeza con sus ojos verdes y tomó nota mental del estado desaliñado de su ropa.

—Sí, y por favor, tutéame y llámame Felicity. Dadas las circunstancias, me siento como si fuésemos viejas amigas.

A Kate le pareció un comentario extraño, ya que se habían conocido esa misma mañana.

—Supongo que lo dice porque Bea y yo somos hermanas, ¿verdad?

Felicity torció los labios como si intentara reprimir la risa. Negó con la cabeza y la pluma teñida de púrpura se balanceó.

—En realidad, lo decía más bien por Rourke.

El mal presentimiento que había acompañado a Kate desde la llegada del carruaje se multiplicó por diez.

—¿Conoce a mi marido?

La mirada taimada de Felicity volvió a hacer acto de presencia.

—Sí, ya lo creo, desde hace varios años. Patrick y yo somos viejos amigos. Ha sido un placer hablar con usted, pero debo regresar. Prometí a Bea que le ayudaría a arreglarse el pelo antes del té.

Felicity la dejó atrás en el camino.

Kate se quedó mirándola, anclada por la certidumbre de su conclusión. Felicity y Rourke habían sido amantes. Durante un instante espantoso y desgarrador, Kate consideró si la llegada de Felicity junto a su hermana había sido una casualidad. Evidentemente, Bea no sabía nada, pero ¿y Rourke? ¿Había estado matando el tiempo con ella durante las últimas semanas mientras esperaba la llegada de su amante? Tal vez «matar el tiempo» fuera una expresión exagerada. Al fin y al cabo, no era nada raro que los caballeros tuvieran una esposa y una amante al mismo tiempo. ¿Podía ser que Rourke considerara que mantener a una amante era otra señal de éxito no muy distinta a poseer un carruaje tirado por cuatro caballos o adquirir un castillo?

¿Felicity y él seguían siendo amantes?

Solo había una persona a quien pudiera hacer esa pregunta: su marido.

Kate encontró a Rourke en la biblioteca. Llamó a la puerta y él respondió invitándola a entrar en un tono tenso e irritado, aunque no exactamente enfadado. Entró decidida a abordar el asunto de Felicity Drummond, pero lo cierto era que no tenía claro por dónde empezar. Suponía que lo mejor sería decirlo con tacto. En cualquier caso, necesitaba saberlo.

Su marido estaba sentado en el escritorio y repicaba con la pluma sobre la hoja de papel secante. Parecía apagado y molesto. El hombre de ojos tiernos que la había dejado unas horas antes en el cercado había desaparecido.

La miró largamente.

—¿Por qué no me dijiste que el ama de llaves estaba embarazada? —le espetó a continuación.

Kate se quedó de piedra. No tenía muy claro si debía sentirse aliviada o si también le correspondía enfadarse.

—Pensaba contártelo... a su debido tiempo —contestó.

—¿A su debido tiempo?

Tragó saliva. Era evidente que las cosas no estaban yendo bien.

—No sabía cómo reaccionarías.

—Y por supuesto diste por sentado que como soy un ogro iba a echarles a ella y al bebé para que se murieran de hambre, ¿no es así?

—¿Cómo lo has descubierto? —preguntó, en lugar de responder a lo que él quería saber.

Las dependencias del servicio y las cocinas eran una fuente inagotable de chismes. Si los sirvientes de menor categoría andaban cuchicheando, Kate quería saberlo.

—Me lo dijo ella misma hace un rato.

—¡Hattie ha venido a verte! —Kate estaba asombrada.

—Sí. Al menos a ella le ha parecido que tenía derecho a saberlo.

Kate era consciente de lo que implicaba el incidente. Al parecer, lo del matrimonio no se le daba tan bien como pensaba. Suspiró.

—¿Dejarás que se quede... que se queden?

Rourke asintió.

—Hattie y su bebé pueden quedarse cuanto deseen. Pero soy tu marido, por el amor de Dios, y también la primera persona a la que deberías acudir cuando se presentase un problema, no la última. ¿Por qué no acudiste a mí? ¿Por qué no me contaste la verdad? ¿Tan difícil resulta creer que pueda ser un ser humano razonable? ¿Acaso crees que soy un tirano?

Kate se mordió el labio para no apuntar que, en realidad, al principio de su matrimonio sí se había presentado como un auténtico tirano. Sin embargo, le gustaba pensar que a lo largo de la última semana habían dejado atrás toda aquella pantomima y estaban forjando un matrimonio de verdad.

—No es eso, lo que pasa es que estoy acostumbrada a solucionar las cosas yo sola. Cuanto menos supiera mi padre de los entresijos de nuestro hogar, mejor para todos.

Rourke miró fijamente a su esposa, dividido entre la ira contra el bribón de su suegro y la peculiar ternura que despertaba en él la valiente criatura con la que se había casado. Aquella pobre chiquilla llevaba tanto tiempo luchando por su hermana y por sí misma que le daba miedo permitir que alguien más la acompañara y la aconsejara, y mucho menos que la ayudara a cargar con el peso de los problemas que la vida le iba poniendo en el camino.

—Por Dios, Kate, por si lo has olvidado, estamos casados. ¿Para qué crees que sirve un marido si no es para protegerte, quererte y permanecer a tu lado cuando lo necesites, además de celebrar contigo los buenos momentos?

Kate no contestó. Rourke se levantó y rodeó el escritorio. Le puso las manos sobre los hombros y la atrajo hacia sí. Todavía le sorprendía que un cuerpo tan minúsculo pudiera albergar tal cantidad de voluntad y un alma de tanta valía.

—Sea lo que fuere que pienses de mí y por muchos defectos que tenga, nunca se contarán entre ellos el juego, la bebida en exceso o la crueldad intencionada. Puedes confiar en que estaré aquí cuando me necesites, ya sea a la luz del día o en plena noche. Quiero que acudas a mí para contarme tus alegrías, tus temores y también tus preocupaciones. Quiero estar a tu lado siempre y para siempre. Cielo, no solo puedes confiarme tus secretos. También puedes confiarme tu corazón.

«¿Para qué crees que sirve un marido?»

Kate salió al pasillo y cerró la puerta tras de sí. No le había parecido que Patrick estuviera enfadado con ella, si acaso frustrado y dolido. Tal vez ese era el motivo por el que se estaba planteando seriamente la pregunta. Aparte del ámbito económico de su acuerdo, no había pensado demasiado en el papel que cada uno de ellos desempeñaba. Ella ya sabía cómo llevar un hogar. Además de saberlo, se le daba bien. En cuanto a las obligaciones de un marido, no se lo había planteado detenidamente. Lo único que su padre parecía haber hecho siempre era beber, cazar y jugarse los bienes de la familia. A juzgar por su experiencia, él no había sido nunca una ayuda para su madre y mucho menos un alma gemela. Para ella, su padre había sido un tirano negligente que se había convertido en una carga.

La idea de que un marido pudiera ayudarte y defenderte, ser tu amante y tu amigo, no se le había pasado jamás por la cabeza hasta ese momento. Dadas las circunstancias, no se veía capaz de preguntarle por Felicity. Indudablemente, cualquier «relación» que hubieran podido compartir aquella pelirroja pechugona y él era cosa del pasado. Así las cosas, podría soportar a aquella mujer durante algunas semanas. Tal y como su marido le había apuntado muchas veces, un castillo era un lugar muy grande.

Al entrar en el salón para examinar cómo iba la decoración navideña, se dio cuenta de que no le había contado que había llegado su vieja «amiga».

El hecho de haberse olvidado de contarle a Rourke que Felicity estaba allí fue algo que la propia implicada resolvió en persona. La puerta del estudio apenas se había cerrado tras la marcha de su esposa cuando la que un día fuera amante entró sin llamar, precedida por el aroma del jazmín. Aunque en su día le encantaba cómo combinaba el perfume con el olor de su piel pecosa, ahora le resultaba empalagoso.

—¡Sorpresa!

Rourke levantó la vista del lápiz que estaba haciendo trizas sobre el papel secante y sintió que el alma se le caía a los pies.

—Felicity, ¿qué diablos haces aquí?

Ella fingió que hacía pucheros.

—Vaya, vaya, Rourkie, ¿qué manera es esa de recibir a una vieja amiga?

Hacía casi dos años que no la veía. La repasó con la mirada y confirmó que, a pesar de que el acento de ciudad que forzaba enmascaraba su marcado acento nativo, no había cambiado mucho, a diferencia de él. Su cuerpo voluptuoso y su piel pálida salpicada de pecas solían volverlo loco igual que el perfume, y en la cama él jugaba a unir los «puntos» mientras jugueteaba con los mechones de pelo rojizo. Antes de conocer a Kate pensaba que las mujeres altas y con mucho pecho como Felicity eran su tipo. ¿Cómo habían pasado a ser el cabello castaño tostado por el sol, los ojos de color ámbar que radiaban inteligencia y el cuerpecito delgado de Kate su ideal de perfección en una mujer?

—En vista de que hace más de dos años me abandonaste para irte a Londres sin dejarme ni unas líneas de despedida siquiera, supongo que no te tenía en cuenta como una amiga.

Su repentina partida le había dejado tan enfadado como aliviado. Al verla de nuevo, comprobó que no sentía nada en absoluto.

Felicity estiró el brazo y se puso a toquetear el pisapapeles del borde del escritorio. El tranvía en miniatura era una baratija que Kate había encontrado en una de las tiendas de High Street y había comprado para él. Probablemente, el regalo no había costado más que unas pocas libras, pero se contaba entre sus posesiones más preciadas. No le gustaba que Felicity lo mancillara con sus manos.

La muchacha parpadeó coqueta y le miró. Hace tiempo, un truco como aquel habría hecho que se derritiese, pero ya no. La mirada sincera y directa de Kate le parecía mucho más atractiva.

—¿Qué querías que hiciese? La oportunidad llamó a mi puerta y, como no viniste a rescatarme y casarte conmigo, decidí abrir. Al parecer, al final sí eres de los que se casan —dijo mirando la alianza de oro que lucía Rourke.

Una vez recuperado del impacto de volverla a ver, una idea terrible le acometió como el golpe bajo de un boxeador.

—No me digas que eres la amiga de la hermana de Kate que acaba de llegar de Londres.

Ella levantó la mirada y asintió.

—Exacto, necesitaba marcharme una temporada, y aunque esa chiquilla malcriada es un poco corta de entendederas, a veces resulta divertida... y útil. A fin de cuentas, hacerme amiga de ella es lo que me ha traído hasta aquí.

—No puedes quedarte.

Felicity respondió con una risita maliciosa.

—Me temo que sí, y lo haré. Sin duda, si me marchase de repente antes de Navidad, tu esposa se preguntaría el motivo.

—No metas a Kate en esto.

Rourke separó la silla del escritorio y se levantó. Ella casi igualaba su metro ochenta de estatura y al levantarse él sus miradas quedaron a la misma altura.

—Eso ya lo veremos.

—¿Qué quieres, Felicity?

Aunque parecía estar pensando la respuesta, Rourke era plenamente consciente de que ya debía de tener una recompensa en mente. Aquella mujer era una artista de la conspiración.

—Eso es algo que debo decidir y que tú tendrás que descubrir. De momento, voy a tomar el té con tu mujercita y la tontita de su hermana. Sabe Dios de qué charlaremos. Hasta pronto.

Felicity le lanzó un beso con la mano y se volvió, dispuesta a abandonar la estancia.

Con el corazón desbocado, Rourke se desplomó en su asiento. A pesar de su «regla» de mirar siempre hacia adelante, nunca hacia atrás, su antigua amante estaba allí para arrastrarlo hacia atrás —y hacia abajo— junto a ella.

—No tan deprisa, Felicity —dijo él, temblando de ira.

Ella se dio la vuelta lentamente, en un gesto sin duda ensayado, como todo lo que hacía, para que tuviera un efecto dramático.

—¿Sí?

—Kate significa mucho para mí. Si por casualidad se te pasa por la cabeza hacer cualquier cosa para dañarla o disgustarla, lo que sea, ten presente que tendrás que vértelas conmigo... y será como enfrentarse al mismísimo diablo.

Felicity sonrió, como si se alegrara de haber sido capaz de conseguir que perdiera los nervios.

—No olvides que el diablo y yo también somos viejos amigos.

Beatrice se inclinó sobre la valla del cercado y dio una zanahoria a *Princess*, el poni de Kate. La vieja yegua la engulló con ansia. A juzgar por su aspecto, durante los últimos años no le habían dado demasiados caprichos.

Se volvió hacia su atractivo acompañante, y la mirada tierna de sus ojos de color avellana le llegó al corazón.

—Me parece muy encomiable que ayudara al señor O'Rourke a encontrarla. Yo no la recuerdo, claro. Solo tenía dos años cuando la... vendieron, pero sé que significa mucho para Kate.

Ralph miró de reojo a la joven alta que tenía a su lado. La hermana pequeña de Kate era fresca y hermosa como un lirio en primavera, y pensó que también resultaba igual de adorable. Era una lástima que la juventud y la cuna la pusieran fuera de su alcance.

Sin embargo, por algún motivo, no pudo evitar preguntar:

—¿Sabe montar?

Beatrice dejó caer una mirada tímida hacia sus manos enguantadas. Tras dar la última zanahoria al caballo, las había apoyado con un recato coqueto sobre la valla.

—No. Todavía no, quiero decir. Pero me gustaría aprender.

—Le podría dar algunas clases sobre los aspectos básicos de la equitación durante su estancia en el castillo. Por supuesto, si prefiere que se encargue de ello alguno de los mozos...

Dejó la oferta a medias. Por Dios, ¿qué estaba haciendo?

Unos ojos muy azules, del color de los acianos, se elevaron hacia su rostro.

—No, no, me encantaría que se ocupara usted de enseñarme. Si tiene tiempo, claro está.

—Señorita, por usted sacaré el tiempo de donde haga falta.

Un carraspeo hizo que ambos volvieran la cabeza hacia el granero. Los pasos presurosos de Kate la llevaban por el camino hacia donde estaban ellos. Bea se mordió el labio.

—Caramba, conozco esa mirada —dijo Bea, expresando sus pensamientos en voz alta—. Está enfadada y, sea cual sea el motivo, rodarán cabezas.

Desde su llegada el día anterior, no había visto a su hermana fruncir el ceño de ese modo. Incluso mientras la regañaba por haberse escapado de casa, o de haberlo hecho aparentemente, había mostrado una expresión suave y relajada.

Tras dejar a su marido en la biblioteca, Kate había decidido dar otro paseo para que el aire la espabilara y poder pensar con claridad. Aunque no tenía intención alguna de herir los sentimientos de Patrick, era evidente que lo había hecho. Visto en perspectiva, no podía creer que apenas unas semanas atrás hubiera temido de verdad que su marido echara a Hattie. Al parecer, la gestión de un hogar, o al menos sin duda la parte concerniente al matrimonio, resultaba mucho más complicada que los regímenes y los recibos que aparecían en el libro de la señora Beeton.

Sus piernas la llevaron al camino del establo. Podía ir a ver qué tal se estaba adaptando *Princess*. Era imposible saber cuánto tiempo les quedaba juntas: el poni se acercaba a los veinte años y había llevado una vida muy dura, pero Kate estaba decidida a sacar el máximo partido del tiempo del que dispusieran.

Unas voces subrayadas por la risita de su hermana dirigieron su atención hacia el cercado. Bea estaba de pie en la valla, acariciando a *Princess* y mirando a Ralph Sylvester, el ayudante de Rourke, con ojos de cordero degollado. Se detuvo y contempló la escena. A su entender, estaban más cerca el uno del otro de lo que era deseable o, al menos, de lo que ella deseaba. Miró al ayudante de arriba abajo. Sostenía el sombrero entre las manos y tenía un pie apoyado en la valla. Hasta entonces, había estado demasiado centrada en su marido para fijarse demasiado en el otro hombre y, de hecho, en cualquier hombre, pero al mirarlo con mayor detenimiento se dio cuenta de que era muy atrac-

tivo. También poseía unos modales arrebatadores, una lengua locuaz y unos ojos muy vivos, herramientas imprescindibles en el repertorio de todo vividor. Recordó cómo habían buscado aquellos ojos los de su hermana en la iglesia y apretó el paso.

Se colocó junto a ellos. El rostro ruborizado de Bea y su mirada avergonzada confirmaron sus sospechas. El señor Sylvester también tenía una expresión bastante avergonzada, como si le hubieran pillado con las manos en la masa. En este caso, la deliciosa golosina en juego era la hermana pequeña de Kate, y estaba decidida a asegurarse de que el ayudante mantuviera sus sucias pezuñas lejos de ella.

—Si nos disculpa, señor Sylvester, me gustaría hablar a solas con mi hermana —dijo, mirándole.

—Por supuesto, señora. —Sus ojos de color avellana encontraron el rostro de Bea—. Que tenga un buen día, señorita.

El hombre hizo una marcada reverencia sobre la mano enguantada de la joven.

Bea contempló su marcha y suspiró.

Kate esperó a que Sylvester hubiera llegado a mitad del sendero antes de dirigirse a su hermana.

—Estabas flirteando. No lo niegues. Os he visto.

Bea se encogió de hombros. Su rostro en forma de corazón lucía una expresión rebelde.

—¿Y qué si lo estaba haciendo? ¿Tan malo es?

—Es el ayudante de mi marido.

Los ojos azules de Bea se entrecerraron.

—Kat, no todas podemos acordar matrimonios de conveniencia. Algunas tenemos que seguir los dictados de nuestro corazón y casarnos por amor.

El hecho de que la muchacha hubiera hablado de matrimonio y de un hombre al que apenas conocía sin tomar aliento elevó los instintos protectores de Kate a su máxima potencia. Su hermana pequeña debía

de estar enamorada de verdad. El señor Billingsby, que sin duda era digno y de cara agradable, aunque aburrido, jamás había logrado que a Bea le brillaran los ojos como con el ayudante. Desgraciadamente, aunque el señor Billingsby carecía del atractivo y el encanto de Ralph, sí tenía algo sustancial que lo hacía recomendable y que no poseía un sirviente: ingresos.

A continuación, consideró la insinuación de Bea respecto a que Rourke y ella habían pactado un matrimonio de conveniencia. Unas semanas atrás, habría estado de acuerdo con ella, pero ya no. Antes de la llegada de sus invitadas, pensaba que su esposo y ella iban por el buen camino para construir un auténtico matrimonio, pero su charla con Felicity le había despertado dudas.

En lugar de pasar por alto el comentario, insistió entonces en la conversación.

—¿Por qué estás tan segura de que no lo entiendo?

Bea se concentró en acariciar a la yegua.

—Es evidente, ¿no te parece? El señor Rourke y tú os casasteis por conveniencia. Sois más socios que marido y mujer. Cuando yo me case, será con un hombre cuya alma sea afín a la mía.

La altivez de su hermana en el ámbito del amor le dolía como si le echaran sal en una herida reciente y sensible.

—Me gustaría ver si el alma del señor Sylvester y la tuya serían tan afines dentro de un año, cuando no dispusieras de dinero suficiente para comprar siquiera un billete de tren y todavía menos para dedicarte a todas esas cursilerías que tanto te gustan —contraatacó Kate.

Había sido un comentario agrio y malhumorado, y lo lamentó en cuanto hubo pronunciado esas palabras tan duras. El mero hecho de haberse soltado de ese modo demostraba hasta qué punto le había hecho perder los nervios la presencia de Felicity.

La mirada de Bea se desplazó del caballo a Kate. Le temblaba el labio inferior y una lágrima le humedeció la mejilla.

Kate tendió el brazo para abrazar a su hermana.

—Bea, cariño, lo siento. No quería...

Su hermana sacudió la cabeza y se apartó.

—Eso que has dicho ha sido espantoso, Kate. Eres una bruja de la peor calaña.

Dio media vuelta y echó a correr hacia el castillo.

«Eres una bruja de la peor calaña.»

Las palabras de su hermana le retumbaban en los oídos una y otra vez mientras regresaba al castillo. Había pensado dar explicaciones a Bea, pero no podía echarse atrás y permitir que su hermana se entretuviera con el ayudante. A su tierna edad, tenía toda la vida por delante. Kate estaba decidida a hacer cuanto pudiera para protegerla y evitar que se metiera en un aprieto o, Dios no lo quisiera, se buscase la ruina.

Al entrar en el salón, que olía a pino que era una delicia y estaba decorado con esmero para las fiestas, no se molestó en quitarse el abrigo. Con paso firme, se dirigió a la biblioteca de su marido. Era su segunda visita del día, un récord.

La puerta de la biblioteca estaba abierta, así que no se molestó en llamar. Rourke levantó la mirada bruscamente del mapa de líneas de ferrocarril que tenía extendido sobre el escritorio. Sentado tras el mapa con sus grandes manos agarradas al borde de la mesa, casi parecía aliviado al verla.

—¿En qué puedo ayudarte, Kate?

En su tono de voz no quedaba ni rastro del fastidio de antes. Daba igual. Kate estaba fastidiada por los dos.

—Deberías reunirte a solas con el señor Sylvester y echarle una buena reprimenda.

Se dio cuenta demasiado tarde de que tal vez había sonado excesivamente autoritaria. Rourke se levantó.

—¿Y eso por qué?

—Está tonteando con mi hermana.

Kate esperaba que él se enfureciese, pero miró al mapa del escritorio como si estuviera impaciente por volver a él.

—Me parece que se trata de un asunto personal que deben resolver ellos dos. Además, llegó ayer. ¿Cuánto tiempo pueden haber tenido para tontear en tan solo veinticuatro horas?

—No tontean «ellos», sino él, y la respuesta a tu pregunta es más que suficiente. He oído cómo se ofrecía para enseñarle a montar a caballo.

—Algo escandaloso, no cabe duda.

Miró al techo como si ella fuese una tonta que le estaba haciendo perder un día de trabajo.

Kate notó cómo crecía su enojo. Apenas una hora antes, él la había reñido por no acudir a contarle sus problemas y ahora que lo hacía encontraba el sarcasmo y la indiferencia por respuesta.

Sintió la necesidad de echar mano a su alter ego, Kate «la que todo lo puede», y volvió a cruzarse de brazos.

—Es tu empleado. Te corresponde a ti hablar con él antes de que las cosas... evolucionen. ¿Vas a hacerlo o no?

Dio unos golpecitos en el suelo con la punta del pie para indicarle que esperaba una respuesta y que su tiempo era tan valioso como el de él.

—Muy bien —Suspiró como si se sintiera realmente agobiado—. Hablaré con él esta noche, pero si quieres saber mi opinión, la muchacha podría tenerse por afortunada si acabase con él.

—Lo cierto es que no te la he pedido, pero ya que lo mencionas, ese hombre es tu ayudante.

Rourke levantó la vista airado.

—Efectivamente, lo es. ¿Qué tiene eso que ver?

—Es un sirviente de esta casa.

—Hattie también lo es y sin embargo la tratas más como si fuera alguien de tu familia que como a una sirvienta.

Descruzó los brazos mientras se preguntaba por qué se lo estaba poniendo tan difícil. Sabía que su ayudante y él eran amigos, pero por el amor de Dios...

—Pero yo no casaría a Hattie con un hermano mío.

Rourke entornó los ojos.

—Ayudante o ama de llaves son dos trabajos honrados, ¿no te parece? Si las circunstancias hubieran sido distintas, tal vez yo habría terminado lustrándote las botas y llevándote el agua para el baño al dormitorio en cubos de hojalata.

—No digas tonterías.

—¿Son tonterías? Recuerda que después de todo Beatrice no sería la única hermana Lindsey que se casara con una persona de más baja condición, señora mía.

De pronto, Kate entendió por qué se lo estaba poniendo tan difícil y el motivo por el que se estaba enfadando tanto. Hizo lo posible por echarse atrás.

—Tu caso es distinto.

Sus ojos se oscurecieron hasta adquirir un tono gris verdoso turbio, más parecido al de la niebla de Londres que al de las esmeraldas talladas.

—¿Por qué? ¿Porque soy rico?

Kate no tenía respuesta para esa pregunta, pero se esforzó por pensar en una.

—Rourke... Patrick... No quería decir que...

—Acertaste en tu primera apreciación. La dama de una casa señorial como tú no debería cometer la tontería de acercarse demasiado a sus subordinados, y mucho menos pronunciar los votos con ellos.

La frialdad de su mirada y de su voz hicieron que Kate se pusiera a temblar.

—¿Qué quieres decir?

—Que se me ocurren maneras mucho mejores de pasar mi vida que encadenado con grilletes a una mujer con demasiada rabia y a la que le falta corazón, una engreída y una... arpía.

Capítulo 14

«Pues bien, haced como os plazca. En cuanto a mí, no partiré hoy, ¡no! Ni mañana. Ni antes de que me dé la gana hacerlo. La puerta abierta está, señor mío; el camino ahí lo tenéis.»

WILLIAM SHAKESPEARE, Catalina,
La fierecilla domada.

Una semana más tarde.

Kate puso fin a la discusión al abandonar la biblioteca antes de que pudieran brotar las lágrimas de sus ojos. Una semana después, todavía no había vuelto a entrar en ella. Además, por la noche, Rourke y ella dormían cada uno en su habitación. La puerta del vestidor que conectaba ambas alcobas permanecía cerrada de nuevo como si marcara la línea del frente de batalla.

Como la casa, o mejor dicho, el castillo estaba lleno de invitados, no podía permitirse el lujo de entristecerse. El día anterior habían llegado los amigos de Rourke, Hadrian y Gavin, acompañados de sus esposas, Callie y Daisy. Mediante un acuerdo tácito, Rourke y ella habían decidido fingir delante de sus invitados. Por suerte, la presencia de dichos invitados implicaba que se veían todavía menos que de costumbre. Siguiendo la tradición de las fiestas en casas de campo, la mayoría de actividades segregaban a los invitados en función de su sexo. Para celebrar el cumpleaños de Gavin, Rourke se lo había llevado a él y a Hadrian a la ciudad, mientras que las mujeres se habían excusado para poder distraerse a solas.

Mientras tomaban el té en la salita que había redecorado con tonos claros azul y crema, Kate observaba a sus dos invitadas. Callie, por supuesto, era una afamada sufragista, mientras que Daisy, la esposa de Gavin, era una actriz de primera línea. Una famosa reformista social y una estrella de la escena londinense eran una compañía prestigiosa. Aunque a Kate nunca le había faltado confianza, la obligación de entretener a dos mujeres tan destacadas durante una tarde le resultaba algo abrumadora, sobre todo teniendo en cuenta que era evidente que las cosas entre su marido y ella se habían torcido.

Callie se había acomodado en una silla junto a la lamparita de mesa y hojeaba un ejemplar del *London Times* de una semana atrás.

—Katherine, Rourke es un poco brusco a veces, pero es un buen hombre. Dejando aparte el asunto del fiasco de la boda, creo que te quiere de todo corazón —comentó, mirando a las otras dos por encima de las gafas.

—Citando a Shakespeare, «el camino del verdadero amor jamás se vio exento de borrascas» —añadió Daisy, que estaba sentada en el sofá junto a Kate.

Katherine frunció el ceño. Al parecer, las dotes de Rourke y de ella para el disimulo dejaban mucho que desear.

—Si me permites decirlo, ya he tenido bastante de la sabiduría dudosa del Bardo.

La sonrisa traviesa de Daisy mutó en cierto sentimiento de vergüenza. Bajó la mirada hacia el guion que tenía en el regazo.

—Supongo que te enteraste del… regalo de bodas que os hicimos Gavin y yo.

Kate asintió.

—Efectivamente.

Daisy se puso a juguetear con la falda a rayas. Como había iniciado su carrera siendo bailarina de cancán en los teatros de variedades de Montmartre, a veces le costaba quedarse quieta.

—Madre mía, debes de haberte hecho una idea bastante negativa de mí, justo ahora que tenía grandes esperanzas de que llegáramos a ser amigas. No pretendía entrometerme… Bueno, sí, pero solo un poco y tan solo para ayudar. Creo que otro de mis grandes complots ha vuelto a fracasar. Por favor, no eches la culpa a Gav. Fue idea mía, créeme. Él intentó disuadirme, pero al final me salí con la mía y os hizo llegar esa maldita obra en mi nombre.

Kate había observado a la animada actriz y su esposo, un abogado de atractivo enigmático aunque con una mirada serena, y suponía que no era nada fuera de lo común que ella se saliera con la suya. A cualquiera que los viera le resultaría obvio que Gavin estaba perdidamente enamorado de su poco convencional esposa. Tan evidente como que ella estaba exactamente igual de enamorada de él.

Por su parte, Callie y Hadrian también estaban dedicados el uno al otro en cuerpo y alma. Desde que Callie se retirara de la política, habían iniciado un nuevo proyecto conjunto: una exposición sobre el suplicio que padecían los habitantes del East End de Londres, muchos de los cuales sufrían una pobreza desgarradora. Encontrarse entre dos parejas tan extraordinarias le estaba pasando factura. Kate estaba un poco celosa, pero sobre todo triste.

—Me había prometido no decir nada hasta después de la cena de cumpleaños de Gavin, pero el caso es que me estoy planteando pedir a Patrick la separación —confesó de pronto Kate, sin motivo aparente.

Era verdad. Había dado vueltas y más vueltas a la cabeza y no se le ocurría otra solución. No estaba dispuesta a pasar la vida junto a un hombre que la consideraba un grillete al que estaba encadenado y una arpía.

Tampoco pensaba compartirlo con otra mujer. Un matrimonio fingido era peor que uno inexistente. Por otra parte, Rourke todavía tenía pendiente confesar su «antigua» relación con Felicity. Si era cosa del pasado, ¿qué tenía que esconder?

Daisy se llevó una mano a la boca de repente, con cara de susto.

—Madre mía, Rourke y tú os vais a separar, y es por mi culpa.

Kate estiró la mano y le tocó el brazo para consolarla. Aunque no tenía por costumbre tocar afectuosamente a desconocidos, se sentía muy cómoda entre aquellas mujeres.

—No te culpes por eso. Aunque me tienta la idea de cargar sobre las espaldas de los demás el peso de la culpa de mis problemas, no puedo hacerlo. Además, aunque quisiera, es difícil responsabilizar a una obra de teatro del fracaso de mi matrimonio.

Callie dobló el periódico y lo dejó a un lado.

—Querida Katherine, en una ocasión, y de eso no hace tanto tiempo, me diste un buen consejo, aunque fuera en un aseo público. ¿Lo recuerdas?

Kate reflexionó un momento y el recuerdo regresó a su mente, borroso pero intacto.

—A grandes rasgos, tenía algo que ver con no dar importancia a una sola de las palabras crueles que dijeron ciertas... zorras, creo.

—Exacto, y ahora me gustaría devolverte el favor, si no te importa. Por poner un ejemplo, Hadrian y yo nos conocimos porque uno de mis enemigos políticos le sobornó para que me desacreditara tomándome una fotografía escandalosa y filtrándola a la prensa.

Kate recordaba una foto de alcoba muy reveladora que había aparecido publicada en la portada de todos los periódicos de Londres hacía

un año, aunque no conocía la historia de cómo se había filtrado a Fleet Street. Ahora que la sabía, se preguntó en voz alta cómo había podido perdonarle Callie.

La sonrisa que le dedicó Callie como respuesta era tan enigmática como la de la *Mona Lisa*.

—Pude perdonarle porque le quería y por los actos extremos que llevó a cabo para tratar de arreglar las cosas entre nosotros, supe sin lugar a dudas que me quería.

—Pero aun así...

—Mi querida Kate, las circunstancias y las personas pocas veces son lo parecen por fuera. El amor, sin embargo, no va a lo superficial, sino a la esencia. Es tan sincero como eterno.

Kate trató de deshacer el nudo que se le hacía en la garganta y se volvió hacia Daisy. Recordó que Rourke le había comentado que aquella valiente actriz no había sido huérfana, sino que la habían abandonado al nacer.

—Insistiendo en el argumento de Kate, yo misma soy un ejemplo magnífico de alguien que no es precisamente lo que parece. ¿Sabías que no he sido siempre una respetable actriz de teatro?

Kate asintió. Había oído algún comentario acerca de la reaparición de Daisy en Londres como actriz principal en el club nocturno Palace, el salón de variedades que actualmente era propiedad de Rourke; por lo demás, él había sido parco en detalles y ella no había querido insistir.

—Comencé mi carrera profesional como cabaretera en los teatros de variedades de París. Además, si digo que mi reputación personal estaba mancillada, me quedo corta. Aunque parte de los rumores exageraban, te puedo asegurar sinceramente que me gané a pulso la mayor parte de los comentarios que sobre mí se hacían. Freddie, mi hija, no es de la sangre de Gavin, sino el retoño de una breve relación que mantuve cuando era muy joven y muy alocada. Tuve amantes antes de que Gavin y yo nos reencontráramos por casualidad, y no hablo de dos o

tres. En cuanto Gavin regresó a mi vida, tenía tanto miedo de amarle que hice todo lo que pude para alejarle de mí. Una vez, encontró una carta que estaba redactando a Freddie y pensó que se trataba de un hombre y que además era mi amante. No le saqué de su error. Más tarde, su abuelo intentó interponerse entre nosotros y dejé que pensara que había aceptado el soborno que me ofreció para que me fuese. Ahora parece una locura, era una locura, pero por aquel entonces me daba tanto miedo que volvieran a herirme que no podía pensar con claridad. Por desgracia, no solo me hice daño a mí misma, también se lo hice al que hoy es mi marido. Solía ser muy paciente conmigo casi siempre. Todavía lo es. No me perdonó una única mentira perversa, sino dos. De haber estado en su lugar, no sé si habría podido ser tan compasiva o tan generosa con mi amor. Sin embargo, si Harry, Rourke y Callie no me hubieran secuestrado en Drury Lane y me hubiesen llevado al teatro abandonado en el que me esperaba Gavin, solo Dios sabe si él y yo habríamos podido resolver el embrollo o poner en orden nuestros sentimientos.

Callie cruzó la habitación y se acomodó entre los cojines del sofá al otro lado de Kate.

—Creo que lo habríais solucionado de todos modos, pero tal vez no a tiempo —dijo Kate, volviéndose hacia Daisy—, y cambiando de tema, me encanta que te hayas dejado el pelo de tu rubio natural.

La conversación se desvió hacia los peinados y la moda, los niños, el trabajo y los planes de futuro. Kate reflexionaba sobre lo que había oído hasta entonces. Fotografías lascivas de alcoba, sobornos y chantajes y ¡hasta un secuestro! Le habría costado decidir cuál de las historias de las dos mujeres le parecía más extraordinaria. Sin embargo, a los ojos del mundo, Callie y Hadrian y Daisy y Gavin parecían dos parejas de recién casados perfectamente serenas y respetables. En cualquier caso, como demostraba su tormentoso matrimonio con Rourke, ¿quién sabía lo que ocurría entre bambalinas en cualquier relación?

Callie le tocó el hombro como si notara que se había quedado ensimismada.

—Nosotras dos ya hemos hablado bastante. Me parece que es el turno de Katherine. —Se volvió hacia ella—. No pretendo ser cotilla, pero si hay algo que quieras echar fuera, estoy segura de que puedo decir también en nombre de Daisy que te escucharemos con una mentalidad abierta.

Kate las miró a ambas.

—Aunque no os conozco demasiado bien, en muchos sentidos me siento más cómoda hablando con vosotras que con mi hermana o...

Se detuvo al tomar conciencia con tristeza de que, aparte de Rourke, no disponía de más amistades a las que pudiera confiar intimidades. Además de leer abundantes novelas y comer pasteles de chocolate, su plan para la independencia de soltera incluía hacer algunas amigas. Ahora se daba cuenta de lo tonta que había sido al limitar su vida de ese modo. Su aislamiento no era algo que pudiera achacar a la afición al juego de su padre o al egoísmo de su hermana pequeña. No era culpa de nadie más que de sí misma.

—¿Qué sucede, Katherine?

—Rourke es amigo vuestro. —Dirigiéndose a Daisy, añadió—: En tu caso, crecisteis juntos. No quiero que parezca que le estoy criticando o que hablo mal de él, pero... Dios mío, esto duele. Duele mucho, maldita sea.

Avergonzada por su arrebato, Kate se volvió y se secó una lágrima que le corría por la mejilla. Y pensar que siempre se había enorgullecido de su compostura, su serenidad y su insuperable registro de no haber mostrado jamás sus emociones y, menos aún, llorado en público. ¿En qué momento exacto se había convertido en una llorona?

Cuando hubo acabado de contarles la historia todavía inconclusa de su relación con Rourke, habían sustituido la tetera con la que

habían empezado la tarde por un decantador de jerez y ninguna de ellas tenía los ojos secos. Al llegar a la parte relativa a Felicity, perdió la voz.

Callie rechazó el decantador con un gesto.

—Me temo que tendré que limitarme al té hasta que hagan acto de presencia el pequeño Henry o la pequeña Alicia.

Se acarició la leve tripa de embarazada y Kate tuvo que esforzarse para tragar saliva y deshacer la bola cada vez mayor que se le formaba en la garganta.

Estaba bastante segura de no estar embarazada. Los ligeros calambres en el bajo vientre y la blandura de sus pechos indicaban que sus maldiciones mensuales llegarían según el horario previsto. Dada su separación inminente, debería sentirse aliviada. Tal vez incluso fuera estéril. A fin de cuentas, se acercaba a los treinta años.

En realidad, no obstante, deseaba desesperadamente tener un ser humano minúsculo al que poder abrazar y cuidar, alguien a quien poder querer de verdad. Era irónico que ella, que había pasado casi toda la vida cuidando a los demás, pudiera terminar viéndose privada del don de la maternidad. Además de crear una nueva vida, también quería crear una familia, una familia con Patrick.

Sin embargo, para alcanzar ese objetivo, era necesario que él la quisiera lo suficiente, solo un poco.

El ruido de un carruaje que se detenía frente a la casa anunció el regreso de los hombres. Animada por Callie y Daisy, Kate fue a hablar con Rourke. Tal y como le había dicho Daisy, ningún momento era mejor que el presente. Con cena de cumpleaños o sin ella, no tenía sentido permitir que los sentimientos heridos perduraran más tiempo.

Daisy contempló cómo partía Kate y suspiró.

—Espero que lo solucionen.

Callie arqueó una ceja.

—Pensaba que Kate no te caía bien.

—Al principio tuve ciertas dudas —admitió Daisy—. Parecía muy solemne al hablar y un poco orgullosa.

Callie sonrió.

—Si me hubieras conocido hace unos años, habrías dicho lo mismo de mí.

—Están hechos el uno para el otro, lo sé —continuó Daisy—. Me parte el corazón la manera en que la mira cuando cree que ella no se da cuenta y la tristeza de sus ojos.

A pesar de los años que había pasado en París, las raíces *cockney* de Daisy tenían tendencia a asomarse de vez en cuando, y había empleado ese acento al hablar.

—¿Qué opinas de Felicity? —preguntó Callie—. Anoche, durante la cena, me pareció un poco engreída, la verdad; no dejaba de hablar de su carrera teatral.

Daisy, que nunca se callaba nada, frunció el ceño.

—Actriz y un cuerno —dijo—. Te aseguro que jamás he oído hablar de ella. Creo que es una arribista, una cazadora de fortunas que ha venido a agitar las aguas y buscar problemas a nuestros amigos.

—Bien expresado, pero la pregunta principal es: ¿qué quiere? —Callie calló un momento y añadió:— ¿No te parece extraño que después de pasar dos años en Londres de pronto se haga amiga de la hermana de Kate y aparezca por aquí justo antes de Navidad?

Daisy estuvo de acuerdo en que era muy extraño.

—Vigilémosla mientras estemos todos aquí, a ver qué trama. —Se apartó un mechón de pelo de color maíz, que antes llevaba teñido de un tono canela más propio de una actriz, y añadió—: Dejando a un lado las actuales dificultades, Rourke y Kate están en el umbral de alcanzar su propio final feliz. Lo noto. No podemos

permitir que esa víbora de pelo rojo nos estropee todo el trabajo a estas alturas.

Rourke también pasaba una tarde locuaz acompañado de amigos. Por algún motivo, su intención inicial de mostrar a Gavin y Harry la nueva exposición sobre la historia del ferrocarril se había transformado en una misión de rescate. Harry había dicho que tenía sed y los llevó a una cantina local junto al High. Poco después, la cerveza fluía al mismo ritmo que los consejos no solicitados de sus amigos.

Al empezar la tercera ronda, Harry levantó la pinta.

—Por Gav, mi amigo abogado favorito y, de hecho, mi único amigo abogado. Que cumplas muchos más, muchacho. —Bajó el vaso, se limpió la espuma de los labios y clavó sus ojos azules en Rourke—. Hablando de cumpleaños, el tuyo será pronto, ¿verdad? —Rourke asintió—. En ese caso, hazte un regalo de cumpleaños anticipado y haz las paces con tu esposa. Kate está loca por ti. Tan claro como esa nariz rota de boxeador que tienes. Resulta evidente a ojos de cualquiera salvo a los tuyos.

Rourke bajó la mirada hacia su jarra de *whisky* escocés.

—Kate está tan poco enamorada de mí como yo de ella. Hacemos mala pareja y punto.

Gavin le dio un trago a la copa de jerez. No era un vino excelente, pero cuando uno estaba tirado en un remoto pueblo escocés, tenía que adaptarse a lo que hubiera.

—Estoy de acuerdo con Harry. ¿Qué otra cosa además del amor podría llevar a una mujer a molestarse en mostrar tanta rabia contra un hombre?

Rourke levantó su vaso de *whisky* y lo engulló de un solo trago. Se secó la boca con la mano —¿para qué molestarse en mostrar buenos modales cuando todo lo que era importante para él se estaba perdiendo?

—Porque es una bruja a la que le gusta tocar los cojones. Por eso —respondió.

Si cualquier otro hombre, incluido cualquiera de sus dos mejores amigos, hubiera dicho lo mismo o incluso la mitad que él, le hubiera estampado un puño en la cara sin pensárselo dos veces. Sin embargo, el hecho de que su esposa, a la que había calificado de arpía, le hubiera tocado los cojones a él le hacía sentirse con el derecho a decirlo.

A diferencia de Hadrian, que había sido un solterón empedernido antes de enamorarse de Callie, él siempre había imaginado que acabaría casándose y que la mujer adecuada se presentaría en su vida. En cuanto apareciese, se casarían, formarían una familia y vivirían felices para siempre, y el único ruido que quebraría la paz sería el de los caballos que criase.

Por el momento, los caballos estaban demostrando ser mucho más fáciles de gobernar.

Gracias a Dios, se había contenido antes de decirle a Kate que la quería. Cada vez que pensaba en lo cerca que había estado de confesárselo, sentía una vergüenza parecida a la que había experimentado durante la escenita del jardín. Su esposa era una maravilla, de eso no cabía duda. Cada vez que se convencía de que no era posible que ella le hiriese más, se le ocurría una forma nueva y creativa de pisotearle las esperanzas y el corazón con sus delicados zapatitos.

Aparentemente ajeno al peligro que corría, Harry se inclinó sobre la mesa del *pub* y agitó el índice frente a la cara de su amigo.

—Escúchame bien, zopenco, conozco a Katherine Lindsey desde antes de que fuera tu esposa, incluso desde antes de que le pusieras los ojos encima. Era dura como una piedra y tan cálida como la nieve, más o menos, toda una reina de hielo a pesar de que exteriormente se comportaba de manera sociable y educada. Durante las sesiones que

hice con ella, ni una sola vez miré a través de la lente de la cámara y vi brillar sus ojos y su piel, ni ablandarse el gesto ceñudo de sus labios como sucede cuando está cerca de ti.

Gavin, la eterna voz serena de la razón, alzó la copa.

—A mí me parece que la pregunta fundamental que queda por contestar es: ¿Qué es lo que más deseas amigo mío, tener la razón o ser feliz? —intervino Gavin.

Felicidad... Rourke no estaba seguro de haber sabido jamás qué significaba, pero durante la semana de la luna de miel con Kate se había sentido muy cerca de ese sentimiento, lo bastante como para tocarlo. Quizá la felicidad se instalara en su vida «de visita», pero no estaba allí para quedarse, no. El sexo había sido sublime, el mejor de su vida, pero lo que sentía por Kate superaba al aspecto físico de su unión. Adoraba la confianza con la que ella le había apoyado la cabeza en el recodo del hombro y se había acurrucado junto a él, amoldando su cuerpo al de él a pesar de la diferencia de tamaño, colocando una de sus esbeltas piernas sobre su cuerpo, en un acto mudo de tierna posesión. Pese a todo, ni siquiera durante aquella semana idílica había logrado en ningún momento bajar la guardia y relajarse, no por completo. Incluso mientras contemplaba cómo dormía recostado sobre un hombro, le asaltaba el temor irracional de que ella pudiese desaparecer —o que alguien se la llevara— en cualquier instante. ¿Acaso era una reacción normal en un recién casado? A Rourke no se lo parecía. Cuando se enfrentaba a cualquier otro tipo de obstáculo, su tendencia natural era clavar los pies en el suelo, alzar los puños y luchar por aquello que quería y por lo que creía. ¿Por qué, entonces, cuando el problema era lo que deseaba su corazón, Kate, le parecía más seguro abandonar y rendirse sin más?

Sacudió la cabeza y pensó si pedir otra copa.

—¿Por qué me da la sensación de que conseguir «ambas cosas» no es una opción aceptable?

Gavin respondió con una sonrisa irónica.

—Amigo mío, te puedo asegurar que tener la razón sirve bien poco para hacer funcionar un matrimonio, y todavía menos salir victorioso. Un matrimonio se basa en la atención y el compromiso y en elegir hacer lo moralmente correcto. Hay que ser generoso, por encima del interés personal de uno. Y por encima de todo, se fundamenta en el amor. Independientemente de quién tenga razón y quién se equivoque, el amor será lo que os haga progresar. —Como si presintiera que Rourke estaba a punto de interrumpirle, añadió—: Recuerda que estuve a punto de romper con Daisy cuando creí que había aceptado un soborno de mi abuelo. Mi orgullo y mi terquedad casi consiguieron que la abandonase para siempre.

—Yo también estuve a punto de abandonar a Callie para no tener que enfrentarme a ella cuando aquella dichosa fotografía apareció en los periódicos. —Harry recorría con el dedo el anillo húmedo que había formado el vaso de cerveza sobre la mesa con una expresión pensativa—. Intenté convencerme de que al huir hacía lo más noble, que estaría mejor sin mí, pero lo cierto es que huir no era en absoluto una demostración de nobleza. Me daba un miedo atroz que me rechazase, aunque nadie, ni siquiera yo mismo, la hubiera culpado de nada de haberlo hecho. En cualquier caso, si hubiese huido, piensa en todo lo que me faltaría ahora: la mejor amante, amiga y esposa que pueda desear un hombre y, si Dios quiere, en cinco meses también será la mejor madre.

Gavin y Rourke levantaron la cabeza de inmediato.

—¿Harry?

Harry los miró y a su atractivo rostro se asomó una sonrisa amplia y llena de orgullo.

—Vamos a tener un bebé.

Rourke estiró el brazo y dio una palmada en la espalda a su amigo.

—Es una noticia estupenda, amigo. Enhorabuena. Esto se merece otra ronda.

Tragó saliva para tratar de deshacer el nudo que tenía en la garganta y llamó al camarero.

Al imaginar el cuerpo terso y esbelto de Kate aumentando de tamaño para albergar al bebé de ambos, Rourke sintió un tirón extraño cerca del corazón. Había visto la bondad que Kate había mostrado hacia los hijos de los arrendatarios, los miembros más jóvenes del personal de la casa y, cómo no, su perro mestizo. Sería una madre hermosa y competente.

Esperó a que llegasen las bebidas y a continuación levantó su copa para el brindis de rigor.

—Por los buenos amigos y las segundas oportunidades... Espero —dijo con la copa alzada.

Brindaron. Los ojos solemnes de Gavin buscaron los de Rourke desde el otro lado de la mesa.

—Saldrá bien, Patrick, ya lo verás.

Harry dejó el vaso en la mesa y asintió.

—Después de la tempestad siempre llega la calma... o algo así.

Rourke tragó saliva.

—Nunca me he sentido digno de Kate, de veras —admitió—. Comenzó siendo un trofeo resplandeciente que había que ganar, alguien que estaba fuera de mi alcance, o casi. Una vez la tuve, no podía dar crédito a mi buena fortuna. No estaba seguro de qué hacer con ella; bueno, sabía perfectamente qué hacer con ella en algunos aspectos, pero en otros... Es una dama de alta cuna, al fin y al cabo, y yo soy... bueno... yo. Un gorila como yo debería sentirse afortunado de que alguien como ella le deje acercarse lo bastante para tocarla, por no hablar de querer algo más, pero yo sí quería algo más, y no era solo su cuerpo, sino su corazón. Y entonces su hermana apareció con Felicity y todo lo que habíamos construido en el transcurso de la semana, la confianza, la amistad y, efectivamente, el amor, se desmoronó como un castillo de naipes.

—¿Quieres un consejo? —preguntó Gavin.

—¿Tengo alguna alternativa?

Gavin y Harry intercambiaron miradas. Al unísono, negaron con la cabeza y contestaron:

—La verdad es que no.

—Lo suponía. En ese caso, suéltalo.

Gavin suspiró.

—Ve a verla, Patrick. Ve a verla en cuanto regresemos. Si le cuentas aunque solo sea la mitad de lo que nos has contado a nosotros, será una boba si no cede al menos para que alcancéis una tregua. Si no lo hace, como mínimo sabrás que has hecho cuanto estaba en tu mano. Podrás seguir adelante con tu vida sin mirar atrás y sin nada que lamentar.

Harry estaba de acuerdo.

—Gavin tiene toda la razón, amigo. De paso, podrías darle a Felicity la carta de despido. Tener a tu antigua amante bajo el mismo techo que tu esposa no puede ser bueno.

Rourke negó con la cabeza.

—Kate cree que Felicity no es más que una amiga de su hermana. No tiene ni idea de que Felicity y yo fuimos más que conocidos y me gustaría que siguiera sin saberlo.

Harry se rio de manera burlona.

—Lo que tú digas. A las mujeres no les hace falta averiguar nada en cuanto a ese tipo de cosas. Simplemente, lo saben. Tienen la vista de un águila y el olfato de un sabueso. Haz caso de nuestro consejo. Haz que ese lastre haga las maletas y ve a ver a Kate. Gav ha dado en el clavo. Si no intentas arreglar las cosas, lo lamentarás el resto de tu vida. Al final, Rourke, los lamentos son un brebaje más amargo de tragar para un hombre que los pecados.

En cuanto los hombres regresaron a casa, Rourke se dispuso a seguir el consejo de sus amigos e ir en busca de Kate. Fue una sorpresa desagradable que Felicity lo abordara por el camino. Debía de estar vigilando desde alguna ventana del piso superior, porque llegó al pie de la escalera antes de que se cerrara la puerta principal. Se presentó en el recibidor caminando ostentosamente y con un vestido muy llamativo y escotado, más apropiado para la noche que para el día.

La mujer clavó una mirada ladina en Rourke.

—Tenemos que hablar. En privado —dijo.

Gavin y Harry fruncieron el ceño y se miraron, pero se excusaron y se dispusieron a marcharse.

—Recuerda lo de los lamentos y los pecados —murmuró Harry antes de marcharse.

Rourke resopló. Entre los consejos de sus amigos se contaba el de pedir a Felicity que hiciese las maletas. Al parecer, no había mejor momento que el presente. Resignado, la acompañó a la biblioteca y cerró la puerta.

Se apoyó en el escritorio y la miró.

—Muy bien, Felicity, te escucho. No te prometo nada, solo te escucho. Suéltalo.

Unos ojos maliciosos le miraron directamente. Felicity se mordió el labio inferior.

—El otro día me preguntaste qué quería, y ya te lo puedo decir. Quiero otra oportunidad contigo.

—Por si no te has dado cuenta, ahora soy un hombre casado. —Estuvo a punto de añadir «felizmente», pero se contuvo. Estaba por ver cómo terminaría todo, pero la tarde que había pasado con Gavin y Harry le había hecho albergar esperanzas.

—Rourkie, siempre fuiste muy bueno conmigo, pero entonces no fui capaz de valorarte como merecías.

Felicity parpadeó coquetamente y le miró. En el pasado, un truco como aquel habría hecho que se derritiese, pero ya no. Le parecía mucho más atractiva la mirada sincera y directa de Kate.

Casi al límite de su paciencia, Rourke negó con la cabeza.

—Eso es agua pasada.

Y lo era. Si tuviese que resumir los insignificantes sentimientos que todavía albergaba por ella en una sola palabra sería «lástima». Dudaba que Felicity llegara a conocer la gloria de amar a otra persona con toda su alma. Aunque sus propias incursiones en los asuntos del corazón no habían salido como él había planeado, al menos por el momento, amar a Kate le había convertido en mejor persona. No cambiaría su maravillosa semana de luna de miel por todas las riquezas del mundo, algo digno de destacar en un hombre tan ambicioso.

—En vista de que a mí no me puedes tener, ¿has pensado en alguna otra cosa?

Conociendo a Felicity, estaba más que seguro de que tendría un plan alternativo.

Felicity reflexionó un momento.

—El otro día, durante la cena, tal vez adorné un poco la historia de mi carrera teatral —confesó al fin.

Rourke la escuchaba en silencio. No le sorprendía en absoluto.

—No puedo ir a bailar a ese club espantoso de Leicester Square una noche tras otra, de verdad que no lo soporto, pero a una chica como yo le cuesta mucho salir adelante en una ciudad como Londres. Sin embargo, si tuviera un sitio para mí sola en el que pudiera aparecer como actriz principal, como hace tu amiga Daisy, las cosas serían muy distintas.

Rourke, que andaba distraído pensando en Kate, tardó un momento en desentrañar el plan de Felicity. En cuanto lo hizo, fue como si se le encendiese una luz en la cabeza.

—Quieres el Palace, ¿verdad?

Ella asintió.

—Tienes tanto dinero que no lo echarás de menos, y significaría mucho para mí.

El alivio hizo que se sintiera generoso. Solo ansiaba el teatro. Regalar una propiedad que nunca había querido era un precio muy bajo para librarse de una molestia.

—Muy bien, te firmaré la escritura antes de que te vayas.

El comentario pretendía dejarle muy claras sus intenciones.

La propiedad de Covent Garden llevaba dos años tapiada. En condiciones normales, se la habría ofrecido a Gavin y Daisy, pero ambos conservaban malos recuerdos de aquel lugar. El teatro de la época Tudor que acababan de restaurar era el lugar ideal para interpretar las obras de Shakespeare que tanto amaban. Entregarlo a Felicity parecía una solución ideal para todos. Cómo pensaba financiar la apertura era asunto de ella. Dado su talento para «salir adelante» sobre ruedas de plata, suponía que ya se le ocurriría algo.

—¿De verdad? —gritó Felicity, y se arrojó a sus brazos.

La joven siempre había tenido un peso considerable y los últimos años no habían servido para que eso cambiara. La abrazó en un acto reflejo. Hasta entonces, siempre le habían gustado las mujeres grandes, con pechos exuberantes y de caderas anchas, pero en ese momento sus brazos se morían por abrazar el cuerpecito ligero y esbelto de Kate.

Felicity le acarició la cara.

—Yo no he dicho que solo quiera el teatro. Ven a Londres conmigo. Juntos seremos como una tormenta que arrasará la ciudad.

Rourke no quería saber nada más de tormentas. Lo que deseaba experimentar era el equivalente de los plácidos cielos de primavera... junto a su esposa.

La apartó de su pecho con un gesto suave pero firme. El contacto íntimo le había traído a la cabeza un par de recuerdos agradables, pero no había despertado el deseo.

—Te deseo lo mejor, muchacha, pero debes saber que hemos terminado en ese aspecto.

Ella arqueó una ceja.

—Si no recuerdo mal, se nos daba bastante bien «ese aspecto». Patrick, yo podría hacerte feliz. Recuerda que ya lo logré una vez.

Rourke negó con la cabeza.

—Nunca me hiciste feliz, Felicity. Tuvimos algunos momentos muy buenos, es cierto, pero eso fue todo. Tú y yo nos deseábamos, pero nunca nos amamos. Voy a buscar a mi esposa y decirle que estoy loco por ella.

Kate se dirigía a la biblioteca con pasos apresurados. La tarde que había compartido con Callie y Daisy le había insuflado confianza y había puesto su matrimonio en perspectiva. Patrick y ella no eran los únicos recién casados que pasaban por un mal momento, o incluso por varios de ellos. Pensaba dejar el orgullo de lado y decirle a Patrick todo lo que llevaba en el corazón, que le quería y que se sentía honrada de ser su esposa. Si era necesario, se arrojaría a sus pies como su tocaya shakespeariana después de que la domara. Lo que no estaba dispuesta a hacer de ningún modo era permitir que la dejara.

Al llegar al estudio, encontró la puerta entreabierta. Pensando que debía de estar con Gavin y Harry, calmó su decepción y se dio la vuelta.

La voz de Felicity se filtró al pasillo y Kate se detuvo en seco.

—Ven a Londres conmigo.

Con el corazón desbocado, Kate se puso a un lado de la puerta sin hacer ruido y miró por la rendija. Rourke y Felicity se abrazaban. Su marido tenía ambos brazos alrededor de la pelirroja. La joven echaba la cabeza hacia atrás, como si anticipara un beso, y le acariciaba la mejilla. Rourke no parecía un hombre que acababa de decir que no.

Kate sintió que un puño invisible se le hundía en el estómago. La calidez agradable del jerez que le corría por las venas se convirtió en agua helada. Durante unos segundos, creyó que iba a vomitar. El orgullo o, mejor dicho, lo poco que quedaba de él, fue lo único que hizo que se contuviera. Que la descubrieran escuchando a escondidas y vigilando desde la puerta de su marido sería el broche de oro a su humillación. ¡Y pensar que había estado a punto de arrojarse a sus pies y suplicarle perdón!

Hasta el momento, ya se había comportado dos veces como una tonta en su matrimonio, pero si Rourke pensaba que lo sería tanto como para quedarse junto a él mientras tenía una amante en Londres, ya se podía ir olvidando.

Capítulo 15

«Ven, mi dulce Catalina.
Nunca es demasiado tarde para obrar bien.
Cierto que más vale tarde que nunca.»

WILLIAM SHAKESPEARE, Petruchio,
La fierecilla domada.

Rourke dejó la biblioteca y a Felicity atrás, satisfecho de cerrar aquel capítulo de su vida. Firmaría las escrituras del Palace por la mañana, después del desayuno, y más tarde pondría a su antigua amante en el primer tren de vuelta a Londres. Una vez solucionado el asunto, Felicity había manifestado su intención de acostarse un rato antes de cenar. Por lo que a Rourke respectaba, le traía sin cuidado lo que hiciera.

Entró en el vestíbulo principal justo cuando Daisy y Caledonia llegaban desde el salón lateral. Repartiendo su mirada entre ambas, esbozó una ligera reverencia y entonces preguntó:

—¿Dónde está Kate?

Con el ceño fruncido, Daisy alzó la voz:

—Creía que estaba con... —Callie provocó la interrupción de la frase agarrando el brazo de su compañera.

—No estoy segura —respondió Callie por ambas—. Creo que mencionó algo sobre subir a echarse un rato antes de cenar.

Si ya resultaba curioso que Daisy y Callie actuaran de forma extraña, más aún lo era que Kate estuviera echándose la siesta teniendo invitados en casa. Su esposa era la mujer más trabajadora que había conocido nunca. Dudaba que su ídolo, la señora Beeton, hubiera tenido más energía y entusiasmo que ella. Por lo que él sabía, Kate nunca se echaba la siesta por la tarde. Se le ocurrió preguntarse si estaría embarazada. Aunque se trataba de una hipótesis alocada y sin fundamento, desde luego era posible. Antes del distanciamiento de la semana anterior, habían hecho el amor sin parar. La excitación se apoderó de Rourke. Se excusó ante las dos mujeres y subió las escaleras.

Llegó a la galería y se dirigió por el pasillo iluminado por candelabros hacia el dormitorio principal. Consideró la posibilidad de llamar a la puerta de Kate, pero la prudencia y el orgullo le hicieron contenerse. Aquella última semana no habían vivido sus mejores días. En vez de ello, entró en su habitación y se dirigió hacia la puerta que conectaba ambos aposentos.

La oyó moverse. A juzgar por los ruidos bruscos, debía de estar golpeando los cajones de la cómoda y pisoteando los tablones del suelo. El corazón se le subió a la garganta. ¿Estaría cambiando los muebles de sitio? ¿Tal vez hacía las maletas?

Abrió la puerta del vestidor y se la encontró de pie al otro lado, con el puño alzado.

—Venía a hablar contigo. —Ella bajó la mano y dio un paso atrás para dejarle pasar.

La habitación estaba hecha un desastre, con prendas de ropa esparcidas, libros y revistas y un sinfín de objetos tirados sobre la cama.

Para una mujer que se enorgullecía de sus habilidades en la gestión de las tareas domésticas, aquello estaba hecho un desastre. Sin duda, la señora Beeton no lo habría aprobado.

Volvió la mirada de nuevo a Kate, en el centro de la habitación.

—¿Vas a alguna parte?

—He estado reflexionando mucho esta semana pasada y he llegado a la conclusión de que no tiene ningún sentido estar encadenados cuando podemos evitarlo.

—¡Kate!

—¿Por qué deberíamos seguir engañando a nuestros amigos, a nosotros mismos, cuando, por mucho que nos duela, es evidente que nunca seremos compatibles?

Él la fulminó con la mirada.

—Entonces, ¿es el divorcio, lo que quieres? Para obtenerlo, uno de los dos tendría que alegar adulterio.

Vio destellar los ojos de Kate. Por una fracción de segundo, anheló preguntarle qué estaba pensando. No podía imaginarla siéndole infiel.

Ella inclinó la cabeza hacia un lado.

—No el divorcio, sino una separación. Solo tienes que encargarte de preparar el escrito y yo lo firmaré.

—¿Eso es lo que quieres de verdad? —Se sentía como si le hubiera cortado una vena y le hubiera abandonado mientras se desangraba.

Ella asintió.

—Así es.

Pensando en todas las veces que habían hecho el amor en aquella misma habitación, Rourke se notó un nudo en la garganta.

—En ese caso, te concederé una prestación anual para que puedas mantenerte, lo suficiente para que vivas en una casa, independiente de tu padre.

Con ojos sombríos, ella asintió brusca y rápidamente.

—Es muy generoso de tu parte.

Él avanzó hacia ella y le puso las manos sobre los hombros. La amaba y quería que se quedara, pero lo que más deseaba era que fuera feliz.

—No voy a meterme en lo que debes hacer con tu vida, pero, entre nosotros y porque me importas, te diré que si le das a tu padre un cuarto de penique siquiera, eres boba. Es un holgazán, Katie, un alcohólico y un jugador empedernido. No te merece. No permitas que te quite nada más. Si es la libertad lo que quieres, sé libre. —Dejó caer las manos a los lados—. Le pediré a Gavin que redacte un documento, no hace falta que estropeemos la celebración de cumpleaños de esta noche. La noticia puede esperar hasta mañana.

Ella asintió.

—Tan pronto como se haya preparado y firmado el documento, me iré. No hay ninguna razón por la que no pueda marcharme a Londres durante la semana.

El silencio se cernió como una cortina plomiza sobre ellos, engorroso y pesado. Rourke se imaginó que un manto les cubría y enterraba todos sus sueños no realizados y las esperanzas más anheladas.

Kate levantó la mirada y la fijó en su rostro.

—Nunca habría funcionado. Era un sueño bonito, pero somos demasiado diferentes. Nunca tuvimos una oportunidad... ¿no es así?

Mirando fijamente ese rostro hermoso y triste, Rourke se sintió como si acabaran de rajarle el corazón con una navaja. Sacudió la cabeza.

—No, nunca tuvimos una oportunidad. Teníamos menos futuro que una bola de nieve en el infierno.

La determinación de Kate de mantenerse ecuánime mientras tuvieran invitados bajo su techo se vino abajo cuando Felicity fue a bus-

carla para hablar a solas. Estaba en el comedor reprimiendo el llanto y revisando los cubiertos sobre la mesa cuando la escocesa entró alegremente.

—¿Qué puedo hacer por ti, Felicity? —le preguntó, sin levantar la vista al hablar.

—He venido a ofrecerte mis condolencias. Tú y Rourke vais a separaros, ¿no es así?

Kate irguió rápidamente la cabeza. La cuchara que sostenía chocó contra el suelo haciendo un ruido metálico.

—Escuchar detrás de las puertas no es precisamente una virtud.

Felicity se acercó a la mesa y movió un tenedor de postre una fracción de milímetro hacia la izquierda. Kate sintió que se le contraía la mandíbula.

—Si yo fuera tú, intentaría obtener una anulación. Con la reputación de mal bicho que tenías, todo el mundo pensará que eras demasiado frígida y no soportabas acostarte con él.

Kate tragó saliva para reprimir el nudo que crecía en su garganta. La presa al fondo de sus ojos estaba a punto de estallar. Rourke le había reprochado ser mala la semana anterior. ¿Estaba Felicity repitiendo literalmente lo que él le había dicho en privado? Aun estando como estaban, separándose, la idea de que su marido hablara de ella con su amante la hizo sentir ganas de vomitar.

—Sal de aquí, Felicity. Hasta la cena, puedes entretenerte en el salón con los demás invitados si eres capaz de controlar esa lengua viperina que tienes. Esta noche celebramos el cumpleaños de Gavin y nuestros amigos han recorrido una distancia considerable para llegar hasta aquí. No dejaré que nos arruines la noche a todos.

Felicity hizo un gesto de desdén.

—No te preocupes, Kate. Mantendré tu secreto para no echar a perder tu pequeña fiesta. Puede que parezca una celebración de cumpleaños, pero se me antoja más una cena de despedida… la tuya. —Se

volvió y salió de la habitación; ella se quedó aferrada al respaldo de la silla, temblando.

Kate volvió a la mesa después, apartó una silla y se sentó. Empujó un cubierto de Limoges cuidadosamente colocado hacia un lado con el brazo, puso los codos sobre la mesa y apoyó la cabeza entre las manos. Solo entonces se permitió llorar. Lloró hasta que notó las lágrimas saladas en la boca. Lloró como si se le fuera a romper el corazón o como si ya estuviera roto. Sí, estaba roto; ahora estaba segura. Notó cómo se rompía pedazo a pedazo, liberando una avalancha de sueños enterrados, de dolor contenido. ¿Y cómo podría ser de otro modo?

Amaba a Patrick con toda su alma, con todo su ser actual y futuro. Le amaba por sus debilidades tanto como por sus cualidades más refinadas. Amaba cada ápice de su nariz curva y su media sonrisa torcida tanto como sus hermosos ojos esmeralda y su torso perfectamente plano. Amarle no era una cuestión de lógica, ni de conveniencia, y Dios lo sabía, tampoco de sentido común. Le amaba porque le amaba, porque no podía evitar amarle, porque no amar a Patrick O'Rourke sencillamente no tenía cabida en su ser. La decisión de no hacerlo sería como elegir tener ojos azules en vez de marrones, dejar de ser quien era, dejar de ser. Sin embargo, a pesar de cómo le amaba, la maldición perduraba.

Cuando Katherine Lindsey amaba a alguien, ese alguien siempre, siempre, desaparecía.

El encuentro de Kate con Felicity marcó los ánimos de la cena de aquella noche. Los invitados se unieron por parejas para ir a cenar. Rourke se mantenía comedido junto a la puerta y Felicity aprovechó la oportunidad para deslizar el brazo a través del suyo. Él lanzó una mirada a Kate pero ella rehusó mirarle a los ojos. Rourke y Felicity la estaban humillando bajo su propio techo y no podía hacer nada. Se dijo que ya no era su techo. Una vez que su todavía marido y ella lo anunciaran al día siguiente, iniciaría los preparativos para irse. Cuando se mudase a alguna pequeña casa en el campo con un establo, enviaría a alguien a buscar su caballo.

Después de los problemas que había afrontado Rourke para volver a comprar a *Princess*, Kate no pensaba que le fuera a importar concederle unas pocas semanas más de establo y de alimentación. A pesar de que la prueba de su infidelidad le acompañaba hacia el comedor del brazo, no podía verle como una mala persona.

Pero la búsqueda de una casa y la mudanza debían esperar. Antes tenía que superar las próximas horas.

Desde la cabecera de la mesa, Rourke retó a Kate.

—Si no es mucha molestia, te ruego que me pases la sal. Creo que está en tu lado.

—Ningún problema en absoluto, querido. ¿Querrías también la pimienta o encuentras el pastel suficientemente picante? —Kate le miró a él y luego a Felicity.

La pelirroja no alzó la vista. Parecía absorta en la chuleta de ternera que le habían servido en su plato. Entre los ocho que eran, la escocesa era la única que estaba haciendo justicia al sofisticado trabajo de la cocinera.

Rourke respondió con una mirada fulminante.

—Los platos están preparados a la perfección, aunque parece que la compañía en cierto sector se haya agriado.

Aquello fue la gota que colmó el vaso. Kate lanzó la servilleta como si se tratara de un desafío.

—No te preocupes, esposo. En breve solo tendrás palabras melosas y sonrisas almibaradas que adornen tu mesa.

Aquella velada absurda parecía estar afectando a todo el mundo. Para empeorar las cosas, Bea lanzaba miradas amenazadoras a Kate cada vez que tenía oportunidad. Por lo visto, Rourke había hablado con Ralph y la oferta de las clases de equitación que este le había hecho a la joven había sido pospuesta indefinidamente. Cuando acabaron con los postres, Harry se declaró completamente saciado y los demás manifestaron sentirse igual. Cuando Kate sugirió tomar el champán y el pastel en el salón, todos los invitados se levantaron a la vez, como si se alegraran de escapar de aquella atmósfera opresiva.

En el salón, se repartieron copas de champán y se cortó y sirvió el pastel. Una vez hecho el brindis de cumpleaños, Felicity anunció que les dedicaría una canción. Observando con el corazón dolorido cómo su rival cantaba una conmovedora balada de amor no correspondido, algo que interpretaba como una elección indudablemente deliberada, Kate pensó que pronto Rourke tendría casi todo lo que se había propuesto conseguir dos años atrás: una mujer voluntariosa para cautivar a sus invitados en las cenas y herederos para sus compañías ferroviarias.

Solo que no se trataría de ella.

Callie y Daisy se miraron. A lo largo de la tensa comida, ellas también habían observado a Felicity y el juego escénico secundario que la rodeaba, y no aprobaban lo que habían visto. En cuanto acabó la canción, Daisy se dirigió hacia el piano y agarró a Felicity del brazo con firmeza.

—Felicity, me gustaría hablar un momento contigo. En el vestíbulo, si te parece bien.

La chica apenas levantó la mirada de la partitura que estaba hojeando en ese momento.

—Ahora mismo no me apetece salir al vestíbulo.

Callie apareció al otro lado de Felicity.

—Me temo que tenemos que insistir.

Aprovechando su desconcierto, la hicieron desfilar hacia el recibidor entre las dos.

La escocesa miraba de una a la otra.

—¿Qué puede ser tan tremendamente importante como para que no pueda esperar?

Daisy habló sin rodeos.

—Mi marido y yo tenemos bastantes contactos en el mundo del teatro. W. S. Gilbert es un gran amigo nuestro.

Felicity se quedó boquiabierta.

—¡Conoces a Gilbert de Gilbert y Sullivan!

Daisy asintió.

—Le conozco. El señor Gilbert me ha estado dando la lata continuamente para que haga de Yum-Yum en *El Mikado* desde que vio mi debut en el Drury Lane. Si le recomendara a otra actriz para el papel, seguro que le haría una prueba.

Felicity se dio unas palmaditas corazón.

—Me sé todas las canciones de memoria.

—Seguro que sí.

Arrogante, Daisy miró por encima de los hombros de Felicity para buscar la mirada de Callie.

—Pero si quieres esa prueba, antes tendrás que hacer un trato con nosotras.

Los ojos azules de Felicity se entornaron. Fijó su mirada entre ambas mujeres.

—¿Qué tipo de trato?

Como la presa había picado el anzuelo, Daisy prosiguió:

—Le escribiré una carta al señor Gilbert y te recomendaré para una prueba privada. A cambio, no solo te irás de aquí sino que permanecerás muy lejos y dejarás a nuestros amigos Rourke y Kate en paz... para siempre.

Callie la interrumpió.

—Y lo primero que harás mañana por la mañana será tener una charla con Kate y explicarle que no te estás acostando con su marido.

Felicity frunció el ceño.

—¿Y si no acepto?

Daisy no dudó.

—Me aseguraré de que el único papel que jamás tengas en un teatro de Londres sea el de público.

—De acuerdo, lo haré.

Al ver cómo Felicity volvía a entrar pavoneándose, Daisy y Callie no pudieron ocultar por más tiempo sus sonrisas y acabaron estallando en carcajadas.

Callie se secó los ojos y se dirigió a su amiga.

—¿Crees que tiene alguna posibilidad?

Daisy se encogió de hombros.

—Dejando a un lado su carácter, hay que reconocer que tiene una voz magnífica. Y como nos acaba de demostrar, es una actriz aceptable, aunque debería pulir un poco sus formas. Con su estilo extravagante y su talento para el drama, quién sabe dónde podría llegar.

Callie sonrió.

—Con tal de que su éxito la aleje de Rourke y Kate, lo consideraré como un *bon voyage* y adiós muy buenas.

Aquella noche, Rourke no durmió. Despierto en la cama, intentando captar cualquier ruido que Kate pudiera hacer en la habitación contigua, admitió que la inminente separación era culpa suya y de nadie más. Basándose en un juego para «domar» a su esposa, había construido su matrimonio sobre los cimientos del engaño y la mentira. No era extraño que Kate no le confiara nada, ni sus problemas ni, sobre todo, su corazón.

Renunciando a dormir, se levantó, se vistió y salió hacia los establos. Con las botas hacía crujir la nieve helada. Su perro corría por delante. Dentro del establo, como llevado por un impulso, se fue derecho al compartimento de *Zeus*. Finalmente, el domador había llegado y el semental estaba progresando mucho. Sin embargo, aún no estaba domesticado, no del todo. Rourke veía una pasión indómita en sus ojos, igual que la veía en los de Kate.

«Kate.» El dolor le golpeó el corazón y después le entró un arrebato de temeridad. La condición salvaje del caballo coincidía con su estado de ánimo. Tomó la linterna de su soporte y se dirigió a la sala de montura. Ensillar un caballo salvaje en la penumbra no era fácil, pero a pesar de la determinación de la bestia a impedírselo, Rourke tenía al demonio de su parte. Pronto estuvo galopando a través de la nieve hacia el lago.

A medio camino, empezó a nevar. El primer polvillo fino enseguida se transformó en un manto. Pronto fue como si los poderes fácticos estuvieran bombardeándole. Se le empañaron las gafas. Finalmente desistió de limpiarlas y se las metió en el bolsillo. El caballo se encabritó. Rourke alzó la cabeza bruscamente tratando de ver algo por todos los medios. La masa blanca se alzó de repente ante él como un iglú. Al ver que era demasiado tarde para girar, intentó saltar, pero el caballo falló. El semental relinchó y se le resbalaron los pies de los estribos, de modo que saltó por encima de la silla y cayó de bruces. El dolor se le propagó por un brazo, de la muñeca al hombro. Rodó cuesta abajo sin parar; el paisaje blanco e invernal pasaba a gran velocidad. Extendía las manos como si arañara el aire y daba patadas en el suelo en un esfuerzo por recobrar el equilibrio. Una protuberancia en la nieve frenó su caída. Se agarró a ella con el brazo bueno; era una rama que crecía más allá del borde de la ladera. Jadeando, se mantuvo sujeto; aun así, supo que iba a morir. No por la sangre que se notaba en la boca y que no osaba limpiarse ni por el hombro, que probablemente se había dislocado, ni

siquiera por la caída por el barranco que tenía debajo, aunque también podría ocurrir perfectamente. Moriría congelado. Los detalles aún tenían que concretarse, pero el desenlace estaba asegurado.

Iba a morir y su pensamiento principal, su único pensamiento, era que no volvería a ver a su Katie nunca más.

«Te quiero, Kate.»

Cerró los ojos y esperó.

Kate también tuvo una noche agitada. No podía pegar ojo; el ruido de la puerta de la habitación de Rourke al cerrarse la tenía exaltada y erguida en la cama. El ladrido de *Toby* bajo su ventana dirigió su atención hacia afuera. Aún era de noche pero el cielo tenía un color más crema que alquitrán. Empezaron a caer unos suaves copos de nieve que golpeteaban sobre el vidrio emplomado. Una luz parpadeante atrajo su mirada hacia la silueta de Rourke. Se dirigía a los establos. Primero pensó que iba a encontrarse con Felicity. Pero no, Felicity dormía en una de las habitaciones de la torre este. Un encuentro en los establos, pudiendo estar en una cama mullida, hubiera representado un esfuerzo demasiado grande solo por un cliché romántico.

Kate percibió el paso del tiempo segundo tras segundo. Permaneció junto a su ventana, a la espera. Finalmente Rourke pasó montado a caballo bajo su ventana, aunque no pareció mirar hacia donde ella estaba. El perro no le siguió. Ahora nevaba copiosamente, con mayor fuerza. No lo sabía a ciencia cierta, pero le pareció que el caballo que montaba era más grande que el alazán, su caballo habitual. Observándole trotar hacia lo lejos, vislumbró su futuro. Sin un escocés malhumorado con quien discutir durante el día y hacer el amor por la noche, los años que tenía por delante se le antojaban solitarios, desoladores y sombríos. Todas las delicias de chocolate y las novelas románticas del mundo no podrían, ni de lejos, llenar un vacío tan grande. Ella no quería ni separarse ni divorciarse. Lo que quería era estar casada.

Decidida, encendió una lámpara, se quitó el camisón y rebuscó en su armario hasta que encontró su traje de amazona. Cuando entró en el establo principal, ya amanecía. Recordó el día en que siendo una niña había encontrado el compartimento de *Princess* vacío y se le rompió el corazón. Esta vez el compartimento vacío era el de *Zeus*. Por primera vez entendió el miedo detrás de la furia reprimida de Rourke cuando ella había sacado a aquel caballo oponiéndose a sus órdenes.

«Ay, Patrick.»

Se apresuró hacia la sala de montura y salió con una silla y una brida. *Princess* alzó la cabeza y relinchó, pero ella no tuvo tiempo para más que hacerle una breve caricia a su paso.

—Me temo que esta es una aventura de la que tendrás que mantenerte al margen, vieja amiga.

En su lugar, sacó a *Buttercup* de su compartimento hacia el escalón que se utilizaba como soporte para montar más fácilmente.

—¿Estás preparada, preciosa? —Ella también podría haberse hecho esa misma pregunta.

Cuando Kate salió a caballo, con *Toby* corriendo delante, ya empezaba a hacerse de día. Todavía nevaba pero más sosegadamente, en forma de fino polvo. Alcanzó una pared baja de piedra, difícilmente reconocible por la nieve depositada. *Toby* ladraba desenfrenadamente. Al principio Kate no le hizo caso, creyendo que tal vez había olido un animal al que habría identificado como una presa, pero cuando vio que no cesaba, decidió echar un vistazo. Desmontó y captó un pequeño objeto brillante que sobresalía de la nieve. Se inclinó para echar un vistazo. Metió una mano en la nieve, recogió el objeto y lo frotó para limpiarlo. El corazón casi se le sale del pecho. Eran las gafas de su marido.

Vadeó hacia el saliente más allá de la pared. Las pezuñas de la yegua hacían crujir la nieve. Se le hundían las botas hasta media pantorrilla. Se acordó entonces del miserable paseo con Rourke desde la estación de tren. Se le hizo un nudo en la garganta. Qué no daría por la oportunidad de volver atrás en el tiempo y deshacer aunque solo fuera las últimas horas.

Toby corrió hacia delante. Ella le siguió hacia donde caía la ladera. Al llegar al borde vio que debajo había una suerte de barranco. Imaginando el cuerpo grande y hermoso de su marido retorcido y roto en el suelo, tuvo que forzarse a mirar hacia abajo.

Un gemido atrajo su atención hacia la izquierda. Se inclinó para ver qué era y su mirada se topó con un hombre de nieve que colgaba por el lateral. «¿Rourke?»

—¡Rourke!

Una mancha escarlata cortaba la máscara helada que le cubría el rostro. Tardó unos segundos en darse cuenta de que debía de ser sangre. Sin embargo se movía y ni los muñecos de nieve ni los muertos pueden moverse.

Las lágrimas de agradecimiento cristalizaron en sus mejillas.

—Rourke, no te muevas. Estoy aquí.

Él miró hacia arriba.

—¿Kate?

Estaba demasiado lejos para asegurarlo, pero creyó que la expresión de su cara reflejaba alegría.

—Sí, sí, soy yo. Estoy aquí arriba. Aguanta. Estoy intentando dar con la forma de bajar a buscarte.

Él miró hacia abajo y sintió que se le rasgaba el corazón. La nieve se había helado en la ladera, con lo que el terreno era resbaladizo como una superficie de cristal.

—Por Dios, Kate, quédate ahí. No te atrevas a acercarte un paso más, es una orden.

Ella puso los brazos en jarras.

—¿Una orden? Si lo que quieres es una mujer obediente solo tendrás que esperar a ser libre para casarte con Felicity —gritó.

Él abrió un poco el ojo hinchado y la miró fijamente.

—Madre mía, mujer, mira que eres boba. Preferiría soltarme y matarme ahora mismo antes que pasar el resto de mi vida encadenado a una bruja retorcida como Felicity.

—¿Me estás diciendo que no es tu amante? —Era una locura intercambiar gritos como lo estaban haciendo, pero esa era su última oportunidad para saberlo.

—No, no desde hace dos años, no desde que te conocí.

—Aguanta. Ahora vuelvo.

Kate se apresuró hacia el caballo y desplegó la soga que había llevado sin motivo aparente, siguiendo su instinto. Mientras lo hacía, maldijo su manera de obrar, tan estúpida, malhumorada y orgullosa. ¿Por qué no había sido capaz de aceptar que alguien tan maravilloso como Rourke pudiera estar verdaderamente enamorado de ella? ¿Por qué no le había comentado sus sospechas acerca de Felicity y le había dado la oportunidad de explicarse? En lugar de eso, había supuesto lo peor. Desde luego tenía que aprender una lección de todo eso, o varias, pero estaba claro que el presente no era ni el momento ni el lugar adecuado para reflexionar sobre tal asunto.

Enrollando un extremo de la cuerda alrededor del cuello de su caballo, gritó:

—Pase lo que pase, lo veremos juntos, porque estoy decidida a no dejarte. Si quieres estrangularme por ser una esposa desobediente, tendrás que esperar a poner un pie en tierra firme.

Al verla acercarse, el temor se apoderó de Rourke, no por él sino por Kate.

—Kate, lo digo en serio, quédate donde estás. No puedes salvarme. Solo conseguirás matarte también.

—Que así sea. Si así debe ser, seré Julieta para su Romeo. ¿O aún no te has leído esa?

—Kate, en serio...

Intentó todas las formas posibles de amenaza verbal para frenarla, pero al final no pudo hacer otra cosa que mirar, con el corazón en un puño, cómo ella bajaba balanceándose por el despeñadero. Respiraba profunda y rápidamente, mientras permanecía sujeto sin mediar palabra y ella se enrollaba la cuerda a la cintura y la ataba con un nudo que sería el orgullo de un marinero.

—¿Dónde aprendiste a hacer un nudo como ese? No creo que lo aprendieras de la respetable señora Beeton.

Ella esbozó una rápida sonrisa y se puso a la tarea.

—Sé cómo hacer muchísimas cosas útiles. No me llaman Kate «la que todo lo puede» por nada.

—Eres mi Kate «la que todo lo puede» —susurró él. Pero en esta ocasión el apodo no era ofensivo sino una expresión de cariño—. Espera. Un beso, Katie, para que tengamos suerte —añadió, sabiendo que bien podía ser el último que se dieran.

Los ojos de Kate encontraron los suyos. La nieve le helaba las pestañas. Él pensaba en el aspecto que debía de tener.

—Para que tengamos suerte no, Patrick, por amor —Se inclinó y le rozó los labios con los suyos.

Rourke sintió que se le acababan las reservas, como la nieve rota que caía bajo sus pies.

Probando las lágrimas saladas de Kate, mirando su rostro hermoso y valiente, supo que, pasara lo que pasase, amarla lo merecía todo.

Dirigiéndose de nuevo a ella, dijo:

—Si salimos de esta, Katie, ¿me prometes que envejeceremos juntos?

Ella no lo dudó.

—Te lo juro, Patrick. Y aunque no puedo prometer dejar de ser un tanto rebelde, sí puedo jurar que seré tu leal esposa y que te amaré el resto de mis días.

Kate se dio la vuelta e inició su ascenso. Tan pronto como consiguió aterrizar, lanzó una rápida oración de agradecimiento. Como mínimo ella estaba a salvo y, si no soltaba la soga si perdía el control, permanecería así. Viéndola atar el otro extremo de la cuerda a la yegua y hacer retroceder a la bestia, Rourke reunió todas sus fuerzas para mantenerse bien sujeto. Lentamente, centímetro a centímetro, estaba subiendo. Apretó los dientes e intentó no pensar en los afilados trozos de roca que le rasgaban la ropa y la piel o en cómo la cuerda alrededor de su cintura parecía estar deshilachándose. En su lugar, se centró en la imagen que predominaba en su mente, la de la hermosa cara de su mujer bañada en lágrimas cuando hacía un instante había jurado envejecer con él. Ayudándose de la pierna y del brazo buenos para manejar la cuerda, había llegado prácticamente a la cima del terraplén cuando, de repente, la vuelta que le rodeaba la cintura se rompió. Se precipitó hacia abajo y esta vez se agarró a una plataforma de aterrizaje helada. Kate fue corriendo hacia él y se lanzó hacia delante. Extendió los brazos que, a pesar de llevar puesto su abultado abrigo de invierno, eran esbeltos como juncos.

—Agárrate.

—No, Kate, no puedes subirme. Solo conseguirás que te arrastre conmigo —Empezó a resbalar. Ella le agarró por el cuello de la chaqueta; se negaba a soltarle.

—¡Suéltalo, maldita sea!

Le lanzó una mirada obstinada.

—Ni lo sueñes. Haremos esto juntos, Patrick.

No serviría de nada. Iba a morir. Pero no se llevaría a Kate consigo. Después de todos los errores que había cometido con ella, lo mínimo que podía hacer era no arrastrarla hacia su muerte.

Oyeron el ladrido de *Toby* de fondo.

—Aguanta. —Harry sustituyó a Kate en el borde.

—Montaremos un dispositivo de ascenso y te subiremos.

—¿Montaremos?

El pelo oscuro de Gavin apareció junto al rubio de Harry.

—Agárrate fuerte.

Dejaron caer el artilugio y él lo alcanzó con los dientes. Sin dejar de sujetarse, consiguió enrollárselo a la cintura.

—¿Preparado? —gritó Harry desde arriba.

Rourke asintió.

—Nunca lo he estado más.

—Tirad.

Casi sin darse cuenta, volvía a subir. Llegó a la cima, mientras Gavin y Harry seguían tirando de él. Aunque había más de un pie de nieve en el suelo, notar que estaba en tierra firme le hacía sentirse bien.

Sus amigos cayeron a un lado. Kate dejó el caballo y se acercó a Rourke corriendo. Lo abrazó con sus esbeltos brazos y hundió la cabeza en su pecho. Harry le echó una manta sobre los hombros. De camino, Rourke vio a Callie y Daisy saliendo del carruaje.

Mientras se secaba el sudor de la frente, Harry dijo:

—Cuando *Zeus* llegó a los establos sin Rourke, y como Kate también había desaparecido, formamos un equipo de búsqueda para rastrear la zona.

—*Toby* es el verdadero héroe de la historia —añadió Gavin, que se agachó para darle una palmadita al perro—. Estábamos a punto de seguir buscando en otra dirección cuando se abalanzó sobre mí y se agarró al bajo de mi abrigo. No lo soltó hasta que decidimos seguirle y venir hasta aquí.

Kate apartó la cabeza del pecho de Rourke y levantó la vista. Se intercambiaron una mirada de comprensión silenciosa. Agradecidos como estaban a sus amigos, los detalles del rescate podrían esperar hasta más tarde. Por ahora lo que querían era un tiempo a solas para saborear el milagro de su segunda oportunidad.

Sus dos amigos intercambiaron miradas.

—Bien, mmm... nos vemos en el carruaje cuando estéis listos para irnos —dijo Hadrian.

Gavin asintió.

—Yo volveré con la yegua de Kate. Es valiente, pero tiene pinta de querer descansar un rato sin que nadie la monte.

Kate se volvió hacia ellos.

—¿Seguro que no os importa?

Gavin sonrió.

—Claro que no. A mí me conviene dar una vuelta para estirar las piernas. La vida en la ciudad me ha ablandado.

Cuando estuvo sola, Kate se alzó de puntillas y posó un beso sobre los labios hinchados de su marido.

—Quiero hacer lo que he dicho, Patrick. No volveré a dejarte escapar —señaló al recuperar la postura inicial—. Te guste o no, puedes contar con que pasarás encadenado a mí durante los próximos cincuenta y tantos años por lo menos.

Sonriendo a pesar de las magulladuras, Rourke utilizó su brazo bueno para atraer el cuerpo esbelto de su esposa hacía sí.

—Con eso cuento, Katie. De hecho, se puede decir que apuesto mi vida por ello.

Epílogo

Las nuevas reglas de Rourke:

- *Regla número uno: observa, escucha y espera. Tarde o temprano la mujer de tus sueños y tú os cruzaréis, así que ten los ojos bien abiertos y aguza bien los oídos.*
- *Regla número dos: cuando se crucen vuestros caminos, no lo dudes. Cortéjala, gánatela, pero bajo ningún concepto intentes domarla (y por lo que más quieras, aún menos con una obra de teatro).*
- *Regla número tres: cuando sea tuya, tómale la mano, ámala con toda tu alma... y no la sueltes.*
- *No la sueltes jamás.*

Vencida

Conocida por todos como la «doncella de Mayfair» por su virtud inquebrantable, su resolución y su elevado concepto de la dignidad, Caledonia Rivers, Callie, es la líder de las sufragistas londinenses, la imagen perfecta de lo que tanto disgusta a todos aquellos que están en contra de que las mujeres se metan en líos políticos y pretendan tener un papel en la sociedad. Agitadores, lunáticos e incluso prostitutas la detestan. Sin embargo, estos no son sus mayores enemigos: Caledonia tiene uno peor, un parlamentario dispuesto a no detenerse ante nada para evitar que las mujeres puedan votar y, al mismo tiempo, alguien que desea destrozar su reputación por encima de todo.

Hadrian St. Claire lleva una mala temporada con las cartas, muy mala, que amenaza con hacer que sus huesos acaben en el fondo del Támesis. Por eso, aunque a regañadientes, acepta por dinero seducir a la famosa líder para después fotografiar con su cámara la que ha de ser su caída en desgracia. Pero la bella Callie, encantadora y de voz seductora, poco tiene que ver con la idea que él se había hecho de una solterona desgarbada que odia a los hombres. Y mientras la pasión entre ambos pasa de las chispas a un fuego más que ardiente, quien finalmente está en peligro de ser vencido es el propio Hadrian.

Ya en tu librería

Vencida

Hope Tarr

Rendida

Daisy Lake no es más que un recuerdo de su infancia para el exitoso abogado Gavin Carmichael, una imagen preciosa en su memoria, y también dolorosa, y así ha sido siempre hasta que un día, durante una cena en un club de lujo del East End, descubre que esa niña se ha convertido en la cantante más famosa de los *music hall* de Montmartre, Delilah du Lac.

Superado por la situación, Gavin irrumpe en el escenario y se la lleva, decidido a apartarla de ese estilo de vida. Sin embargo, Daisy no quiere saber nada de él. Su único deseo es actuar un día en una obra teatral como Dios manda.

Y ese es un sueño que Gavin puede hacer realidad.

Daisy se ha acostado con otros hombres por mucho menos, así que se rinde a su petición. Además, él se ha convertido en un abogado tan apuesto... Sin embargo, según va creciendo en intensidad su relación... ¿quién será el que acabe rendido por amor?

Hope Tarr

Ya en tu librería

Rendida

SEDA ROMÁNTICA

Libros de seda

Los hombres de Roxbury House

Síguenos:

libelrosdeseda.com

facebook.com/librosdeseda

twitter.com/librosdeseda